Gisela

FVA

ULLA LENZE

DIE ENDLOSE STADT

ROMAN

FRANKFURTER VERLAGSANSTALT

FSC
MIX
Papier
FSC® C014496

Lektorat: © Frankfurter Verlagsanstalt
Herstellung und Umschlaggestaltung: Laura J Gerlach
unter Verwendung eines Umschlagmotivs von © serts/istockphoto
Satz: psb, Berlin
Druck und Bindung: GGP Media GmbH, Pößneck
Printed in Germany
ISBN 978-3-627-00210-7

1
ISTANBUL

ES GIBT BESTIMMT VIELE WEGE

Jemand kommt durch das Licht der tiefstehenden Sonne auf sie zu. Er bewegt sich ohne Hast, womit er ihr Stehenbleiben in ein Warten umdeutet. Sie lächelt widerstrebend. Kneift die Augen zusammen vor den Strahlen. Bis er vor ihr steht und sein Schatten auf sie fällt.
Es ist der, dem sie die vergangenen sechs Monate verdankt. Am Vortag haben sie sich die Hand geschüttelt, heute kaum Notiz voneinander genommen; nicht auf der Fähre, nicht im Topkapi-Palast oder im Museum of Modern Art. Er war Teil einer von Bodyguards umhüllten Entourage, die sich um den deutschen Außenminister scharte; alle in harmlos bunten Polohemden zu tiefernsten dunklen Anzughosen.
Sie spürt, wie sich ihr Körper anspannt.
»Hallo«, sagt sie lässig.
»Hallo«, sagt er vergnügt.
Und dann zögern sie beide – eigentlich müssten sie ihre Namen kennen. Noch einmal fragen, das geht nicht.
»Möchten Sie nicht zur Sultan-Eyüp-Moschee?« Sie zeigt zu dem unruhigen Haufen aus dreißig deutschen und türkischen Künstlern und Kulturleuten drüben bei der Fähre.
»Nein, ich will heute nichts mehr erklärt kriegen«, sagt er. »Sie?«

»Ich auch nicht.«
»Was haben Sie vor?«
»Einfach rumlaufen.« *Allein* wagt sie nicht zu sagen. Stattdessen schiebt sie die Sonnenbrille aus dem Gesicht. Sein Lächeln verliert die Vorsicht, schließt sich enger um sie. Mit welcher Ausrede kommt sie von ihm los?
»Vorschlag«, sagt er und legt die Hand auf ihre Schulter. Sie dreht sich um und betrachtet gemeinsam mit ihm den kleinen Ort: pastellfarbene Häuser an einem Hügel, Minarette einer Moschee, ihr Blick folgt seiner ausgestreckten Hand. Kein Ehering – etwas, auf das sie erst seit kurzem achtet, auch bei Männern, an denen sie kein Interesse hat.
»Von oben kann man bis nach Istanbul schauen. Wollen wir das in Angriff nehmen?«
In Angriff nehmen. Dazu fallen ihr Rentenreformen, obere Tabellenplätze im Fußball ein. Spazieren gehen oder *einfach rumlaufen* nicht.
Seine Hand löst sich von ihrer Schulter; ihr Zögern hat er nicht bemerkt, er geht schon auf den Ort zu.

Sie spazieren durch eine Grünanlage, menschenleer und ein bisschen öde. Sie gleichen in diesen ersten Minuten ihr Wissen über Eyüp ab: viertwichtigster Pilgerort in der islamischen Welt, sonderbar versteckt hier am Ende des Goldenen Horns, und bis auf die Moschee und den Blick vom Hügel nach Istanbul wissen die Reiseführer, die sie gelesen haben, nichts zu empfehlen.
Es ist eher ein Schlendern, und das hat sie nicht erwartet, dieses langsame Gehen, das für jeden Schritt geradezu eine Entscheidung verlangt (das also nennt er *in Angriff*

nehmen). Doch nach jedem Versuch, das Tempo anzuziehen, ist sie ihm einen Meter voraus und er mitnichten bereit, aufzuschließen.
Die Hand im Nacken, dreht sie sich um und lächelt spöttisch. Er zieht fragend die Augenbrauen hoch, und sie stellt ihr Lächeln sofort ab.
Die Bilder vom Abend kehren zurück. Die großen Lichtlachen auf den gebohnerten Dielen des deutschen Generalkonsulats. Der Festsaal. Die Parfumverwehungen wie Schneegestöber, das einen mal hier und mal dort ins Gesicht trifft. Enge Kostüme, Form. Kontrollierte Haarspray-Helmfrisuren. Formen und noch mal Formen. »Das alles passt doch gar nicht«, hat sie gestöhnt, und ihre Sitznachbarn links und rechts aufzuwiegeln versucht: »Die haben doch keine Ahnung von Kunst oder von uns, um uns geht es nicht, es geht nur ...« – »Halt mal den Mund, Holle, bitte« – »... ums öffentliche Image.«
Und dann wurde der Mann, mit dem sie hier schlendern muss, ans Rednerpult gerufen: Wie viel die Stiftung ihm verdanke, ihm, dem Vorstandsmitglied einer großen Bau- oder Bankengruppe, sie hat es vergessen. Sie hatte sich nach draußen geschlichen und mit Celal telefoniert. Celal stand am Galataturm und sagte, er kriege, wenn er ihre Stimme höre, sofort eine Latte. »It is big like Galata Tower, baby!«

»Sieht aus wie Schnee«, sagt der Baugruppen- oder Bankenmensch und zeigt auf den Hang.
»Ja«, sagt sie. Es sind alte osmanische Gräber; sie weiß, dass er das weiß. Warum hat er sich ihr angeschlossen? Ist

sie ihm bereits aufgefallen, als die Künstler der Reihe nach vorgestellt und ihre wichtigsten Stationen verlesen wurden? Und während der Exkursion heute hat er nur auf eine Gelegenheit gewartet, mit ihr allein zu sein? Wohl kaum. Irgendetwas muss seine Aufmerksamkeit erregt haben, als sie eilig an Land sprang. Irgendetwas daran muss ihn verwundert haben, vielleicht sogar gestört.
Das ist das Wichtigste an ihr. Nicht, bei wem sie studiert hat, in welchen Galerien ausgestellt oder ihr Geburtsjahr. Dieses Abhauen. Deine Verlorenheit aufessen, hat Celal gesagt: »I want to eat your loneliness.« Denn sie hatte gesagt: »I am lonely most of the time.«

Ein Bursche mit einer Zwanzig-Liter-Wasserflasche auf der Schulter überholt sie. Sie gehen so langsam, als nähmen sie Rücksicht auf ihr schleppendes Gespräch, das sonst vollends abgehängt werden könnte. Er beginnt eine Unterhaltung über den Stadtverkehr in Berlin und Hannover, er sucht offenbar nach universalen und unverfänglichen Themen.
»Ich fahre Fahrrad«, sagt sie.
»Ist das nicht gefährlich in Berlin?«
Sie nickt.
Eigentlich würde sie ihn gerne zu seiner Arbeit befragen. Aber mit welchen Fragen gibt sie preis, dass sie Leute wie ihn nicht kennt, aber ihnen misstraut? Es gibt nicht einmal ein gemeinsames Thema, höchstens die angestrengte Suche danach.
Sie gehen an einem muslimischen Kopftuchgeschäft vorbei, an einer Bäckerei, deren Fenster von oben bis unten

mit Fladenbrot zugestopft ist, an Läden mit Schwämmen, Seifen, losen Kräutern und Tees. Sie steckt ihre Sonnenbrille in die Tasche.

»Haben Sie Lieblingsrestaurants in Berlin?«, fragt er.

»Wollen Sie mich zum Essen einladen?«

Er lacht leise. Aber kann dann gar nicht antworten. Er fragt ein paar Namen ab, Sternerestaurants allesamt, und sie schüttelt, obwohl sie ein paar davon kennt, jedes Mal den Kopf.

»Vergessen Sie nicht, dass ich arm bin, das ist technisch gesehen die Grundlage unserer Bekanntschaft.«

Er lächelt wieder, aber nun erkennt sie Rückzug in diesem Lächeln. Ihre Direktheit ist ihm unangenehm. Das versteht sie sogar. Als müsse er sich entschuldigen für das, was er ist. Muss er ja auch.

Die Geschäfte wiederholen sich, noch immer durchstreifen sie das Seifen-Schwämme-Kräuter-Viertel. Eine verschleierte Frau hält ihr Kleinkind, die Hose heruntergezogen, über einen Strauch.

Sie richtet ihren Blick auf die Auslagen, geht näher – er folgt ihr, stellt sie erleichtert fest –, sie betastet die harte Oberfläche einer graugrünen Seife, riecht daran. »Das ist Olivenölseife aus Aleppo«, erklärt sie fachmännisch, »davon nehm ich gleich zwei.«

Sie betreten ein Ladenlokal mit dunkler Holzvertäfelung, alten, fast vergessenen Gerüchen nach Heu und Harz, trockenen Sommern, Apotheke. Aus den Jutesäcken quellen Gewürze und Kräuter. »Merhaba.« Ein alter Herr begrüßt sie mit einer leichten Verbeugung. Hinter ihm Glaskaraffen mit Rosenknospen, aus denen man Tee machen kann. Ihr Begleiter betrachtet versonnen eine alte Truhe aus Mahagoni.

»Schön hier, nicht?«, fragt sie.

»Ja«, bestätigt er, »ganz wunderbar!«

»In der Istanbuler Innenstadt verschwinden diese Läden, das wissen Sie, ja?«, hört sie sich sagen. »Stattdessen die multinationalen Firmenmonster, die ihr Filialnetz über die gesamte Welt werfen. Douglas, Body Shop, Starbucks, H&M, Restaurant Nordsee. Ja, in der Istiklal Caddesi gibt es jetzt ein Restaurant Nordsee. Alles wird gleich, und überall passiert das Gleiche.«

Was sie sagt, das weiß doch jeder. Sie hustet, mit dem Husten will sie ihn davon abhalten, zu antworten. »Besser?«, fragt er, als sie endlich das Ablenkungsmanöver beendet und auch das Glas Wasser trinkt, das ihr der alte Mann reicht. Auch Celal ist so fürsorglich. So hat sie ihn kennengelernt, als sie am ersten Abend nach ihrer Ankunft durch die nächtlichen Gassen streifte und bei seinem Eckimbiss ankam, den er gerade schließen wollte. Sie war hungrig. Er sah ihr das an, dabei stand sie nur unschlüssig herum und betrachtete verstohlen den schönsten Türken der Welt. Er kochte ihr Spaghetti mit hausgemachtem, sehr öligem Pesto, nachdem sie erklärt hatte, »I'm vegetarian, you know«. Er setzte sich zu ihr an den kleinen Bistrotisch. Die Kacheln ringsum waren beklebt mit DIN-A4-Ausdrucken, blitzlichtige Aufnahmen von Chicken-Döner, Hot Dog, Pizza und Manti, Turkish Ravioli. Sie schauten einander an, denn sein Englisch reichte nicht wirklich für eine Unterhaltung, und er strich sich verlegen immer wieder sein langes schwarzes Haar zurück. Als er nach ihrer Telefonnummer fragte, konnte sie sich mit der Wahrheit herausreden, sie habe noch keine türkische SIM-Karte, und in ihre Mailadresse baute sie absichtlich einen falschen Buchstaben ein.

Vom gespielten Hustenanfall ein bisschen geschwächt, nimmt sie die Seifen entgegen, der Verkäufer hat sie in schönes Seidenpapier gewickelt.
Er verbeugt sich wieder.
»So orientalisch, nicht wahr?«, spöttelt sie, aber ihr Begleiter weiß nicht, dass sie nur in Anführungszeichen von Orient und Okzident redet, anders als er, der ihr sofort zustimmt und von Istanbul als Brücke zwischen Ost und West schwärmt. Seit Monaten diskutiert sie mit den anderen Künstlern über dieses Problem des Schwärmens und wie damit künstlerisch umzugehen sei. Ob sie die Klischees dieser Stadt berücksichtigen müssen, um über sie hinausführen zu können, oder sich ganz auf ihren eigenen unbestechlichen Blick verlassen. Machen wir Kompromisse oder Kunst?, lautet die selbstkritische Kernfrage.
Und dann hat sie noch die Sache mit Celal begonnen. Wie ein deutscher Rentner mit einem Thaimädchen (der deutsche Rentner ist in diesem Fall sie). Sie selbst macht diese Witze, wenn auch nur, damit die anderen sie nicht machen.
Ihr Begleiter nun redet über all das hinweg, was so hochproblematisch ist. Die Verschmelzung, sagt er, sei so gelungen, dass man oft gar nicht wisse, auf welchem Kontinent man jeweils sei, schließlich befinde sich Eyüp doch

auf der europäischen Seite und sei recht volkstümlich, und auf den Prinzeninseln wiederum, in Asien also, sei es wie in einer mecklenburgischen Sommerfrische vor hundert Jahren, mit den hübschen weißen Holzvillen und Pferdekutschen.

»Ach«, seufzt sie, »Orient und Okzident, eines Tages werden diese Begriffe überholt sein wie Neger und Fräulein.«

»Orient und Okzident sind geographische Bezeichnungen, daran ist nichts falsch«, sagt er nach einer Pause.

»Und wie können die dann verschmelzen? Erdteile verschmelzen nicht. Sie verwenden diese Begriffe also als Kulturbezeichnungen, und das hat etwas, entschuldigen Sie, Kulturhegemoniales.«

Wieder entsteht eine Pause. Sie sieht einem Pingpongspiel entgegen, das sie mühelos gewinnen wird.

Die Türglocke scheppert, ja, er hält ihr die Tür auf. Sie schaut ihn an, sprachlos und verletzt.

»Wir wollen doch heute nichts mehr erklärt kriegen«, sagt er.

Sie ist verwirrt, betrachtet aufmerksam ihre Umgebung – die Bettlaken, die zum Trocknen von Fenster zu Fenster gespannt sind, die Katze, die um die Ecke gleitet –, und auch er schweigt, aber schaut manchmal zu ihr hin.

Sie findet sich erst wieder, als sie aus seinem Blick gerät, sie stapft hinter ihm das osmanische Gräberfeld hoch, gewissermaßen spielt er jetzt den Anführer, männlich zügig plötzlich, einmal dreht er sich um und prüft, wo sie bleibt. Es dunkelt nun auch. Sie laufen über zerbrochene Grabplatten und durch einen Wald aus hellen, menschengroßen

Stelen, die unter den Jahrhunderten ins Kippen geraten sind, in ein Muster aus Zuneigung und Abkehr. Lebensdaten und Namen in Arabisch. Wilder Wein und irgendein Gestrüpp rauschen in der Dämmerung wie ausgeschüttete Flüssigkeiten über Grabplatten und Wege.

Er steigt eine schmale, bröckelnde Steintreppe hoch, dreht sich um und schaut sie an, sagt nichts, geht weiter, sagt dann: »Es muss noch einen anderen Weg geben als diesen.«

»Es gibt bestimmt viele Wege. Es gibt sogar eine Seilbahn.«

»Aber Sie wollten doch laufen«, sagt er.

»Ja, doch«, sagt sie.

Und dann wieder Schweigen. Es ist anders als das Schweigen zu Anfang, das eher ein suchendes, tastendes Schweigen war. Ihre Belehrungen im Seifengesundheitsladen sind ihr inzwischen peinlich, sie würde nun gerne eine Erklärung anbringen, aber in seinem ganz dem Aufstieg verpflichteten Körpermodus lässt er ihr keine Möglichkeit, überhaupt nur darauf zu sprechen zu kommen.

Sie klettern mühsam über Gestrüpp. Er dreht sich um und reicht ihr die Hand. Sehr zarte Haut.

Er nimmt die nächsten Stufen beherzt, seine Füße stecken in dunkelblauen Mokassins, nackt, gebräunt. Sie verlässt die Treppe und bewegt sich leise durchs Unterholz, spürt das klebrige Kitzeln von Spinnweben in ihrem Gesicht. Will sie, dass er sie vermisst und dann sucht? Wie albern. Sie kehrt um. Er steigt weiter aufwärts, hat nichts bemerkt, sie zieht das Tempo an und bewegt sich wieder hinter ihm her, keuchend.

Er wartet oben an einem Plateau auf sie, vor einem umgefallenen Grabstein, der erschöpft gegen eine verwitterte Mauer lehnt. Er schaut in die Ferne. Istanbul liegt im letzten Licht des Tages. Sterne treten am dunkelblauen Himmel hervor. Er lächelt ihr zu, aber es ist das geduldige Lächeln für Aufsichtsratssitzungen, die schlecht laufen, Verhandlungspartner, die nicht spuren.

»Geht's?«

»Ja«, sagt sie atemlos.

»Machen Sie keinen Sport?«

»Doch, und Sie?«

»Keinen. Bis auf Waffensport.«

Er lächelt, als amüsiere er sich über sie, die brav ein skeptisches Gesicht schneidet.

Sie denkt an Celal, an Celals Knarren. Keine Sportwaffen. Warum sie in diesen stillen Wettbewerb mit diesem Unbekannten tritt? Nur einmal hört das kurz auf. Sie gehen Seite an Seite über einen fast stockdunklen Pfad, den er mit seinem Handylicht ausleuchtet, der Weg ist nicht ganz breit genug für zwei. Ihre Arme wischen kurz aneinander. Und dann streifen sie sich wenig später noch einmal, wie eine Impfauffrischung.

Die Erinnerung an die warme Haut wiederholt sich eine Weile in ihrem Bewusstsein, den ganzen Abstieg lang – der leichter ist als der Aufstieg. Sie erreichen den Hafen pünktlich, und nachdem er ihr seine Karte gegeben hat, sortieren sie sich wieder in ihre Gruppen ein. Dr. Christoph Wanka, so heißt er.

2
ISTANBUL

WILL YOU ACCEPT ME?

Es gab eine Zeit, da wollte sie absolut nichts haben. Vielleicht ist diese Zeit auch noch gar nicht vorbei. Seit sie in Istanbul lebt, muss alles, was sie je gedacht hat, noch einmal anders gedacht werden, und damit hat sie noch nicht einmal angefangen (weil ja alles immer noch stattfindet). Und es liegt vielleicht sogar an dieser vielgerühmten Istanbuler Verschmelzung von Orient und Okzident – oder an einer anderen Verschmelzung.

Hat sie nicht immer geglaubt, sie brauche jemanden zum Reden, zum Austausch? Durch Celal gerät sie in genau jenen Zustand, zu dem das Reden wohl hinführen soll: sich verstanden und geborgen zu fühlen.
You want sleep? Are you sad? You want to go home?, vergewissert er sich nach langen Ausführungen ihrerseits. Er antwortet eher auf das Gefühl, aus dem heraus sie mit ihm spricht, ein Gefühl, das ihr oft erst bewusst wird durch sein Nachfragen.
Dass sie nicht reden können, ist befreiend.

Einmal, sie sitzen am Küchentisch der Künstlerresidenz, bekommt sie diesen Wutanfall. Celal begreift offenbar nicht – hat er es vergessen? Nie verstanden, nie gewusst? –,

dass sie mit einem wichtigen Künstlerstipendium in Istanbul ist, eine Auszeichnung, eine Ehre. Er hat sie gefragt, wie viel sie für ihre Wohnung zahlt. »Nothing«, schreit sie. »Nothing! I am invited!«
Er zuckt erst zurück vor so viel Wut. Dann schlägt er sich an die Stirn, als sei endlich der Groschen gefallen, und sagt mit einer Stimme, mit der man Kleinkinder lobt: »Yes, I know, you are big artist. I am very sure you are.« Er sagt es liebevoll. Immer liebevoller. Er steht auf und nimmt sie in den Arm.
Sie fängt an zu weinen. Sie lacht. Er hält sie fest umarmt. Er streicht über ihr Haar. Er kennt sich aus mit Schmerz und Furcht.

In der Stadt ist sie nie ohne ihn, selbst wenn sie allein loszieht. Sie taucht in die Straßen ein wie in einen gemeinsamen Körper. Manchmal sehr konkret. In der Gegend um das Döner Paradise herum kann sie nirgends mehr essen gehen. Du bist doch Celals Freundin, nein nein, du bist eingeladen. Auch um den Taksim-Platz, wo Celal geschäftlich zu tun hat, gibt es Zonen, in denen sie nicht bezahlen darf. »Friends. No pay, of course not.« Ein System, das auf Gegenseitigkeit beruht? Ja, durchaus, aber wie merken die sich das? Merken sie es sich? Manchmal stürmt jemand in Celals Imbiss und bereitet sich hinter der Theke ein Sandwich zu. Celal lacht. »Good customer. I don't need to work.« Celal sitzt oft an einem der drei Bistrotische und trinkt Tee. Springt aber sofort auf, wenn ein echter Kunde vorbeikommt. Das sind die, die er bislang nicht kennt. Sie werden früher oder später zu Freunden. Auf Facebook hat er bald die 5000-Freunde-Grenze erreicht. Die Touristen, sind sie anständig, zahlen natürlich. Sie stopfen ihm die Lirascheine in die Schürzentasche. Daran erkennt sie, dass er kein Verhältnis zu Geld hat, Geld ist etwas, das notgedrungen ebenfalls im Döner Paradise vorkommt, etwa wie das Frittierfett oder das Spülmittel. Zwar stöhnt er manchmal über die langen Arbeitszeiten, aber es wirkt, als übernehme er aus Höflichkeit das übliche Gejammer, um nicht als zu glücklich aufzufallen. Das Döner Paradise ist sein Zuhause, seine eigene Stammkneipe. Vor drei Jahren hat er das kleine Lokal für etwa einhunderttausend Euro gekauft, inzwischen, durch die Sanierung der Altstadthäuser ringsum und die zentrale Lage, bietet man ihm das Doppelte. Celal sitzt auf einer Goldmine, aber der Gewinn ist gleich null. Sie kann nicht abschätzen, wie ernst die Lage wirklich ist und ob sie vielleicht helfen kann. Sie entwickelt Geschäftspläne, die aber ihren eigenen Vorlieben entsprechen: Warum machst du aus deiner Dönerbude keinen vegetarischen Imbiss mit anatolischen Gemüseeintöpfen, das ist bestimmt eine Marktlücke, die gesundheitsbewussten westlichen Touristen wären begeistert.

Aber sie spricht wohl wirklich nur von sich selbst. Sie ist froh, dass Celal darauf nicht anspringt, denn dann müsste sie womöglich die Sache mit ihm gemeinsam durchziehen.

Er will sie heiraten.

Es ist der erste Heiratsantrag in ihrem Leben.

Zwischen Asien und Europa, irgendwo dort, auf dem türkisblauen Wasser, hat ein schöner junger Mann mit dem größten Herzen der Welt zu ihr gesagt: Heirate mich.

Letzte Woche.
Seither zieht sie sich von Celal ein bisschen zurück, gerade so, dass es als Vernachlässigung nicht eindeutig wird. Lass mich nachdenken. Und wenn sie nun darüber nachdenkt, dann geht das nicht, ohne über ihr gesamtes Leben nachzudenken. Genau das, wovon sie sich so angenehm befreit fühlt, seit sie in Istanbul lebt.

Die nächsten zwei Tage verbringt sie mit den anderen Künstlern in der Galerie. Sie streiten, wer welchen Raum bekommt, welche Wand, welche Ecke. Matthias baut eine Videoinstallation auf, Perihan zimmert aus Sperrholz eine Kabine, *Point of no return*, Berta kippt fünfhundert Päckchen Zucker über den Boden des hinteren Raums – hinten, das ist die Bedingung, und ein rotes Absperrband soll dafür sorgen, dass der Zucker nicht den Raum verlässt.
Gipsdübel fehlen, die Leiter wackelt, Matthias muss festhalten, während sie oben steht, die Bohrmaschine bedient und über Christoph Wanka nachdenkt. Es ist eher ein Farbschleier, der das Bisherige anders einfärbt. Diese leichte Besessenheit erklärt sie sich damit, dass sie zu keinem Urteil über ihn findet.
Sie hat den Spaziergang zunächst als Desaster abgeheftet. In ihrer Erinnerung formt er sich Stück für Stück um zu einer hochinteressanten Erfahrung. Sie haben einander zwar wenig mitgeteilt, aber die Auslassungen hatten einen Druck bewirkt wie der Abstoßungseffekt zweier Magneten. Zumindest in ihrer Erinnerung, in der auch immer wieder ihre Arme aneinanderwischen.

Am Tag der Ausstellungseröffnung glänzt das Kopfsteinpflaster vom stetigen Regen. Als es dunkel wird, sprühen Lichtringe um die Laternen. Die Altstadthäuser vornehm und manche düster, sie stehen kurz vor der Sanierung. Blätternder Putz, rostrote Wunden, grün verfärbte Eisenbrüstungen. Ein verfallener Stadtpalast, aus dem es nach Schutt riecht, nach Geistern.

In der dunklen Zürafa Sokag leuchtet ein milchig weißes Lichtfeld, in das Gestalten ein- und ausströmen. Sie erkennt Matthias und Berta zwischen türkischen Künstlern. Sie versucht, sich in die Unterhaltung einzubringen, da biegt plötzlich Celal in die Gasse ein, geht langsam und zögernd auf Holle zu, offenbar darauf hoffend, dass sie ihn anschaut. Sie tut so, als bemerke sie ihn nicht. Celal verschwindet in einem Hauseingang. Er wartet dort ab. Sie erhält eine SMS: *I can see you, baby. You are pretty tonight!*

Sie antwortet nicht.

I love you kommt als Nächstes.

Sie blickt auf. Sie tut, als bemerke sie Celal erst jetzt, als die Gruppe sich ihm zuwendet. »My favourite Turk«, brüllt Matthias und tauscht türkische Begrüßungsfloskeln mit ihm. »What a handsome guy, look at you«, jubelt Berta.

Ihr gefällt das nicht, diese Begeisterung. Als wollten sie dem Verdacht zuvorkommen, sie würden sich nur deshalb mit Celal abgeben, weil sie mit ihm zusammen ist.

Sie begrüßt ihn mit Wangenküsschen, riecht die Grilldünste des Dönerfleischs in Haar und Kleidung. Seine Hand kriecht in ihre. Raue Innenflächen wie Reibeisen. Sie will ihre Hand wieder herausziehen, aber er hält sie fest, während er versucht, eine bereits begonnene Erzählung zu

Ende zu bringen. Über das Döner Paradise, seinen Onkel und eine Straßenkatze, so viel wird deutlich, aber da Celal Personalpronomen nicht unterscheidet, bleibt unklar, ob er seinen Onkel oder die Katze über Nacht ins Döner Paradise eingesperrt hat. Die anderen hören ihm mit zärtlichen Blicken zu. Die Geduld der anderen kennt keine Grenzen. Sie soll netter zu ihm sein, hat man sie schon ermahnt, ihm nicht ins Wort fallen und auch nicht sein Englisch verbessern. Sie befreit ihre Hand und betritt die Galerie.

Die Leute schieben sich durch die Räume und suchen einander. Wenn jemand bei ihr stehen bleibt, ist ihr nie klar, was es zu reden gibt. Eine deutsche Dame erzählt, ihre Tochter mache ein Praktikum in Istanbul. Ein türkischer Student erzählt, auch er fotografiere, und reicht ihr seine Visitenkarte. Eine deutsche Journalistin fragt, wie Istanbul ihre Arbeit beeinflusst habe. Sie gibt etwas Vages, Unbrauchbares zur Antwort.

Sie wird von den drängenden Leuten in den mittleren Raum gespült, direkt vor Perihans Kabine *Point of no return.* Sätze in Englisch, Türkisch und Deutsch füllen den Raum. Sätze, an niemanden gerichtet. Darum geht es. Man spricht in ein Mikro, irgendetwas, und das wird aufgezeichnet und als *loop* in den Raum gespeist.

Sie hat für interaktive Kunst nicht viel übrig. Aber als sie Christoph Wanka am Eingang entdeckt, flüchtet sie panisch in die Kabine. Sie spürt den Schock durch ihren Körper rasseln. Sitzt reglos in der Kabine und versteckt sich also vor Wanka.

Jemand klopft – ist er das? –, sie rührt sich nicht. Der *Point of no return*, das ist nicht die Kabine, sondern alles, was außerhalb stattfindet. Die Kabine ist das Zeitanhalten. Das Innen. Das Refugium. Noch einmal klopft es an der Tür. Sie knetet ihre Finger. Sie zupft an ihrem engen Rock, zieht ihn über die Knie, legt ihre Hände auf die Oberschenkel, betrachtet, was sie ist, voller Verwunderung plötzlich. Einen Körper haben in einer bestimmten Zeit und an einem bestimmten Ort. Den wirst du nicht los, aber kannst dich immer anders denken – sie spricht inzwischen ins Mikro. »Hallo?«, ruft jemand und klopft an die Tür. Du kannst dir auch vorstellen, eine Wand zu sein oder eine Lampe. Jemand öffnet die Tür und schließt sie sofort wieder, »Entschuldigung, dachte, es sei leer.« Sie steht auf und tritt ins grelle Licht der Galerie.

Wanka steht im vorderen Raum unweit ihrer Bilder. Er ist ganz in Schwarz gekleidet. Er schnappt sich von einem Tablett einen Wein, das Glas an den Lippen, dreht er sich um und entdeckt sie. Beide heben sie die Augenbrauen. Sie geht auf ihn zu, mit der Sicherheit, die einsetzt, wenn es keinen Ausweg mehr gibt. Soweit sie die Lage überschaut, ist Wanka allein gekommen.

»War mir gar nicht klar, dass Sie noch in Istanbul sind!«, schreit sie durch den Lärm und klingt ein bisschen herablassend.

»Selbstverständlich bin ich noch hier«, schreit er zurück und klingt wiederum, als müsse sie das doch wissen und sei ein bisschen blöd.

Sie verschränkt die Arme über der Brust und spürt das-

selbe Stocken wie beim Spaziergang – ein Stocken, das, wie sie meinen will, sich aus einer Suchbewegung ergibt, nicht aus einem Desinteresse.
Er sagt etwas, das im Lärm untergeht.
»Wie bitte? Ja, natürlich zeige ich Ihnen meine Bilder.« Sie legt gastgeberinnenhaft ihre Hand auf seinen Arm und führt ihn zu ihrer Bilderserie *Habe die Welt geendert / I have chenged the world.*
Gemeinsam betrachten sie das erste Bild, ein Häusermeer.
»Sehen Sie die Kabel an den Häusern«, sagt sie, »wie Adern, immer dieser Eindruck von Blutgefäßen und als sähe man in die Dinge hinein, ihr Inneres ist auch im Außen.«
Er nickt, nimmt einen Schluck Wein, verkleckert ein bisschen davon, als jemand zu dicht an ihnen vorbeigeht. Sie schaut rücksichtsvoll zur Seite.
»Eminönü«, sagt sie. »Der Fähranleger. Auffliegende Tauben. Nur die Tauben.« Sie zeigt wie eine Wetterfee auf das Bild.
»Und die Menschen?«
»Auf meinen Bildern gibt es keine Menschen.«
Sie betrachten gemeinsam den Taksim-Platz, den griechischen Stadtteil Fener und den Ägyptischen Basar. Menschenleer.
»Schicken Sie die Leute weg?«
»Nein, ich warte einfach«, sagt sie und ist enttäuscht. Hat sie sich in den letzten Tagen so viel über Wanka zusammengereimt, dass er mit der inneren Version nicht mithalten kann? Als er schweigt, sagt sie: »Manchmal warte ich auch umsonst. Ich stehe drei Stunden an einer

Stelle, harre aus, und gehe wieder. Doch es frustriert mich nicht. Die nicht gemachten Bilder sind Teil der existierenden Bilder.«

Er reagiert nicht; er könnte sowohl sprachlos vor Faszination sein als auch vor Langeweile. Sie fügt sicherheitshalber eine handfeste Information hinzu: »Ich will die Serie in Mumbai fortsetzen.«

»Das wird schwierig.«

»Sie kennen Mumbai?«

Er nickt. Sie wartet, dass er erzählt, aber er beugt sich zum Bild. Sie kann sich jemanden wie Wanka nicht in Mumbai vorstellen. Was wäre, wenn sie ihn nach Orten fragt, deren Klang sie liebt, Byculla. Chinchpokli. Bhuleshwar. Kalbadevi. Marine Lines. Apollo Bunder. Matunga. Elphinstone Road. Jemand rempelt sie an, sie stolpert nach vorne, kann sich wieder fangen. Ein Türke mit roter Brille und grünem Haar nimmt sie in den Arm und drückt sie an sich: »Sorry, sorry.« Sie schiebt ihn ungeduldig weg.

Wankas Blick ruht auf dem Fähranleger Eminönü.

»Meine Bilder zeigen Orte, an denen eben noch jemand war«, versucht sie es von neuem. »Wir sehen manchmal mehr von den Menschen durch ihre Abwesenheit.«

Sie schaut ihn so lange an, bis er zurückschaut, aber sein Blick verrät nichts.

»Und, wollen Sie noch mehr über meine Bilder wissen?«

»Na ja, wenn Künstler über ihre Kunst sprechen, sollte man lieber weghören.« Er grinst selbstbewusst.

Holle kennt diese Kritik. Ein Singvogel muss nichts von Ornithologie verstehen, um singen zu können; eine Kritik, die sich für Hierarchien interessiert. Sie bleibt ruhig. Sie

ist die Expertin, nicht er. Sie sagt: »Vielleicht kann das niemand, über Kunst reden. Weil Kunst nicht im Reden aufgeht.«
Wanka hält an seinem Grinsen fest. Vielleicht überfordert sie ihn? Erneut verschieben sich die Leute; Holle wird zurückgedrängt und spürt schließlich die Wand im Rücken. Eine Wand sein. Eine Lampe. Stattdessen ist sie eine Silhouette aus Rock und Hemd in der Fensterscheibe, und hinter der Spiegelung entdeckt sie plötzlich draußen auf der Straße Celal. Er hebt die Hand. Er kann sie in der beleuchteten Galerie besser erkennen als sie umgekehrt ihn; er kann nicht einmal sicher sein, dass sie ihn sieht. *Different world, you know. I told you. Canım. Listen, tatlım. Listen to me. This is my life how it is. I did tell you already. Many times.* Sie spricht mit Celal ein Englisch, das sich seinem angepasst hat. Kurze Sätze. Manchmal ist auch die Grammatik nicht richtig; sie merkt es kaum noch. Es ist seine, und seine ist türkisch. Vielleicht lernt sie auf diese Weise Türkisch oder wird ihr das Türkischlernen, sollte sie es eines Tages angehen, erstaunlich leichtfallen.
Celal streicht sich das lange glatte Haar zurück und winkt schüchtern. Sie tut, als bemerke sie ihn nicht. *You can go, you can leave me. Any time.*
Und er wird nicht gehen. Er wird nie gehen. Sie muss gehen. Wenn, dann sie.
Das hat sie schon dreimal getan. Und nun spricht er vom Heiraten.
»Alles klebt«, seufzt sie.
»Der Zucker«, sagt Wanka und blickt sie an. »Ich würde gerne kaufen. Sie verkaufen doch, oder?«

»Ja«, sagt sie und ist nicht überrascht. Das gehört dazu. Nicht darüber nachzudenken, ob man einen Käufer, einen Sammler vor sich hat. Nie. Stattdessen über alles andere. Als würde sie ihm mehr Ehre erweisen durch die Phantasie einer besonderen Verbindung anstelle einer Geschäftsbeziehung. Jetzt versteht sie, warum ihre Gedanken in den letzten Tagen verrücktgespielt haben. Sie wollte den einen Gedanken nicht denken müssen. Einen Gedanken, der immer ein Schuldgefühl auslöst.

Später sitzen sie auf der Dachterrasse der Künstlerresidenz, eingemummelt in Wolldecken, auf einer klammen Couch. Unter ihnen glitzert die Stadt, und über dem schwarzen Bosporus blinken vereinzelt die Lichter der Fähren. Celal ist noch immer bei ihnen, sie trinken Wodka, es geht auf drei Uhr zu. Celal muss in vier Stunden das Döner Paradise öffnen (und den Onkel befreien). Sie spürt eine grausame Regung, sie hat ihn nicht nach Hause geschickt; er wartet also. Er wartet, so wie sie in den Istanbuler Straßen steht und wartet, dass alle verschwinden, dass niemand mehr zu sehen ist. Nur die Gebäude, die Fassaden, der Stein. Celal wartet, dass nur noch Holle zu sehen ist, und diese Hingabe macht sie hilflos und wütend.
Sie reden Deutsch, und ab und an, nicht sie, übersetzt jemand für ihn, etwa wenn sie besonders laut lachen.
»Du hättest zehntausend verlangen sollen pro Bild. Wenn er fünftausend umstandslos schluckt, dann schluckt er auch zehntausend.«
»Was macht er noch mal?«

Sie zuckt gleichgültig die Schultern. »Vorstandsmitglied eines Bauunternehmens, glaube ich.«
»Witte Bau AG«, liest Matthias von der Visitenkarte ab und gibt den Namen in die Suchmaschine ein. »Die bauen ein Einkaufszentrum drüben in Esenyurt. Bauen außerdem in Schwellenländern. Und er ist Kunstsammler, steht hier. Warum wussten wir das nicht?«

Sie wäre lieber ohne Geld. Sie weiß nicht, woher dieser Gedanke kommt und ob sie sich Sorgen machen muss. Vielleicht. Es hat immer noch irgendwie geklappt. Sie will weder kein Geld haben noch viel, sie will unbehelligt bleiben. Sie will einfach leben und Kunst machen. Die letzten Monate war sie hier. Wurde wie ein Pflegekind mit anderen Künstler-Pflegekindern in ein Heim für Künstler gesteckt. Einmal die Woche saust ein Putzfrauenteam durch das Gebäude, vier beleibte Frauen mit Kopftüchern in geblümten Kitteln machen sich wie bei einer Durchsuchung in den Wohnungen zu schaffen, summend und singend, in keiner länger als zehn Minuten, sie rauschen hindurch, sie sprechen kein Wort Englisch, vielleicht bewegen sie sich nur von Wohnung zu Wohnung, von Putzauftrag zu Putzauftrag, und mehr als die eigene wischende Hand sehen sie von Istanbul nicht.
Celals Mutter ist ähnlich. Eine Frau mit großen schweren Brüsten, die bis zum Bauchnabel hängen, runden Armen, das Kopftuch unter dem Kinn gebunden. Sanfte Augen. Voller Liebe. Bei ihrer ersten Begegnung, im Keller des Döner Paradise, hatte die Mutter das Töpfeschrubben unterbrochen und die Arme weit geöffnet, und Holle war

hineingefallen und an der Frau hängen geblieben. Es ist wie mit Celal. Es verwirrt sie. Sie weiß nicht, wie sie ohne das leben soll, und sie weiß auch nicht, wie sie damit leben kann.

Es ist die letzte Woche des Stipendiums. Sie muss nach Deutschland zurück und sich eine Wohnung suchen. Vielleicht auch nur ein Zimmer erst einmal. Vielleicht auch eine Couch erst einmal. Oder kann sie vielleicht doch bei Celal in Istanbul bleiben? Celal, obwohl schon dreißig, wohnt nicht allein. Er wohnt bei seiner Schwester und seinem Schwager, und da ist es eng.

Von dem Geld, das sie von Christoph Wanka bekommt, wird sie ihre Schulden bezahlen. Für viel mehr reicht es nicht. Zum ersten Mal an diesem Abend wendet sie sich Celal zu.

»There are photographers who get half a million for a picture.«

»Lira or Euro?«

Als die anderen lachen, lacht Celal mit.

Nachdem sie zu Ende gelacht haben, gibt sie Celal ein Zeichen, dass sie schlafen gehen wird.

»You should go home, canım.«

Es hatte gedauert, bis Holle das Wort *canım*, das in allen seinen SMS auftauchte und für sie so seltsam nach Hund aussah, mit dem weich gesäuselten Dschanam verknüpfte. Dschanam, Schatz. »What does *canım* mean?« Er verstand nicht, sie zeigte ihm das Wort. »Dschanam«, sagte er, »it is dschanam.«

Das alles war sieben Monate her. Nun war sie wieder hier. Lag in der Dunkelheit einer fremden Wohnung, und neben ihr Celal.
»Will you go back to Mumbai?«
»I just come from there.«
»But you go back?«
»I don't know.«
»How long will you stay in Istanbul?«
»I don't know.«
»Is there beach in Mumbai?«
»Yes. But you cannot swim or sunbathe there.«
»Why?«
»It is dirty. Very dirty, full of waste. The sands and the water are very bad.«
»Can I visit you?«
»Yes.«
»Will you accept me?«
Sie wusste nicht, was er mit *accept* meinte – Sex?
»Yes, I will accept you.«
»Is it warm?«
»Yes, it is warm.«

3
MUMBAI

GESCHENK IST GESCHENK

Einzelne Menschen konnte man nicht sehen. Man sah Bewegung, eine kontrollierte gleichmäßige Flinkheit, in alle Richtungen, aus allen Richtungen. Auch jetzt, in der Nacht.
Die Kofferträger griffen nach dem Gepäck. So selbstverständlich, als gehörten sie zum Flughafenservice. Sie sagten, *welcome to Mumbai, welcome to India*, und dann machten sie einen Riesenlärm, gab man ihnen ein indisches Trinkgeld und kein europäisches.

Theresa zog den Koffer hinter sich her, hielt mit der freien Hand einen von der feuchten Hitze welken Zettel vor sich, das amtliche Blatt mit der Taxinummer. Eine Adresse im Vorort Bandra stand auf dem Zettel. Sie hatte die Wohnung im Internet gefunden, zur Zwischenmiete, angeboten von einer Holle Schulz, Berliner Künstlerin.
Der Kofferträger griff nach ihrem Koffer, Theresa fragte ihn augenblicklich, was das koste, sie fragte auf Hindi; er konnte also nicht ausweichen, indem er so tat, als verstehe er sie nicht.
»Zweihundert Rupien.«
»Zu viel«, sagte Theresa.
Er ließ ihren Koffer aber nicht los.

»Lass los«, sagte sie.
»Nur zweihundert Rupien, Madam.«
»Chaley Jaao.« Hau ab.
»Dhíli Chút.« Fotze.
Sie kam ohne Kofferträger beim Taxifahrer an und ging davon aus, er sei beeindruckt. Wer schaffte das schon, den Kofferträger abzuwimmeln. Aber er schleuderte wortlos und irgendwie verächtlich ihr Gepäck aufs Taxidach. Theresa nahm auf der Rückbank Platz, lehnte sich in das mit einer Schutzfolie überklebte Polster.
»Warum machst du das?«, fragte er auf Englisch.
Sie fragte auf Hindi zurück: »Was meinst du?«
Er schnalzte mit der Zunge. Dann zog er Rotz hoch, und an der nächsten Ampel spuckte er aus. Noch nichts Ungewöhnliches. Das Ausspucken war etwas so Akzeptiertes wie anderswo ein Niesen.
Aber sie sagte: »Benimm dich. Hier sitzt eine Lady.«
Sie spielte mit den Begriffen. Sie fuhr eine Wirklichkeit gegen ihn auf, mit der sie selber nichts zu tun hatte.
»Dann hättest du dir das Gepäck tragen lassen. Und du wärst nicht allein hier. Hast du keinen Ehemann, der für dich sorgt?«
»Ich kann für mich selber sorgen.«
Er schwieg. Sie betrachtete ihn zum ersten Mal genauer. Ein rundliches Gesicht, eine stämmige Statur, sehr dunkle Haut, die in der Hitze ölig glänzte. Die khakifarbene Uniform spannte über einem kugelförmigen Bauch. Ein Fingernagel war lang wie eine Vogelkralle und braunrot lackiert.
»Wie alt bist du?« Er warf ihr durch den Rückspiegel einen

Blick zu. Es war ein lüsterner Blick, wie er in Bollywoodfilmen seinen Erfolg feierte und ansonsten zur Affirmation des eigenen maskulinen Selbstbildes diente, ganz ohne Erwartung an die Frau.

»Das geht dich nichts an.« Theresa rutschte hinter seinen Sitz und versteckte sich. Dann beugte sie sich vor und sagte: »Nimm Linking Road.«

»Aber Linking Road ist Baustelle, Madam.«

Sie seufzte laut und übertrieben. Mehr blieb ihr nicht. Vielleicht sagte er ja die Wahrheit. Wenn nicht, konnte er ihrem Seufzen entnehmen, dass sie ihn durchschaute und dass er sich besser keinen weiteren Betrug erlauben sollte. Betrug? Das Taxi war doch schon bezahlt.

Sie bogen von der Hauptstraße ab in ein Viertel, das immer verwinkelter und krummer wurde.

»Soll das eine Abkürzung sein?«

»Es ist der schnellste Weg, Madam.«

Sie schaute sich im Taxi um. Auf dem Armaturenbrett war ein Aufkleber mit arabischen Schriftzeichen und der Übersetzung *Mash'Allah*. Wie Gott will. Aber das Gesicht des Fahrers war glattrasiert, er war also kein Muslim. Gehörte der Wagen überhaupt ihm? Die Gegend wurde kleinteiliger und improvisierter. Sie wirkte aufgeschnitten. Zerfleddert. Gerupft. Herabhängende Leitungen, abblätternder Putz: Als wäre ein Schnitt gemacht worden und würde das Innere nach außen quellen.

Theresa beugte sich vor und fotografierte den Fahrer, der verächtlich geradeaus sah. Sie nannte ihm die sozialen Netzwerke, auf denen sein Gesicht nun zu sehen war.

Sie hatte das Bild an Lorenz geschickt.

Sie wartete eine Straße lang auf eine Reaktion. Weder von Lorenz noch vom Fahrer kam eine.
Menschen lagen am Straßenrand, von Kopf bis Fuß unter Decken. Eine Unterführung tauchte auf, eine einsame Strecke durch einen Tunnel.
»Halt an.«
»Madam, was wollen Sie? Das hier ist ein Prepaid-Taxi. Sie haben doch die ganze Strecke bezahlt. Also kriegen Sie auch alles.«
Er fiel in den unterwürfigen Singsangton der Dienerschaft, doch parodistisch, zynisch. Oder bildete Theresa sich das ein? Oder lag in diesem unterwürfigen Tonfall der Unterschicht immer schon ein Zynismus, ein Spott, den Theresa erst jetzt nach mehreren Indienreisen bemerkte?
Es war dunkel um sie herum. Das Viertel, eine Art Slum, schlief. Nirgends ein Hotel. Verwesungsgeruch, Reste vom Leben und vom Tag hingen schwer in der Luft.
»Halt jetzt sofort an.«
Er bremste. Er drückte selbst in diesem Anhalten etwas Feindseliges aus, das aus der Tiefe kam, aus einer Schicht tiefer als seine bewussten Entscheidungen.
Sie setzte einen Fuß nach draußen und spürte den Schmerz um eine Sekunde verzögert, nachdem ihr die Tür ins Gesicht geflogen war. Der Wagen hatte einen Satz nach vorne gemacht.
»Hier ist nicht gut zum Aussteigen. Hier ist Müll«, erklärte der Fahrer.
Es war ein beißender Schmerz, der an den Rändern flirrte und irgendwohin wollte, die Tendenz zu einem viel

schlimmeren Schmerz besaß, der jetzt nicht ausbrechen durfte.
»Sie wollen doch nicht im Müll landen!«
Schimpfte er mit ihr?
Sie stieg aus, ohne ein Wort zu sagen.
»Madam, das ist keine gute Gegend. Ich fahre Sie zu Ihrer Adresse.«
Sie konnte nicht mehr feststellen, ob er die Wahrheit sagte. Sie verschränkte die Arme und blickte zu Boden. Er stellte ihr den Koffer vor die Füße, zögerte einen Augenblick. Dann stieg er ins Auto und fuhr weg.
Sie sah dem Taxi nach und spürte nun den Schmerz unter ihrem Auge wie ein Licht anspringen.
Der Nachthimmel wies am Horizont einen feinen Riss auf. Ein Kobaltblau floss hindurch. Es war vier Uhr dreißig. In ein, zwei Stunden wäre es hell.
Sie trug den Koffer zum nächstgelegenen Hauseingang. Sie setzte sich irgendwohin, es fühlte sich an wie Stufen. Es roch nach Fäulnis, Urin. Sie spürte, dass um sie herum, dass ganz in der Nähe Menschen waren, sie hörte ein leises Husten, sie hörte jemanden schnarchen, und wenig später erkannte sie die in Decken eingewickelten Körper, wie Larven lagen sie vor den Hauseingängen, es waren Tagelöhner, die vermutlich in den Läden ringsum arbeiteten, Leute, die so wenig Geld verdienten, dass sie nicht einmal eine der Baracken bewohnen konnten. Einige Schlafdecken hatten prächtige Muster, geheimnisvolle, edle Ornamente, als wären Pharaonengräber geplündert worden, Könige ausgestreut, wohlhabende Leichname bis in alle Zeiten.

Das erste Licht wanderte über die Baracken, über abgesplittertes Holz, abgeplatzte Farben, brüchigen Stein. Es war ein rauchiges Licht wie an einem nebligen Herbstmorgen, aber es war Sommer, ein indischer heißer Sommer. Allahu akbar schallte aus einem Lautsprecher, verzerrt und knisternd, und wenig später hörte sie ein Muschelhorn aus einem Tempel, dieser schilfrohrhafte Klang. Sie beobachtete sich einseifende Menschen, zähneputzende Menschen, um einen Wasserhahn versammelt, der in einer Mauer steckte. Weißer Schaum floss an dunkler Haut herab. Sie wollte eigentlich von hier weg, aber sie ertrank in der tiefen Sinnlichkeit aus Gerüchen, Klängen, der öffentlichen anonymen Intimität.
Man hatte sie längst entdeckt. Die Leute blieben ein paar Schritte vor ihr stehen und fragten, was sie wolle, was sie suche. Jede Frage schnitt in sie hinein wie eine Grundsatzfrage zu ihrem Leben. Sie lächelte und sagte, sie warte hier auf jemanden. Sie sei Journalistin.
Sie hatte inzwischen eine Tasse Tee neben sich stehen und eine Keksrolle Parle-G. Sie wedelte mit einem Zwanzig-Rupien-Schein dem Jungen zu, der gerade zwischen den Leuten wieder verschwinden wollte. Sie war dankbar, dass er den Schein nahm. Natürlich war der Junge nur der Bote. Als er durch die Leute hindurch verschwand, sah sie eine rasche Hand von irgendwem, der ihm eine Ohrfeige verpasste. Geschenk ist Geschenk. Sie lächelte. Sie biss in einen Keks, und im selben Moment traten ihr Tränen in die Augen.
Hinter ihr ging ein Stahlrollo hoch, sie saß vor einer Metzgerei. Jemand band eine Ziege an einen Pfosten, ein

Schwarm schwarzer Fliegen stieg auf, die auf eingetrockneten Blutlachen gebrütet hatten.
Irgendwer hatte gemerkt, dass sie einfach nur hier saß und mitnichten auf irgendetwas wartete. Sie saß hier, als sei sie wie ein Kind kurz abgesetzt und dann vergessen worden.
Jemand hatte ihr eine Rikscha organisiert.
Sie stieg ein. Sie war mitten in der Stadt, wenn auch in einem Slum. Sie stieg von der Stadt aus ein, nicht vom Flughafen, der noch zu nah an ihrer Welt lag.
Unter dem linken Auge ertastete sie mit dem Finger eine Schwellung. Der Schmerz klirrte, als sie losfuhren, und sie warf ein Aspirin ein und schluckte es mit dem Wasser der Airline herunter.

Zwei Tage lag sie fast nur im Bett wie von irgendwoher angespült. Sie lag in einem Meer aus Hitze und Lärm, im wievielten Stock vergaß sie immer wieder, fünfter oder sechster, ein unauflösbarer Dreher im Kopf, aber der Liftboy wusste es. Sie war nackt, es war zu heiß, jeder Stoff, einmal auf der Haut, wurde sofort feucht, und so lag sie nackt ausgestreckt auf dem Bett. Sie wusste noch immer nicht, was geschehen war. Ob wirklich Gefahr bestanden hatte oder nicht.
Die Wohnung war in Bandra, Bandra West. Zuerst portugiesische, dann englische Kolonie. Heute wohnte die ganze Welt hier. Es war ein moderner Stadtteil, hier wohnten Bollywoodstars und Ausländer. Alte portugiesische Stadthäuser wichen cremeweißen Luxuswohntürmen, die an Disneyland erinnerten, das Übertriebene, das für Kinder Überdeutliche, die Säulen, die Tempelanmutungen.

Die Klimaanlage funktionierte nicht. Sie schickte eine Kurznachricht an Holle Schulz, die inzwischen in Istanbul angekommen war. Schlief wieder ein, und als sie das nächste Mal aufwachte, war es draußen dunkel. Sie las Holles Antwort: *Tut mir leid, keine Ahnung.*
Lorenz' Besuch war wieder abgereist, sie könnte nun bei ihm einziehen. Er hatte schon gefragt.
Theresa lauschte dem Rauschen des Straßenverkehrs und dem wundmachenden Krächzen der Krähen. Die Einsamkeit war so stark, dass sie Trost abwarf. Theresa trat auf den Balkon, stand zwischen der zerbrochenen Styroporverpackung des neuen Maxikühlschranks und Holles Fußspuren im Staub der weißen Marmorfliesen. In den gegenüberliegenden Wohnungen ein abendlicher Tumult aus Maids, Madams, Kindern, flimmernden Fernsehern. Unten bei den Garagen in fahlem Neonlicht, zwischen verschimmelten Wänden, die Chauffeure. Sie hielten sich bereit für den Fall, dass jemand von dort oben noch eine Spazierfahrt machen wollte. Morgens wuschen sie sich mit dem Wasser aus dem Schlauch, mit dem sie auch die Autos wuschen.
Die Wohnung war groß und spärlich möbliert. Es gab vier Zimmer, eins davon war das Atelier. Holle hatte ihr erlaubt, die gesamte Wohnung zu nutzen, aber nicht das Atelier, ja, bitte auch nicht eintreten. Sie drückte die Klinke der Milchglastür nach unten. Abgeschlossen. Der Schlüssel steckte, sie hätte ihn umdrehen können. Aber ihr Interesse galt nur der Frage, ob Holle den Schlüssel umgedreht und dann nicht abgezogen hatte.

4
BERLIN

IF YOU LEAVE ME, I WILL KILL MYSELF

Nach ihrer Rückkehr aus Istanbul sammelt Holle bei ihren Berliner Freunden ihre Taschen und Koffer ein und bezieht eine kleine Einzimmerwohnung zur Zwischenmiete. Die Wohnung liegt im Erdgeschoss. Hinterhaus. Tagsüber ist es dort dunkel, nachts hell von den Hoflampen. Da sie ihre Socken nirgends findet, läuft sie die ersten Tage auf Lufthansasocken herum.

Es ist Ende November, der Himmel meist zugezogen. Die Bäume sind entlaubt und die Temperaturen unter null. Es riecht nach Schnee.

Ihr Konto ist während ihrer Zeit in Istanbul gepfändet worden (von einer Bank, bei der sie seit sieben Jahren Schulden hat) und dann, tief im Dispo, gesperrt, was sie jetzt erst bemerkt. In Istanbul wurde ihr das Stipendium bar in Lira ausgezahlt. Sie kommt nun nicht mehr an Euro, aber mit den Lira kann sie sich bei einem kulanten türkischen Lebensmittelhändler eindecken, bis sie auf die glänzende Idee kommt, die Lira zu einer Wechselstube zu bringen. Es kommen knapp vierhundert Euro dabei heraus, dreihundert gehen als Kaution für die Wohnung drauf.

Die Rechnung für Christoph Wanka schreibt sie im Ara-

biback, einem Backshop mit Internetcafé, setzt die Bankverbindung einer Freundin auf die Rechnung – entscheidet sich, das nicht zu kommentieren – und bittet ihn, die fünfzehntausend Euro noch in diesem Monat (erst schreibt sie: *diese Woche*) zu überweisen. Beste Grüße, Holle Schulz.
Sie bleibt eine Weile vor dem Computer sitzen und würde sich nicht wundern, postwendend eine Delivery Status Notification zu erhalten, weil natürlich die ganze Wanka-Episode bloß halluziniert ist, so wie Leute in der Wüste kurz vor dem Verdursten Visionen eines Bergbachs haben.
Sie kehrt täglich ins Arabiback ein; Khalid verkauft ihr für achtzig Cent Kaffee in einem weißen Pappbecher, sie kann alles anschreiben lassen und lässt als Pfand einen Internetstick bei ihm. Der Stick nutzt ihr nichts ohne Bankkonto, mit dem sie ihn aufladen könnte.

Wanka schreibt am nächsten Tag freundlich und knapp zurück. Bis auf ein irritierendes Detail. Er komme nächsten Mittwoch geschäftlich nach Berlin, ob sie sich zum Lunch treffen wollen. Lunch, wiederholt sie dieses Geschäftsweltwort ungläubig.
Sie haben doch meine Bilder, was wollen Sie von MIR? / Ich habe leider keine Zeit. / Jetzt reicht es! Erst gehen Sie mir in Eyüp anderthalb Stunden auf die Nerven ... / Ich habe leider keine Zeit nächste Woche, aber vielleicht ein andermal! /
Gern, schön Sie wiederzusehen!
Das schreibt sie.
Wanka schlägt einen Italiener in Mitte vor, vielmehr, er bestellt sie dorthin, er habe vorher im Bundesverband der

Deutschen Industrie zu tun. Sie bestätigt den Termin und beobachtet eine Weile ihren Posteingang, denn sie hat noch ein Guthaben von zehn Minuten.

Wankas Mail ist umgeben von Mails aus Istanbul. Celal feuert seit ihrer Abreise die immergleichen Baby-I-miss-you-Nachrichten ab. Auf die sie nicht mehr reagiert. Vor einer halben Stunde allerdings hat er seine Sehnsucht auf ihrer Facebook Wall kundgetan.
I miss you too, baby!, setzte ihr Galerist darunter. Celal hat jeden weiteren flapsigen Kommentar mit *Gefällt mir* beschlagnahmt. Als zögen sie alle am selben Strang, und als könne er sich über ihre Freunde in ihre Nähe klicken.
Sie löscht den gesamten Eintrag und blockiert Celal.
Why did you block me?, fragt er eine Minute später per Mail.
Ja, das kommt ihr nun auch übertrieben vor. Sie will sich entschuldigen, als bereits neue Nachrichten eintreffen, in zunehmend panischerem Ton: *Do you want to leave me? You don't love me any more?* Ihr Handy klingelt. Sie drückt den Anruf weg. Sie antwortet auf keine der Mails. *If you leave me, I will kill myself!*, liest sie noch als Betreff, bevor sie sich abmeldet. Sie beruhigt sich damit, dass im türkischen Liebesdiskurs ein *I will kill myself* womöglich bloß einem deutschen *Das ist schade!* entspricht. In Istanbul weht *Hüzün*, eine besondere Form von Melancholie, laut Orhan Pamuk das schwarze Gefühl. Man muss von jedem Gefühlsausdruck ein bisschen abziehen.

Die Tage vor dem Mittagessen mit Wanka versinken in Lähmung. Was verbindet er mit diesem Lunch? Ist das nur ganz beiläufig gemeint, ein bisschen Kontakt halten? An so etwas hat sie kein Interesse. Sie unterhält keine beiläufigen Kontakte. Sie hofft, dass Wanka vernünftig ist und das Treffen nicht als Date ansieht.
Sie hat mit Männern wie Wanka bislang nur im Rahmen glamouröser Kulturveranstaltungen zu tun gehabt. Gemeinsamkeiten bestehen keine, Kunst und Kultur sind nur äußerlich gemeinsamer Nenner; für Leute wie Wanka eine Geldanlage, für Leute wie sie eine Lebensweise, ein Schicksal, eine Art Religion.
Im Netz finden sich zahlreiche Einträge zu Wanka, er hat viel mehr als sie. Bilder, auf denen er in Mikrofone spricht und mit bekannten Politikern zusammensteht. Im Manager Magazin redet er freimütig über seine Investitionen auf dem Kunstmarkt als Geldanlage: Die Tatsache, dass ein Bild schöner ist als ein Goldbarren, sei dabei ja nicht von Nachteil. Einige der Bilder stelle er Museen zur Verfügung, die meisten bewahre er privat auf, die weniger wertvollen auch in den Firmenräumen. Bei den Käufen lasse er sich von Experten beraten.
Sie fragt sich, wo Wanka ihre Bilder aufhängen wird und welcher Experte sie ihm empfohlen haben könnte.
Sie verbringt viel Zeit im Internetcafé. Nach einer langen Phase mit ihrer Kamera will sie wieder malen und möchte ein Atelier anmieten. Sie durchforstet Anzeigen, nimmt erste Kontakte auf und vereinbart Besichtigungstermine. Celal hat sich bislang nicht umgebracht. Immer noch treffen täglich fünf Nachrichten von ihm ein. Sie löscht alle

ungelesen. Sie ist erschrocken über das Ausmaß seiner plötzlichen Hilflosigkeit. Sie darf nicht darauf eingehen, das wäre falsch.

»Brauchst du was?«, hört sie Hartmuts Stimme, als sie ihre Wohnungstür aufschließen will. Hartmut wohnt gegenüber. Fliesenleger, in Frührente. Er hat eine wahnsinnig laute Stimme. Alles dröhnt, wenn er spricht. Ihr Körper dröhnt. Wie etwas Zwingendes, denkt sie manchmal und stellt sich vor, dass Leute ihm ausweichen. Da sie ohnehin nur ein paar Monate hier wohnen wird, ist sie aus Neugier bereits zweimal seiner Einladung gefolgt und hat Kaffee mit ihm getrunken. Ein Einsamer. Ein polternder, einsamer Mann, nicht sexuell beziehungsweise alles Sexuelle unter plump-chauvinistischen Sprüchen unter Kontrolle gebracht; nimm mich nicht ernst. Etwa wenn er ihr Komplimente macht. Mein ich doch nicht ernst. Die Abwehr; die Selbstabwehr. Er ist Mitte fünfzig, hat weibliche Oberschenkel und weiche Züge, etwas Flinkes in seinen Bewegungen, Reste seines Handwerkerlebens.
Er steht breitbeinig in der Tür und übt sich in der Rolle des Beschützers: »Brauchst du was?«
»Nein, brauchst *du* was?«, fragt sie gereizt zurück, aber das merkt er nicht, er lächelt zutraulich: »Magst du reinkommen auf einen Kaffee?«
Sie nickt. Drinnen ist es kalt und dennoch stickig, es riecht nach Wandfarbe und nach Junggeselle, einem Leben ohne viel Austausch, ohne Partner, ohne anderen. Da herrscht diese Sackgassenatmosphäre bei ihm, und er kämpft dagegen an mit seiner plärrend lauten Art, seiner absurden

Offenheit. »Möchtest du Müsli? Nein? Dann einen Apfel? Aber einen Kaffee sicher?« Sie lässt sich auf den Kaffee ein, sie sitzt mit Hartmut eine halbe Stunde an seinem Küchentisch, lässt sich erklären, dass Gas billiger sei als Strom und sie gut daran tue, das Heißwasser für Tee und Kaffee auf dem Gasherd zu erhitzen, nicht im Wasserkocher. Sie ist nicht sicher, ob er pauschal jedem in seinem Umfeld unterstellt, ebenfalls auf strenges Sparen angewiesen zu sein (sonst befände er sich nicht in Hartmuts Umfeld), oder ob man ihr die Not, auch wenn sie nur vorübergehend ist, bereits ansieht. Nur vorübergehend. Sie will glauben, dass sich alles am Ende irgendwie zum Guten wenden wird. Dass ihre kompromisslose Lebensweise irgendwann dafür sorgt, dass etwas Substantielles zurückkommt.

»Danke für den Kaffee.« Sie hat ihn zügig getrunken und sich die Zunge verbrüht. Sie möchte nun wieder in ihre Wohnung. Hartmut beult mit seinen Händen die Hosentaschen seiner Jeans aus. Sie hat den Eindruck, ihn zu kennen. Vielleicht weil er eine totale Plausibilitätsoberfläche bietet. Jemand, der kein Geheimnis, keine Rätsel, keine doppelten Böden aufweist. Ähnlich unkomplex scheint auch das Bild, das er von ihr hat: »Du studierst doch, oder?«, beharrte er anfangs. Sie korrigierte: »Nein, ich bin fertig, ich bin schon dreiunddreißig«, »Was machstn dann?«, »Ich bin Künstlerin«, »Ach so, malst du also?«, »Ja, ich male, unter anderem, ich mache aber auch Fotos.«

Dreiunddreißig. Das ist für einen Künstler noch immer jung, aber wenn nicht bald etwas passiert, ein richtiger Durchbruch, dann ist der Zug abgefahren.

Unter Hartmuts kindlich neugierigem Blick bewegt sie sich zur Wohnungstür.
»Was machst du morgen?«, fragt er.
»Das weiß ich noch nicht.«
»Dann komm doch vorbei, ich bin hier.«
Sie macht ein unschlüssiges Gesicht. Ihr gefällt nicht, so vereinnahmt zu werden, sie darf dieses Unbehagen aber nicht offenbaren: Überhaupt nur das Missverständnis, sie sei unkompliziert, erlaubt ja diese Art von Kontakt, der aus ihrer Sicht eigentlich keiner ist, wodurch sie wiederum geschützt bleibt.
»Mal sehen«, sagt sie.
»Dann kommst du also nicht«, stellt er fest und klingt ein bisschen beleidigt.
»Nein«, sagt sie.
»Haste was Besseres vor?«
»Um ehrlich zu sein«, sagt sie und spürt nun Wut, »ja.«
»Warum sagsten das nicht gleich.«
Ja, denkt sie, als würden wir einander alles sagen müssen.
»Hast du ein Rendezvous?«, fragt er, und sie sagt: »Ja, so was in der Art.«
»Wer isn der Glückliche?«
»Ein Millionär«, sagt sie unvorsichtig. Sie will nur testen, wie Hartmut reagiert, vielleicht auch deutlich machen, dass sie keine Spartipps braucht zu Strom und Gas, zumindest demnächst vielleicht nicht mehr. Dass sie in einer anderen Liga spielt, auch wenn es zurzeit nicht danach aussieht.
»Frauen. Ist doch immer dasselbe.«
Mehr sagt er nicht – als wäre ein Rendezvous mit einem

Millionär etwas, das in diesem Haus jeder Mieterin ab und an widerfährt, und der Grund, warum Hartmut immer wieder ins Abseits gerät.

»Wenn du ein Bild malst«, wechselt Hartmut das Thema, »was ist dir eigentlich wichtiger: der Ausdruck oder die Idee?«

Hat sie Hartmut unterschätzt? »Das ist nicht zu trennen«, sagt Holle nach einiger Bedenkzeit. »Der Ausdruck ist die Vollendung der Idee.«

Er nickt, er scheint zufrieden mit dieser Antwort. Aber sie selbst ist unzufrieden, und seine nächste Frage macht ihr klar, wieso: »Das heißt, das Bild muss dann ins Museum?«

Sie gibt sich einen Ruck und antwortet: »Ins Museum kommen meine Arbeiten normalerweise nicht. Wenn, dann in eine Galerie.«

Hartmut scheint diese Unterscheidung nicht wichtig. Er kommt zurück aufs Wesentliche: »Also, das müssen andere auch sehen können, oder? Sonst reicht das nicht? Ist dir das wichtig, dass andere das auch sehen können, was du machst?«

Sie zögert. »Ja. Aber das ist nicht so, wie man etwa ein neues Auto anderen zeigen will oder ein neues Handy.« Sie überlegt, warum das eigentlich anders ist, und erklärt dann: »Das Bild gehört mir eigentlich nicht. Es hat mir nie gehört; es hat immer schon allen gehört, oder niemandem.«

»Aber dein Name steht drunter, oder?«

»Ja, natürlich.«

Er macht ein fragendes Gesicht, abwartend, nicht hinterhältig. Sie erklärt also: »Damit man das zuordnen kann, es geht ja um ein Werk.«

»Kann man also sagen, das Werk gehört sich selbst?«
»Ja, genau!«, sagt sie erfreut.
Hartmut nimmt einen Schluck Kaffee; Holles Begeisterung springt nicht auf ihn über.
Sie denkt an die menschenleeren Straßenzüge in Istanbul. Sie kann jedes Mal spüren, wenn das Gleichgewicht sich einstellt, wann sie selbst, als wäre das Gewicht auf der anderen Seite nun schwer genug, in die Luft gehoben wird und zwei gleich starke, einander in der Schwebe haltende Mächte sich gegenüberstehen, Subjekt und Objekt. Das ist der Moment des Fotos. Sie vertraut diesem Gefühl. Und es sind genau diese Bilder, die am Ende die meiste Beachtung finden. Diese Bilder sind es, die Wanka ihr abgekauft hat.

In der Nacht fällt der erste Schnee. Sie merkt es bereits beim Aufwachen am veränderten Licht im Zimmer, es ist heller und farbloser, ein leeres Licht. Sie zieht die Vorhänge zurück und blickt auf den verschneiten Hinterhof, in dem mehrere Fußspuren zu den Mülltonnen führen. Bei Hartmut leuchtet ein Plastiktannenbaum im Fenster. Es ist der zweite Dezember.
Der Schnee fällt den ganzen Morgen über. Es sind feine, stechende Flocken, die zielsicher und mit einem sturen Ernst, von Böen getrieben, die Gehwege weißen, jeden Fußabdruck sofort wieder auffüllen.
Sie geht sehr frühzeitig los, aus Sorge, dass der Bus Verspätung haben könnte. Es ist sehr leise um sie herum, verschwiegen, die Autos fahren langsam, es sind viel weniger als sonst. Auf den zugeschneiten Autodächern liegt der Schnee bereits fingerdick.

Der Bus ist pünktlich. Sie kommt eine halbe Stunde zu früh an und läuft noch eine Weile an den Schaufenstern entlang. Sie betrachtet ihr Spiegelbild, sie trägt einen Cashmeremantel und teure schwarze Lederstiefel, beides aus dem letzten Jahr, als sie einen Kunstpreis gewonnen hatte. Sie hat ihr Haar sorgfältig in eine Hochsteckfrisur gebracht. Nein, man sieht ihr nichts an. Sie spürt dennoch ein Ziehen im Magen. Sie ist unvorbereitet auf das Treffen mit Wanka; sie kann sich nicht vorbereiten, wenn sie nicht weiß, worum es geht. Wie schon in Eyüp sucht Wanka ihre Nähe, ohne den Rahmen bekanntzugeben: Er könnte zum Beispiel den Casanova spielen, wie ironisch gebrochen auch immer, oder weiteres Kaufinteresse anführen. Das spielt keine Rolle und muss nicht einmal stimmen. Indem er darauf verzichtet, sichert er sich eine überlegene Position. Er setzt darauf, dass sie nicht nachfragt, sich diese Blöße nicht gibt. Und damit liegt er richtig. Die einzige Möglichkeit zur Gegenwehr besteht also im Mitspielen, im Wahren eines oberflächlichen Einvernehmens, ohne Wanka Anlass zu geben, dahinter Unruhe vermuten zu dürfen. Diese Genugtuung gönnt sie ihm nicht.

Draußen vor dem Lokal stehen wie Deserteure einige Leute zum Rauchen. Sie wirft einen flüchtigen Blick auf die Speisekarte; es ist, wie nicht anders erwartet, edel und teuer. Sie betritt den Eingangsbereich und betrachtet die großzügig verteilten Holztische. Viel Raum. Hohe Decken. Sehr gut aussehende junge Kellner mit langen Schürzen, als würden sie für den Job nach dem Äußeren ausgewählt. Sie erklärt einem dieser Schönlinge, dass womöglich auf den

Namen Wanka ein Tisch reserviert sei, als sie ihn auf sich zukommen sieht, gut gelaunt, in Anzug und Krawatte. Sie streckt ihm die Hand entgegen, um Wangenküsschen zu entgehen.

»Großartig, dass Sie hier sind!« Er drückt ihre Hand, lässt sie nicht los, führt sie durch das Lokal, ihre Distanz durch diese vertrauliche Geste wieder aufhebend.

»Sie haben hoffentlich nichts dagegen, dass noch ein paar Leute mitgekommen sind? Das war wirklich nicht zu vermeiden, meine Kollegen haben ebenfalls hier reserviert, reiner Zufall.«

»Nein, natürlich nicht.« Tatsächlich ist sie erleichtert, nicht allein mit Wanka zu sein. Andererseits: Gab es da wirklich keine Lösung, hätte man nicht kurzfristig auf ein anderes Restaurant ausweichen können? Mit einem schnellen Blick, womöglich ihre Verstimmtheit erfassend, hilft Wanka ihr aus dem Mantel und sagt: »Aber ich mache das beim nächsten Mal wieder gut!«

Sie lächelt, auch hier nicht sicher, ob das nun eine gute Nachricht ist. *Beim nächsten Mal.* Ist Wanka eine Art Hartmut, bloß mit Geld?

Er greift erneut vertraulich nach ihrer Hand und führt sie zu einem großen Tisch.

Die zwei Herren im Anzug stehen sofort auf, eine schöne blonde Frau in cremefarbener Seidenbluse bleibt sitzen. Sie wirkt erwachsen, wie früher die Mütter erwachsen waren, im Unterschied zum eigenen Kindsein. Dabei ist sie wahrscheinlich im gleichen Alter.

Wanka legt eine Hand auf ihre Schulter und stellt sie vor als seine Entdeckung aus Istanbul, eine vielversprechende

Künstlerin, deren exzellente Bilder er sich unter den Nagel gerissen habe, solange sie noch erschwinglich seien. (Meint der das ernst?) Sie schüttelt Hände: »Dr. Jana Gregor, unsere Pressesprecherin, Dr. Justus Steigerwald vom Bundesverband der Deutschen Industrie, Professor Klaus Ahrend aus dem Vorstand.«

Man fragt sie als Erstes nach Istanbul, was sie dort gemacht habe, das lässt sich in drei Sätzen erklären, wenn auch die Information, dass sie sechs Monate dort war, zum Bildermachen, Erstaunen auslöst.

»Haben Sie dann also Türkisch gelernt?«

Sie kommt sich blöd vor, das verneinen zu müssen, nicht einmal etwas so Lebenspraktisches und Sinnvolles hat sie zustande gebracht in der langen Zeit. »Ich kann nur ein paar Sätze, Begrüßungen, Zahlen und so.«

Wanka scheint derweil zufrieden mit der Runde, die ihn als Vermittler nicht mehr braucht. Er lehnt sich zurück, lockert seinen Krawattenknoten, und als der Kellner kommt, bestellt er für alle das Gleiche, »das geht dann am schnellsten«, erklärt er. Holle sagt leise und schuldbewusst: »Für mich bitte etwas Vegetarisches, das schnell geht.«

Die Aufmerksamkeit liegt noch immer auf ihr; Jana Gregor fragt mit nasaler enger Stimme und strengem Lächeln, ob sie noch andere Orte in der Türkei gesehen habe. »Kapadokien, die unterirdischen Städte, aber dort bekam ich Platzangst«; sie ist nicht sicher, warum sie das, ausgerechnet das erzählt, ist auch noch gar nicht ganz fertig, als Wanka von Tunnelsystemen im Vietnamkrieg berichtet, den Zusammenhang versteht sie nicht, aber die anderen hören ihm gebannt zu. Dr. Steigerwald erzählt daraufhin von gegrillten Meerschweinchen bei einem Botschafteressen in Peru, wo er auch noch das Meerschweinchen seiner Frau aß, das sie ihm heimlich auf den Teller schob. Das Thema Auslandsabenteuer scheint hiermit abgehakt, nun geht es um das Problem der amerikanischen Kredite derzeit, um Firmeninternes; sie kommt sich vor wie auf einer Zugfahrt, wo man Vertraulichkeiten der Telefonierer ringsum mit anhört, kann aber, als fehle ihr ständig eine Gesprächshälfte, ähnlich schlecht folgen. Bei der Hauptspeise erinnert man sich wieder an sie und fragt, wie sie die türkische Küche fand. Dass sie mit einem Dönerbudenbesitzer liiert war (oder noch ist, das weiß sie nicht), scheint ihr in diesem Kreis ziemlich unpassend, sie murmelt etwas über die anatolische Küche, die ganz interessante vegetarische Eintöpfe kenne. »Istanbul ist eine großartige Stadt«, ruft Jana Gregor, »diese Einheit von Orient und Okzident!«

Sie schweigt, dennoch schauen alle, bis auf Wanka, erwartungsvoll zu ihr hin.

»Machen Sie das immer so, reisen, also, holen Sie sich da die Inspiration für Ihre Kunst?«, hakt Jana Gregor nach. Holle holt Luft. Dann sagt sie streng: »Ich benutze Städte nicht, um inspiriert zu werden, so wenig, wie ich Kunst mache, um Kunst zu machen. Mich interessiert, wo etwas beginnt, wo etwas aufhört, der Moment, wenn etwas nicht mehr ist, was es war, wenn etwas anfängt, etwas anderes zu sein. Die Frage der Identität.« (Sie nimmt übertriebenes Stirnrunzeln bei Wanka wahr.) »In dem, was man Kunst nennt, auch Kunstbetrieb, kann ich dieser Frage am besten nachgehen.«

»Sie ist auch Philosophin«, erklärt Wanka. Aus Höflichkeit korrigiert sie ihn nicht; ihre Nebenfächer an der Kunstakademie waren Medien- und Kulturwissenschaften.

»Aber wie wirkt sich das auf Ihre Arbeit aus?«, fragt Steigerwald. »Nehmen wir zum Beispiel Istanbul, wie gehen Sie mit Istanbul künstlerisch um?«

»Künstlerisch weniger. Das ist zu schwierig. Ich arbeite inzwischen an einer Städtetheorie, die ich auf Berlin, Istanbul und Mumbai anwenden will. Die Theorie funktioniert, grob gesagt, über eine Analyse der urbanen Determiniertheitsdichte, mit der sich veraltete Parameter wie Orient und Okzident ersetzen lassen. Wir haben uns an sie gewöhnt, aber sie sind nur nützlich für den Erhalt eines Industriezweigs, den Tourismus oder auch eine akademische Verwertungskette, aber nicht für die Erkenntnis.« Sie wirft einen flüchtigen Blick zu Wanka, der sich den Mund mit der Serviette abwischt, und doziert dann weiter: »Istanbul befindet sich in der gut ausbalancierten Mitte zwischen zwei Extremen, dem Extrem der Verwahrlosung, wie man es in Städten wie Mumbai sieht, und dem Extrem der Überdeterminiertheit, etwa in einer deutschen Stadt, wo jeder Zentimeter durchkonzeptualisiert ist.«

»Dass wir auch in Mumbai bauen, wissen Sie, ja?«, fragt Ahrend dazwischen.

»Na ja«, sagt Wanka, »wir stehen in der Warteschlange. Wir wollen im Slum bauen – viele ausländische Firmen wollen das.« Er lächelt sie an, ein bisschen frivol, vielleicht durch das irgendwie unanständige Wort Slum.

»Aber wir haben gute Chancen«, wirft Ahrend ein. »Wir

haben Wohntürme für die Slumsanierung entworfen, die den Slumbewohnern kostenlos zur Verfügung gestellt werden sollen.«
Vor ein paar Jahren hat sie darüber gelesen. Slum-Ausverkauf oder so hieß der Artikel und machte auf eine Reihe Probleme aufmerksam, an die sie sich jetzt nicht mehr erinnern kann. Nur dass die Baukonzerne nicht an Nächstenliebe, sondern hauptsächlich am Profit interessiert sind. Wer hätte das gedacht. Sie schaut zwischen den Köpfen hin und her, Ahrend, Wanka, Jana Gregor, die so zufrieden dreinschauen, dass ihr die Frage nach möglichen Konflikten unangebracht vorkommt. Wanka hält dem Kellner seine Kreditkarte hin.
»Kennen Sie Mumbai gut?«, fragt Jana Gregor in ihrem Ton ungebrochenen höflichen Interesses.
»Ich war vor einigen Jahren kurz dort. Für eine Ausstellung.«
»Wir machen nächstes Jahr eine Ausstellung in Mumbai. Ist das nicht toll?«
Holle nickt.
»Sie können sich auf unserer Homepage informieren«, sagt Jana Gregor, »da werden die Künstler vorgestellt. Sehr interessante junge Talente.«
»Mach ich.«
Man kommt nun auf die Vorteile von sozialen Medien im Vergleich zu Websites zu sprechen. Sie hört nicht zu, imitiert aber den nachdenklich abwägenden Gesichtsausdruck der anderen. Sie betrachtet die Gäste, die eiligen Kellner und draußen vor den Fenstern den Schnee, der wie in Zeitlupe herabsegelt. Jana Gregor lehnt sich zurück

und lässt mit ihren schlanken Fingern eine Kopfschmerztablette ins Wasser gleiten. Das Gespräch rauscht weiter, auch ganz fabelhaft ohne sie, flüssiger sogar (als wäre sie eine Barriere, wie Celal stets in ihrer Künstlerrunde in Istanbul eine Barriere war), und irgendwann, überraschend für sie, erheben sich alle.

Wanka holt ihren Mantel. Sie lächelt ihm kühl zu, und als er hinter ihr steht, spürt sie Hass, sie würde ihm gerne ins Gesicht schlagen. Sie lässt sich stattdessen in den Mantel helfen. Die Umhüllung des Mantels wirkt wie eine Verlängerung, als lege Wanka selbst sich um sie herum, und das Gefühl der Abwehr und der Wut weicht einem Gefühl der Ergebenheit, des friedlichen Zulassens, beinah einem Entzücken. Aber das hält nicht lange an, dieses nicht minder bedenkliche Gefühl.

»Sollen wir Ihnen ein Taxi rufen?«

»Danke, das ist nicht nötig.«

»Wie kommen Sie denn nach Hause bei dem Wetter?«, bohrt er weiter. »Sie sind doch bitte nicht mit dem Fahrrad?« Er lacht.

Sie schaut ihn bloß an. Er hört auf zu lachen, berührt kurz ihren Arm, sich vergewissernd, dass sie noch miteinander zu tun haben. »Sie nehmen den Bus?«

Sie nickt.

Draußen steht das Taxi, das die vier zum Bundesverband der Deutschen Industrie zurückbringt. Alle vier küssen sie zum Abschied auf die Wange. »Ich melde mich«, sagt Wanka.

Sie läuft ins nachmittägliche Schneegestöber. Zunächst kennt sie die Richtung nicht. Sie geht einfach los, sie geht weg, sie spürt mit jedem Schritt, trotz des eisigen Schnees, eine unglaubliche Erleichterung, frei von diesen Menschen zu sein. Nicht nur von diesen Menschen. Sie ist frei.

5
MUMBAI

FIVE-STAR SLUM

Nachts lag Theresa im Licht, das aus den Wohnungen gegenüber kam. Kurz vor dem Einschlafen öffnete sie die Augen. Prüfte, ob die Lampen noch brannten oder ob sämtliche Nachbarn mit einem Mal Rücksicht auf sie nahmen. Das Traumreich mit seinen Wundern war schon zu nah.

Am Tag suchte sie in Holles zurückgelassenen Dingen nach einem Tuch, das sie vors Schlafzimmerfenster spannen konnte. Holle hatte alles Persönliche in drei Kisten verstaut. Theresa erlaubte sich anfangs nur, in die obere Schicht zu greifen, aber dann tauchte ihre Hand tiefer. Hauptsächlich Müll. Dinge, von denen Holle sich offenbar nicht trennen konnte, deren Ende sie nicht einsah: eine fast leere Tube Moskitoabwehrcreme, zerbrochene Räucherstäbchen (eher Krümel), ausgeleierte Haargummis (in einem hing ein langes dunkles Haar), angeknabberte Kugelschreiber, benutzte Fahrkarten, Papierservietten mit Restaurantaufdrucken, ein Heftchen mit durchgekauten Nikotinkaugummis, die wieder in die Packung zurückgeklebt worden waren. Eine Muschel. Tiger Balm gegen Kopfschmerzen.

Theresa redete sich ein, noch einen Sari finden zu können, oder einen breiten Baumwollschal. Aber Holle besaß zum einen fast nichts Indisches, und sie trug Konfektionsgröße 34/36, was sie in eine hoheitsvolle Andersheit rückte. Sie schien Wert zu legen auf gute, hochwertige Stoffe und Verarbeitung. Keine Massenware. Pariser und New Yorker Modelabel. Die Dessous waren winzig und aus elfenbeinweißer oder schwarzer Spitze. Ein Teil der Kleidung hing auf dem Wäscheständer. Sie war erstaunlich nachlässig drapiert, die Ärmelenden der zierlichen transparenten Blusen nicht herausgepult. Theresa tat es für sie.

Das Atelier betrat Theresa nicht. Wenn sie daran vorbeikam, es lag auf dem Weg zur Küche, blieb sie manchmal kurz stehen wie vor einem Menschen, der nicht unterhaltsam war, aber den man deswegen nicht komplett ignorieren durfte. Sie drückte manchmal die Stirn an das Milchglas und versuchte etwas zu erkennen.

Sie fand in einer Kiste eine Fotografie und fragte sich, was sie da sah. War das ein Abglanz von Holle? Diese fremden Menschen, die aber, da Holle das Bild aufbewahrte, nicht fremd waren. Theresa meinte, durch das Bild über Holle etwas zu verstehen, aber es gelang ihr nicht, darüber nachzudenken. Das Bild zeigte eine südländische Familie, die auf einer Bergalm stand, untergehakt, lebendig, frisch, als machten sie kurz Pause von einem Tanz. Dieses Lachen. Sie lachten alle ein und dasselbe Lachen. Der Vater war ein kleiner dürrer Mann in viel zu großem Anzug, die Mutter trug einen weiten, knöchellangen Rock, eine blumenbestickte Weste und ein Kopftuch, rustikal unter dem Kinn geknotet. Die junge Frau trug Jeans mit modischkaputten Stellen und festliches Make-up. Der Sohn steckte in einem Jogginganzug aus türkisblauer Fliegerseide, was aber ebenfalls festlich wirkte, er hatte ein gutes Gesicht, einen guten Körper, er konnte alles tragen. Die Familie war von einer Einheit, als existierten sie stets irgendwo inmitten der Natur, alles gehörte auf eine Weise zusammen, die Theresa verstehen ließ, weshalb Holle das Bild bei sich führte. Hatte Holle das Bild aufgenommen? Sie fotografierte keine Menschen. Auch auf den Bildern, die Theresa auf dem Boden der Kiste zu fassen bekam, waren nur jene öden, leeren Stadtlandschaften, die bereits über Teheran, Istanbul, Odessa im Netz kursierten. Erst als sie näher hinsah, entdeckte sie Menschen. Viertelmenschen. Körperteile. Einen Ellbogen. Einen Arm. Einen Hinterkopf in einem wegfahrenden Taxi. Oder in so weiter Ferne, dass sie mit der Landschaft verschmolzen. Am Rand eines müllverseuchten Ödlands trotteten zwei Gestalten an einer Mauer entlang. Alles war verkokelt, war grau, schwarz und ein bisschen silbrig, wo der Himmel sich in den Pfützen spiegelte, doch er war dunkel und warf sich über die Landschaft wie eine feuerlöschende Decke. Ein Gefühl von Apokalypse und letzte Überlebende. Diese Bilder aus Mumbai wirkten wie das exakte Gegenstück zum Familienbild auf der grünen Alm.

Einige Bilder widmeten sich dem Müll. Der Müll wurde nicht bloß dokumentiert, sondern als Erschaffer inszeniert. Es waren beklemmende, in sich gekehrte Bilder. Straßenzüge und Wohnblocks so fotografiert, als seien sie aus Müll geschaffen, als gebe Müll die Form vor. Der Müll schlingerte die Mauern hoch. Der Müll faulte in den Abwasserlachen.

Und es stimmte ja. Der Müll war in dieser Stadt ein Element wie Erde, Luft und Wasser. Er wurde nicht bloß hingenommen. Er wurde vermehrt. Er wurde ausgesät. Er war beliebt. Er erzeugte Triumphgefühle. Er war ein Dokument des Fortschritts. Verpackungsmaterial bewies schließlich Kaufkraft und Lust am Konsum.
Das Aufkommen von Müll hatte erst mit der Liberalisierung des indischen Marktes in den Neunzigern begonnen. Neue Konsumgüter trafen im Land ein und Konsumgewohnheiten. Was man benutzt hatte, ließ man zu Boden fallen. Es war eine aufgeblätterte Stadt, winkende und raschelnde Stadt, voller Unruheherde und Flüsterer. Chipstüten, zerbeulte Coca-Cola-Dosen, Zigarettenschachteln, Einwickelpapier. Eine Textur entstand, eine Schrift, ein Archiv: Abfall, in allen möglichen Stadien, staubig, schmutzig, pelzig, verschimmelt, neu. Man sah die Schichtungen der Zeit, und man sah die anderen, ihre Spuren. Man trat mit jedem Schritt in die Gemeinschaft der vielen fremden Selbste ein, die ihre Konsumgewohnheiten in Form ihres Abfalls bekanntgaben. Man zeigte einander, was man aß, was man trank, es war anonym, und zugleich war es erstickend nah und intim. Die feuchte Hitze schob einem Aromen in die Nase von Vergorenem, Verschimmeltem, allen möglichen Resten. Die Hitze löste Schweiß aus dem Körper. Osmose. Vereinigungen. Es gab kein Entkommen. Und wenn das einmal geschehen war, wenn man das einmal verstanden hatte, kam diese Stadt immer überallhin mit. Bis in den letzten Winkel der Welt. Mumbai war jetzt keine Stadt mehr, Mumbai war eine Allegorie.

Holle schien sehr plötzlich abgereist zu sein. Im Kühlschrank standen Packungen, die nur noch mit kleinen Resten gefüllt waren, einem letzten Schluck Milch, ein Krümel Käse, ein fast ganz heruntergelöffeltes Nutellaglas. Waren das Geschenke an Theresa? Oder, und zu dieser Erklärung tendierte sie, gehörte Holle zu den Leuten, die sich vor dem Entsorgen drückten, die immer noch ausredenhaft einen kleinen Rest zurück in der Packung ließen? Sich vor Definitivem scheuten? Vor Schnitten. Entscheidungen. Endlichkeiten.
Oder setzte sich das Anhäufen auf den Straßen unbewusst in ihrem Kühlschrank fort, eine Replik, eine Unfähigkeit, sich anders zu verhalten als das da draußen? Theresa entsorgte alles in einer Tonne im Hof, die dann von den hungrigen Menschen unten in den Straßen durchstöbert würde. Es war doch hier denkbar einfach, dachte sie, und als sie ihren Gedanken bemerkte, kratzte sie sich am Arm und setzte dann ihre Schnüffelei fort.
Sie blätterte durch einen Wust aus Fahrkarten (Berlin-Hannover-Berlin), Taxiquittungen, Belegen, Papierservietten und merkte schließlich, dass die Rückseiten beschrieben waren.

Du wirst zur Stadt, sobald du sie betrittst. Dein Körper verändert sich, weil diese Stadt vor nichts haltmacht. Die Luft erst atmen können, wenn man zur Stadt wurde. Die Angst, sich zu verlieren, der Wunsch, sich aufzulösen.

Du weißt plötzlich, und du weißt anders als vorher. Der Körper weiß, es geht bis in den Bauch hinein, in die Atmung; das, sage ich, ist Wissen.

Die Stille im Slum ist auch die Stille eines Verstummens. Jeder Gedanke weiß, dass er nur sich selbst denken will, um den Ort nicht denken zu müssen. Seine Unmöglichkeit.
Man weiß am Ende nicht, was einem in dieser Stadt widerfahren ist. Die abendländischen Parameter nicht verraten wollen und ihnen doch misstrauen als zu leicht erworben.
Was gilt?
Überleben in dieser Stadt ist eine Sache des Zufalls.

Das gefiel ihr. Sie überlegte, ob Orte wie Mumbai, wo das Überleben Zufall war, nicht auch die Grenzen von Kunst ans Licht brachten. War Kunst sozialkritisch, war sie keine Kunst mehr, sondern Botschaft. War sie autark, wurde sie höhnisch.
Sie kannte das aus der eigenen Arbeit. Manchmal war eine Sache das, was sie war, nur in ihrem Alleinsein und Unbekanntsein. Richtete man eine Kamera darauf oder goss es in die Erzählkonvention der Reportage, energetisierte man es mit der Bedeutung des Publikums, seinen Normen, Urteilen. Ganz beiläufig richtete man das, was man zeigen wollte, durchs Zeigen zugrunde. Vielleicht gehörte zu einer Entdeckung, dass sie sich nicht teilen ließ? Die Abwesenheit von allem hatte das Entdecken ermöglicht, und es galt, diese Abwesenheit zu wahren. Ein Widerspruch. Man will etwas zeigen, aber ist angewiesen auf die Missverständnisse, die notwendigen Unschärfen der bereitstehenden Formen, die das Gezeigte korrumpieren.
Sie erinnerte sich an die Momente als Reporterin, von denen nie jemand etwas erfahren hat. Licht. Augen. Ein Zug, durch den der sonnenheiße Wind braust. Es waren

noch drei Kinder dabei. Fünf, sechs und neun. Brüder. Sie fuhren zum Schuheputzen zum Churchgate-Bahnhof. Sie hatten an ihren Füßen keine Schuhe. Sie hoben Theresas Schal vom Boden auf, als er von der Bank, in der Vibration des Zuges, herabrutschte. Die Kinder wussten alles. Sie wussten, was wir niemals wissen würden (sie sprach plötzlich zu Holle), und minutenlang aber gewährten sie mir einen Aufenthalt bei ihnen. Hoben mir den Schal auf und legten ihn zurück auf die Bank und verabschiedeten sich, und ich wusste, sie blieben ab jetzt immer bei mir. Diese Kinder sind immer da. Ich kann diese Kinder nicht vergessen. Sie wären erst dann weg, wenn ich von ihnen erzählen würde.

Das Handy summte. Theresa hoffte auf einen Werbeanruf, aber es war August Burglander. Sie hatte ihm gestern per SMS ihre neue Nummer mitgeteilt. Und das Übliche damit in Gang gesetzt. Expertentouren, Insiderwissen, einen leisen Wettkampf.
»Du bist wieder hier?«
»Ich bin wieder hier.«
August lachte, sie wusste nicht, wieso. Es schien ein verlegenes Lachen.
»Was hast du diesmal vor?«
Sie nannte ihm die Themen. Zwei waren mit Redaktionen abgesprochen. Sie hörte August seufzen, und sie erklärte ihm schnell – das ärgerte sie, ihre Eile –: »Natürlich ein spezielles Thema zu Dharavi, nicht allgemein, über den berühmtesten Slum Indiens gibt es schon genug.«
Da war oft dieses Defensive ihm gegenüber. Sie nahm ihre

eigene leichte Schwächlichkeit, die sich im Kontakt mit ihm einstellte, in Kauf, denn sie profitierte von ihm, aber insgeheim lastete sie ihm an, dass er es sich in seiner Rolle bequem machte. Es gab auch andere Momente und Empfindungen zwischen ihnen. Wenn sie gemeinsam im Auto saßen und nach draußen blickten, schien das, was sie sahen, sie stets auch aufeinander zu verweisen und eine Komplizenschaft herzustellen: jene Welt, instabil und abgebrannt, kaputt, die hinter dem panzerartigen Landrover auftauchte, während sie beide geschützt waren. Sie hatten einen Ton miteinander entwickelt, der leicht spöttisch war, politisch unkorrekt oft, einander glauben machend, dass sie, wenn sie das Falsche kannten, das Richtige ebenfalls kennen mussten, ihm lediglich viel schlechter eine Stimme geben konnten.

Bei einer ihrer Touren hatte August sie in eine Gegend vornehmer viktorianischer Stadthäuser im Süden der Stadt geführt, die sich – vom allumfassenden grauen Firnis der dreckigen Stadt beleidigt – aus dem Orbit der Hausierer, klagenden Bettler, Wertstoffsammler halluzinatorisch blütenweiß herausreckten.

Im vierten Stock, abgeschottet vom Außenlicht, versammelten sich Mumbais indische Upperclass, Diplomaten und ausländische Kulturinstitutsleute. Es gab Prosecco, Tee und indische Snacks, die von weißbehandschuhten Kellnern herumgereicht wurden. Sie alle wurden an den Exponaten vorbeigespült, langsam wie in einem gerade ausgeschalteten Strömungskanal im Erlebnisbad, mit noch sanft nachschiebendem Wasser. Es waren Bilder mit floralen, mythischen und Pop-Art-Motiven, von denen das meiste dekorativ war und unbeschwert. Die wenigen gesellschaftskritischen Beiträge zeigten mit dünnem Graustrich abstrahiertes Elend, ein bisschen wie Vorstudien, und sie waren schön gerahmt.

Sie bedankte sich bei August, wie immer, man wusste nicht, was er als Nächstes anbieten würde. August nickte und setzte seine Konversation mit verschiedenen alteingesessenen Mumbaier Familien fort.

August war im Ruhestand, schrieb aber gelegentlich noch für deutsche Tageszeitungen. Er sprach fließend Hindi und sah inzwischen auch aus wie ein Inder, das weiße Haar verriet nicht, welche Farbe es einst gehabt hatte. Eine Schulter stets leicht hochgezogen, bewegte er sich wie jemand, der permanent in sich hineinlachte, auch Lorenz tat das ansatzweise, und es strahlte etwas allgemein Relativierendes aus, eine freundlich-vernünftige Abstandnahme zu sich selbst und zu allem anderen auch.

Über Lorenz sprachen sie nie.

Lorenz, sein Sohn, der nach diversen Managerjobs in Deutschland dieser Firma in Mumbai beigetreten war. Die viel Geld abwarf, weit mehr, als August in seiner Zeit als Auslandskorrespondent verdient hatte. August wusste, dass Theresa und Lorenz sich beim Deutschen Stammtisch in Mumbai kennengelernt hatten. Ein Zufall, wenn auch kein so riesengroßer, die deutsche Gemeinschaft in Mumbai war überschaubar, und früher oder später liefen sich alle einmal über den Weg.

Lorenz war damals an den langen, mit Mock- und Cocktails beladenen Tisch im Out of the Blue getreten, er kam ein bisschen zu spät. Er grüßte zerstreut spielend in die

Runde. Es war nicht einfach, sich für einen Verbindlichkeitsgrad dieser Kontakte zu entscheiden. Von zwanzigjährigen Praktikanten bis zu Konzernchefs und ihren Gattinnen saßen alle hier zusammen, und in dieser Situation des gleichrangigen Zusammensitzens definierten sie sich über die Tatsache ihres Ausgesetztseins in Mumbai, das konnte verbinden wie eine Flutkatastrophe, bei der alle im Schlamm stehend Sandsäcke weiterreichten. Es war das Gefühl von Überlebenden. Es war das Gefühl von Stolz, von trotzigem Stolz, den es auch weiterhin brauchte, weil die Gefahr schließlich anhielt. Man hatte sich entschieden, hier zu sein. Man nahm das alles auf sich.
An der Art, wie sie sich aufgerichtet hatte, als Lorenz an den Tisch trat, hatte Theresa gemerkt, dass sie sich für ihn interessierte.

Ein paar Minuten später fasste August sie am Arm und sagte, nun wolle er ihr das Eigentliche zeigen. Zum Eigentlichen führte ein schmaler dunkler Wendeltreppenaufgang unten neben dem Haupteingang. Die Treppe war derart schmal, dass Theresa die Arme dicht an den Körper nehmen musste. August ging hinter ihr her, was ihr Druck machte, auch Angst, als wäre er ein Verfolger, und sie redete pausenlos zu ihm, damit sie diesem Wahn nicht unterlag und sich erinnern konnte; ja, es war August. Er spürte es. Er blieb stehen, täuschte Erschöpfung vor und ließ ihr einen guten Vorsprung. Der Weg nach oben schien endlos, mit gebeugtem Rücken lief sie im Kreis, nahm steile Stufen und stieß sich in der kompletten Finsternis die Knie an. Die wenigen Stellen, an denen Licht eindrang,

ließen eine rußige Umgebung erahnen, als wäre irgendwann ein Feuer durch den Treppenaufgang gejagt. Ein Lichtschwall ergoss sich über sie, und die nächste Umdrehung schraubte sie unter den offenen Himmel.
Sie holte Luft, sie atmete tief durch.
Es war ein Flachdach mit einer Hüttensiedlung. Lückenlos aneinandergebaute zwei mal drei Meter große Behausungen aus Blech und Spanplatten.
»Hier wohnen knapp einhundert Menschen«, sagte August.
»Aber die Aussicht ist toll«, sagte sie in ihrem aufeinander abgestimmten mitleidslosen Ton, mit dem sie mitteilten, dass sie zu viel Mitleid hatten.
»Ja, ein five-star slum!«
Sie lachten.

Ähnlich wie an den Kunstwerken ein Stockwerk tiefer schlenderten sie nun an den Hütten entlang. Es gab auch einen kleinen Dorfplatz, wo auf ausgerollten Bambusmatten Leute hockten und vor sich hin werkelten. Einige nahmen Elektroschrott auseinander, andere stellten Blumengirlanden her, zum Verkauf für religiöse Anlässe. Datteln wurden entsteint und in Cellophan eingetütet. Die Besiedlung des Daches sei langsam vonstattengegangen, erklärte August. Zunächst wurden hier Leute untergebracht, die im Gebäude arbeiteten. Dann folgten deren Familien. Es wurden überdachte Schlafplätze, dann Hütten gebaut. Die Familien wuchsen. Verwandte aus ihren Dörfern zogen nach.
Auch Kinder arbeiteten mit. Eines der Mädchen hatte

keine Beine. Der Rumpf schloss mit einer Art Stulpen ab, Theresa wollte nicht so genau hinsehen. Sie merkte, dass August ebenfalls auf das Mädchen aufmerksam wurde und er dem Gefühl, eine interessante Geschichte aufzuspüren, nicht widerstehen konnte. »Wo ist dein Vater?« Das Mädchen zeigte auf einen Mann, der eine rosa Plastikgitarre auseinanderschraubte. August schaute Theresa an. Theresa schüttelte den Kopf.
Er begann statt ihrer ein Interview mit ihm. Sie betrachtete August, diesen Weißen, wie er sich um die Belange der Welt kümmerte, wie er aufhörte in diesem Moment, privat zu sein, und stattdessen eine offizielle Instanz wurde, die pflichtbewusst hier und da ihr Ohr an die Welt legte und das Gehörte anderswo wieder herausließ in Form eines Zeitungsartikels, der an allen möglichen Orten, während einer Zugfahrt, beim Frühstück, in einem Wartesaal, lesbar war und der von dem Tag ein halbes Jahr zuvor erzählte, an dem ein Auto in eine Rikscha raste und die Beine des Mädchens so zertrümmerte, dass man sie im Krankenhaus sofort abtrennte. »We had no money for surgery. No, no, my daughter will not marry.«
Es war, als sehe sie sich selbst, als sie August beobachtete, der den ahnungslosen Mann interviewte, der niemals eine deutsche Tageszeitung lesen würde, dort aber gedruckt wäre drei Tage später, und der August auf diese Weise eine Flugstrecke Indien-Deutschland finanzierte oder etwa das, was er selbst in einem halben Jahr mit dem Auseinanderschrauben des Mülls reicher Leute verdiente. August konnte zehn Minuten Zeit dieses Mannes umwandeln in das Halbjahresgehalt dieses Mannes, nur dass der nichts

davon sehen würde und seine Sätze auch nichts mehr mit ihm zu tun hatten, sie waren umgewandelt in die Währung der Information, in eine sachliche Sprache, die allen Inhalten standhielt, Festungen, von keiner der Grausamkeiten, die in ihren Inhalten lagerten, zu sprengen.
Sie hatte sich also in August gesehen und gewusst, dass die Ichs der Frauenzeitschrift, für die sie in letzter Zeit schrieb, ein ähnliches Unrecht verübten, ohne es je zu wollen oder zu wissen, sich selbst überhaupt zuzutrauen. Das Ich, das Theresa für die Frauenzeitschrift durch die Welt schickte, war souverän, es war stets nachvollziehbar, ohne sich anzubiedern, Krisen begegnete es mit Augenzwinkern. Weniger als um die Inhalte ging es um die Anwesenheit dieses in sich ruhenden Ichs; es entfaltete - ihr ging das mit den Texten ihrer Kolleginnen so - eine tröstliche Wirkung. In ihren Kontakten untereinander waren sie Fortsetzungen dieser schmerzstillenden Ichs. Ging es um Zürich oder Venedig, war das nicht schlimm. Aber nicht in einer Stadt, in der Überleben eine Sache des Zufalls war.

Auf der Rückseite einer Zugfahrkarte Hannover-Berlin las sie:

Begehren. Als wäre die Flucht nach vorne eine Lösung. Könnte man Beklemmung austricksen, indem man sich auf das im Anderen bezieht, das geteilt werden kann, der Körper, demokratisch. Die Körper sind stets unschuldig, hilflos und wahr.

Theresa beendete die Suche. An den Fenstern fehlte auch jede Vorrichtung, es gab nur das geschlängelte Gitter, das vor Einbrechern schützen sollte. Sie hängte kurzerhand ihre Kleidung dort hinein, spannte sie quer über das Milchglas. Sie nahm Hemden und Hosen, stopfte die Fenster mehr oder weniger bloß aus; dunkle Trapeze und Dreiecke bildeten sich gegen die zu helle Nacht. Das Zimmer dunkelte nur geringfügig ab, doch besänftigte sie die Präsenz ihrer Kleidung ringsum, es war, als stecke ein Teil von ihr selbst dort und wache über sie, wache über ihren Schlaf.

6
BERLIN

VERTRAUEN

Der Schnee nimmt auf dem Boden unterschiedliche Formen an, glattgetreten, seidig glänzend, aufgehäuft und aufgetürmt zu Wällen, dann unberührt weißes Gebiet. Zu Hause dreht Holle die Heizung so weit auf, dass sie barfuß und im T-Shirt am Fenster stehen kann. Die Kälte beleuchtet sie wie ein Licht, sie spürt genau, wo sie erwischt wird von dieser Minus-zehn-Grad-Kälte, der Hinterhof verschwindet im Schneegestöber, in dieser einzigen Farbe eines Grauweiß, der Himmel, die Luft, alles besteht aus dieser Farbe und arrangiert sie bloß anders.

»Ich melde mich«, hatte Wanka beim Abschied gesagt, und sie hatte das für eine Floskel gehalten.

Sie hält den Finger an ihren Hals und spürt ein Pochen. Ein Schuldgefühl verfolgt sie seit geraumer Zeit. Sie streckt der Welt die Zunge raus, und die Welt applaudiert dann und wann.

Nie ganz klar, wann und warum. Mal scheint man sie monatelang zu vergessen. Dann wieder lädt man sie zu irgendetwas ein – mit Schulkindern Kunst zu machen oder irgendwo auszustellen. Und manchmal, wenn auch selten, will jemand etwas kaufen.

Dabei ist ihre Kunst eine einzige Absage an jene Welt, die Kunst zu kaufen imstande ist. Und die behandeln ihre

Werke wie bloß weitere Vorkommnisse. Was man kaufen kann, ist von dieser Welt, so die Logik.
Alles ein Missverständnis? Oder ein Krieg?
Hätten Sie nächste Woche Zeit? Wollen wir uns diesmal in Hannover treffen? Dann können Sie auch Ihre Bilder wiedersehen!
Besonders beleidigend das Zwinkersmiley nach dem letzten Satz. Während sie versucht, sich in diese Menschen hineinzudenken, schon aus Höflichkeit, scheint Wanka keine Sekunde lang ihre Werte und Normen in Betracht zu ziehen. Etwa eine erhöhte ästhetische Empfindlichkeit. Es ist das Zwinkersmiley, das nun das Fass zum Überlaufen bringt, definitiv ist es dieses Zwinkersmiley; Rhetorik für Leute, die nur in Funktionen denken.
Sie sitzt ratlos vor der Nachricht (die sie dank Wankas Überweisung nun auch von zu Hause aus abrufen kann). Helle Haare segeln vor dem Fenster herab, jemand scheint seinen Hund ausgiebig gebürstet zu haben. Sie stellt sich Wanka in diesem bescheidenen, von Schnee und Hundehaaren umrieselten Raum vor. Dann stellt sie sich Wanka mit Hartmut vor, dass Hartmut Wanka im Hausflur anpoltert und auf einen Kaffee oder eine Schale Müsli einlädt. Und dass das alles gar nicht schlimm wäre, sondern eigentlich sehr komisch, aber für Wanka womöglich unerträglich. Vielleicht würde sie damit emotional mehr auslösen als jemals mit einem Bild. Sie selbst ist Kunst. Dieses Leben ist Kunst.

Ich schaffe es leider nicht nach Hannover. Beste Grüße, Holle Schulz

Dann melde ich mich, wenn ich in Berlin bin! Vielleicht lässt sich spontan ein Treffen einrichten. Bis bald, Christoph Wanka

Sie starrt die Nachricht lange an. Irgendetwas scheint sie falsch zu machen. Ist sie zu freundlich? Damit er keine Niederlage einstecken muss?
Auf einmal werden diese weißen Märchentage von etwas angespitzt, einer bedrohlichen Fremde, einem jederzeit möglichen Überfall.
Sie schreibt eine Nachricht, in der sie von einer anstehenden intensiven Malphase spricht. Von der Bedeutung und Notwendigkeit des Alleinseins und der Aufhebung von Zeit. Zeit, die es nicht mehr in Abfolge gibt, sondern die zu etwas wird, in dem Zeit verschwindet, weshalb sie keine Termine machen kann.
Sie schickt diese Mail nicht ab, sie schreibt sie nur für den Fall, dass Wanka sich meldet. Die Mail hat eine beruhigende Wirkung wie eine geladene Waffe in der Nachttischschublade. Eine Mail, die wirklich nur im Notfall losgeschickt werden darf, offenbart sie doch die humorlose Ernsthaftigkeit, mit der sie ihre Kunst angeht.
Sie kann die Lücke nicht schließen. Die Lücke zwischen der Person, die sie für das da draußen ist, und der Unendlichkeit, sobald diese Person nicht gebraucht wird. Wenn sie allein ist.
Je unsichtbarer sie wird, desto stärker die Kraft. Eine Kraft, mit der sie andere verwunden könnte. Die Kraft ist, im Gegensatz zur Kraft von Wanka und Konsorten, nicht geliehen von äußeren Situationen, nicht aus Hierarchien abgeleitet.

Es geht immer nur um *diese* Kraft.

Die nächsten Tage verbringt sie in dem neu angemieteten Atelier. Es befindet sich in einer Gewerbehalle, in der mehrere Künstler in abgeteilten Räumen arbeiten. Man beschränkt sich aufs Grüßen. Im Sommer, möglicherweise, sitzen die Künstler draußen auf dem Hof, in der Sonne, und unterhalten sich, aber jetzt ist draußen Winter, überall Stille. Ihr Atelierraum misst achtundzwanzig Quadratmeter, enthält Werkbank, Tapeziertisch, mit Farbklecksen übersäte Dielen, am Fenster ein Waschbecken. Am Ende des kargen Korridors gibt es ein WC.
Es tut gut, diesen Raum zu betreten, ein Raum, der nur fürs Arbeiten bestimmt ist. Und doch kann sie die ersten zwei Tage noch nicht beginnen. Sie sucht die Stelle mit dem günstigsten Lichteinfall, sie schafft Material heran, Farbe, Pinsel, Leinwände. Einen Hocker, Höhe verstellbar, vom Trödel. Als alles bereitsteht und sie noch immer zögert, gesteht sie sich ein, dass sie auf Wanka wartet. Er soll ihr schreiben, damit sie endlich ihre Antwort loswerden kann. Sie wartet darauf, dass das geschieht und dann endgültig die Seile zum Festland der Wanka'schen Wirklichkeit gekappt werden. Sie wünscht sich das so sehr, dass sie fast in Versuchung ist, ihm zuvorzukommen und die Mail einfach so loszuschicken.

Eine Woche später schlägt Wanka ein Abendessen in Berlin Mitte vor. Ohne darauf einzugehen, schickt sie ihm ihre fertigen Belehrungen über Künstlertum und Alleinsein.

Zehn Minuten später wünscht Wanka ihr alles Gute, behauptet, dass er das kenne, weil er sich zuzeiten ebenfalls für Projekte zurückziehe, und dass übrigens ihre Bilder beim hannoverschen Kunsthistoriker und Sammler Prof. Dr. Herbert Jahnke Interesse geweckt hätten und der Professor sie gerne persönlich kennenlernen würde. *Doch dazu müssten Sie nun tatsächlich einmal nach Hannover kommen. Beste Grüße, C. W.*

Sie stöhnt. Was immer sie tut, Wanka steht bereits am Ende jedes Fluchtweges und wartet auf sie. Sie fühlt sich umzingelt, in die Enge getrieben.
Ich kann auch später nicht. Ich kann nie. Ich will nicht irgendetwas können. Lassen Sie mich in Ruhe.
Das denkt sie nur. Sie würde sich nie trauen, bei Wanka so direkt zu sein. Und sie weiß nicht, wieso. Warum sie bei Hartmut keine Probleme hätte, ihm eines Tages – und der Tag wird kommen – die Meinung zu sagen.
Doch, sie weiß es, aber das lässt sie nicht gut vor sich selbst dastehen.
Sie fällt auf Wanka rein.
Dabei steht er für all das, was sie hinter sich gelassen hat. Gegen ihre Gewohnheit zündet sie sich schon am Morgen eine Zigarette an. Sie fühlt sich erschöpft, sie tappt durch das Atelier, sie versucht, aufzuräumen, sie versucht, sich zu überzeugen, dass sie selbst entscheiden kann, welche Bedeutung jemand für sie hat.
Sie beschreibt Zettel mit Wörtern und klebt sie an die Wände.
Vertrauen.

Tortur.
Dann Fragen und Sätze. Sie versteht das meiste nicht, aber sie weiß, sie führen irgendwohin, irgendwann wird sie die verstehen. Sie besteht aus verschiedenen Schichten und Zeitzonen, die nicht übereinander zu liegen kommen.
Wie beim Folterer sich richtig verhalten?
Sie findet das komisch, sie muss jedes Mal lachen.
Schließlich, als hätte sie genug Bereitschaft gezeigt, sich alles maximal zu Herzen zu nehmen, beginnt eines Morgens die Arbeit. Sie wird durchlässig. Wie ein See, durch den das Licht strahlt. Sie ist angeschlossen an etwas anderes, sie fühlt sich euphorisch, aber auf unspektakuläre stille Weise. Sie spürt seit langem wieder Vergnügen, Lebensfreude. Ihr Gesicht, das sich in den Abendstunden in der Fensterscheibe spiegelt, ist lang und ernst, gibt nichts preis vom inneren Glück, es ist lang und ernst und entspannt.

Manchmal bezieht sie die Geräusche aus dem Atelier nebenan auf sich. Das Verrücken eines Möbelstücks, das Schließen einer Tür. Als würde es ausprobiert auf den Effekt hin, den es bei ihr haben könnte. Sie hat den Ateliernachbarn auch nach zwei Wochen nicht gesehen, und er scheint mit seinen Geräuschen zu fragen: Wer bist du.
Solange sie ihn nicht gesehen hat, weiß sie, dass Gedanken wie diese verrückt sind. Sobald sie ihn aber sieht, wird sie seinen Gesichtsausdruck deuten als Bestätigung.
Sie lauscht also auf Schritte, bevor sie die Tür öffnet und hinaustritt.
Sie lauscht. Sie hört. Wer bist du.

Sie ist niemand.
Bleib stehen. Verändere dich nicht. Bleib Übergang, das sich ständig selbstüberschreitende Etwas, und gehe nicht ins Netz der Deutungen.
Dazu ist wichtig, dass niemand sie sieht.
Dass niemand sie ansieht und etwas über sie denkt. Dass niemand sie verleitet, ihm recht zu geben mit dem, was er denkt, oder ihn zu korrigieren. Die Erwiderung eines Blickes ist zu viel. Schon verliert sie eine Schwinge und stürzt.
Sie fliegt. Ja, sie fliegt hoch über der Welt.
Celal ist weit weg. Istanbul ist weit weg. Es ist die Zeit, in der alles weit weg ist und alles sehr nah, das Persönliche abgetreten wird, zurückgegeben an das Größere. Die Existenz dieses Größeren ist evident wie die Gewissheit, zu atmen und am Leben zu sein.
Weihnachten, Neujahr. Verpasst sie.

Zwei Monate später, es ist der erste März, stellt sie eines Morgens fest, dass die Bilderserie *Wie beim Folterer sich richtig verhalten?* fertig ist.

Am selben Tag, und die Verbindung bestürzt sie, tritt Hartmut auf sie zu, als sie abends ihre Wohnung aufschließt; wie immer huschend, schnell und dem Hausflur den breitesten Rücken zukehrend, den sie hat. »Holle!« Sie dreht sich ärgerlich um, mit einem aufgesetzt irritierten Blick. Auf seinem blauen T-Shirt steht H E L P. Sie weiß nicht, ob Hartmut damit Hilfe anbietet oder einfordert.

»Hier ist ein Päckchen für dich. Wurde mittags abgegeben.« Sie reißt es ihm aus der Hand. Sie knallt die Tür hinter sich zu.
Das Päckchen enthält einen teuren Kunstband, einen betulichen Überblick über die Geschichte der Fotografie. Der Absender: Wanka. Auf einer Karte steht: *Liebe Holle Schulz, eigentlich war das Ihr Weihnachtsgeschenk, aber ich wollte Sie damals nicht stören. Nun haben wir schon März. Was macht die Kunst? Ihr Christoph Wanka*
Woher hat er ihre Adresse?
Spioniert er ihr nach?
Soll sie ihn fragen?
Ach so, die stand ja auf der Rechnung.
Sie geht in den Hinterhof und pfeffert das Buch in die Mülltonne.
Später, in der Nacht, holt sie es heraus.
Ihm ist nichts geschehen.
Sie hat den Eindruck, nun ist es gut, nun hat sie das Buch gerettet, und nun darf es in ihrer Wohnung wohnen.

Sie sieht Wanka plötzlich vor sich. Sie sieht ihn in einer großen Wohnung mit teurem Parkett, riesigen Wänden, an denen je ein Kunstwerk hängt, ausgesucht schönen Möbeln, die Wohnung selber ein Kunstwerk.
Etwas Einsames liegt in seinen Handgriffen, während er morgens durch diese Wohnung tappt. Er ist allein, ohne Frau, ja, da ist sie plötzlich sicher.
Er bindet sich mit verzogenem Gesicht die Krawatte, und er spürt die Vergangenheit, die Frau, die einst hier mit ihm lebte, die Kinder, die nun erwachsen sind.

Woher weiß sie das? Sie sieht es im Detail, sie sieht die Lücken um diesen Menschen herum, und wie er sie zu füllen versucht. Sie sieht ihm zu, wie er sich für den Tag rüstet, sich nichts erlaubt: keine Sentimentalität, keinen Schmerz. Es gelingt ihm, sich auf der Habenseite zu fühlen, egal was. Er fährt, das weiß sie aus dem Internet, einen schwarzen BMW. Der steht in der Einfahrt. Ein Haus mit Vorgarten. Dann wird es schwierig, sie kann sich nicht vorstellen, wie er sich morgens in der großen Designerküche ein Brötchen aufschneidet, wie er einen Schluck Kaffee nimmt, allein. Allein, allein. Das Bild kippt immer wieder verschämt weg. Dieses Frühstück, das Wanka allein einnimmt, ist schlimmer als jede Einsamkeit, die sie selber kennt. Und sie kennt viele Einsamkeiten, alle Arten, die guten, die schlechten, die frei gewählten, die aufgezwungenen.

In dieser tiefsten Einsamkeit gibt es einen Moment, der mit Scham über dieses Einsamsein verbunden ist; Scham, dass das Leben diese Vereinzelung zulässt. Das Leben, das so viel anderes ebenfalls zulässt, Liebe, Verbundenheit, Glück.

Danke für das Geschenk. Was ist mit Prof. Dr. Jahnke? Kann ich ihn in Hannover treffen? In der Firma? Soll ich meine Bilder abfotografieren und mitbringen? Es gibt eine neue Serie.

Der Professor ist in Boston und kommt erst im Sommer zurück.

Oh.

Sie kommen also nach Hannover? Wann?

Wann Sie möchten. Ich hab jetzt frei.

Eine Stunde Schweigen seinerseits.

Donnerstag, 19:00 Uhr?

Gut. Wohin?

Wieder eine Stunde Schweigen. Dann schickt er ihr eine Adresse. Es ist nicht die Firmenadresse. Sie soll vom Bahnhof aus ein Taxi nehmen, eine Fahrt von zehn Minuten. Er würde in einem Restaurant in der Nähe reservieren.

7

MUMBAI

FLYING BUFFET

Wenn Nachrichten nicht wachrütteln, liegt das am Medium und seiner Distanz, aber das ändert sich doch, wenn jemand, der Not leidet, dir in die Augen sieht. Wenn man ihn nicht einsinken lassen kann in die unzähligen anderen Informationen, die täglich vorbeigleiten hinter dem Glas eines Screens. Das hatte Theresa lange geglaubt.
Aber in Mumbai sahen alle einander in die Augen. Alle sahen, was es zu sehen gab. Die Stadt hatte keine Geheimnisse. Sie setzte die globale Situation der Schuld in Szene. Sie bot eine Bühne, auf der sich alle versammeln konnten, im Licht, im Licht des Tages und der Nacht. Man konnte Studien betreiben, man konnte es als Menschenexperiment sehen. Man war selber Teil des Experiments. Theresa konnte an sich selbst jede Phase beobachten, Empörung, Akzeptanz, Gewohnheit, Spott, Sarkasmus. Es war der Versuch, überhaupt einen Umgang zu finden. Es band sie alle zusammen. Als würden sie einander ihre Perversionen beichten und dadurch einander ihr Vertrauen bekunden.

Sie stand in der Dunkelheit. Holles Balkon hatte einen Lichtschalter, aber das Licht zog sofort Insekten an, große schwarze Falter. Sie blickte in den Innenhof der Gated Community, sie konnte bis zur Straße sehen, eher eine

Gasse, voller Menschen, zu Fuß oder auf klapprigen Fahrrädern. An einem Obststand entdeckte sie eine blonde Frau in hellen Caprihosen und Polohemd. Anfangs gingen sie noch selber einkaufen, bald darauf schickten sie ihr Dienstmädchen. Nicht nur an der Freizeitkleidung erkannte man die Expatfrauen sofort. Ihre Körper waren abständiger, als behielten sie sich etwas vor, sie gaben nicht nach, sie standen gravitätisch, unbeugsam, wie Pfähle in einem Wildbach der Fahrzeugschlangen, Bettler, Händler.

Ein Taxi fuhr in den Innenhof ein. Ein Mann stieg aus und stellte eine Bierflasche aufs Dach. Lorenz schob den Kopf durch das Autofenster und rief etwas zu ihr hoch. Sie verstand kein Wort, aber sie sah seine Zähne, er lachte. Der Unbekannte lachte auch. Theresa griff nach ihrer Handtasche, schloss die Wohnungstür, fuhr nach unten, und als sie den beiden gegenüberstand, sagte sie: »Ich hab was vergessen.«

Aber sie hatte nichts vergessen. Sie wollte noch einmal zurück in die Wohnung. Als sie drinnen stand, wurde sie so traurig wie lange nicht mehr. Sie setzte sich auf den Boden, sie rieb sich das Knie, dann ihre Schulter und ihre Stirn, sie wusste, die beiden würden etwa fünf Minuten warten, dann etwas unternehmen, fünf Minuten, in denen sie nachdenken konnte.

Es klopfte. Sie öffnete ihm und setzte sich gleich wieder auf den Boden. Lorenz trug schwarze Herrenschuhe, die er nicht ausziehen wollte. »Du kannst die Schuhe anbehalten.« Er blieb direkt vor ihr stehen. Sie schaute steil zu ihm hoch. Es dauerte ein, zwei Atemzüge, dann zog er sie an der Hand hoch, er fragte nichts. Kurz standen sie dicht beieinander, ein, zwei Atemzüge, und jedes Mal in diesen verlangsamten, sich ausbeulenden Augenblicken schien das Leben stattzufinden.

Er schaute ihr stumm zu, wie sie die Wohnung abschloss, sie hängte ein dickes Vorhängeschloss in den Bügel einer Überwurffalle.

»Stefan«, sagte der Mann, neben dem sie auf der Rückbank Platz nahm. »Theresa Maunder«, antwortete Theresa distanziert. Lorenz sagte: »Stefan ist Chemiehändler aus Magdeburg, erst seit vier Wochen hier, und Theresa ist Journalistin.«

Er zog verschiedene Flaschen aus braunen Tüten hervor; Whisky, Cognac, Wein.

»Über was schreibst du?«

»Sie schreibt über uns.«

»Das war letztes Jahr«, sagte sie schnell.

Lorenz fragte, welche Flasche sie wolle. Theresa hatte kein Geschenk dabei. Und das hatte Lorenz offenbar vorhergesehen.

»Du hast gesagt, das sei ein reicher Banker in den Imperial Towers, so einem, dachte ich, kann man nichts mitbringen.«

»Es geht doch nicht um Geld allein, und auch diesen Leuten nicht.«

Das Taxi war umhüllt von braunen Abgasnebeln. Sie hatten sich erst einige hundert Meter fortbewegt. Die Fahrzeuge arrangierten sich immer wieder um, jagten in jede auch nur Zentimeter an Vorsprung versprechende Lücke. Die Zweierreihen wurden Dreierreihen, die Fahr-

zeuge trieben einander in Verkeilungen, bis irgendwer nachgab und zurücksetzte. Die Hupsignale überlappten einander; Selbstgespräche, denen man keine Beachtung mehr schenkte. Die Luft war voll und leer zugleich. »Du hörst irgendwann nichts mehr«, hatte Lorenz einmal gesagt. »Ja, ich höre irgendwann nichts mehr, ich höre nicht einmal mich selbst, aber es ist nicht unangenehm, oder?«
»Wenn man aufhört, sich dagegen zu wehren, nicht.«
Sie steckten fest. Fußgänger schlängelten sich an den Fahrzeugen vorbei, Theresa sah gegen die Glasscheibe gepresste Saristoffe und Bürohemden. Niemand benutzte die Gehwege. Sie gehörten den Obdachlosen, den Händlern. Sie schienen in ihrem sturen Rhythmus aus zerbrochenen Gehwegplatten, offenen Abwasserschächten und schief gewachsenen Bäumen vor sich selbst zu warnen.
Das Taxi machte einen Satz nach vorne und blieb beim Moccacino stehen, einem Lokal im westlichen Retro-Chic, psychedelische Muster krochen über die Außenmauern. Elektronische Trancemusik wummerte aus der offenen Tür und erlosch im Konzentrat aus Motorenlärm, Hupsignalen, zerstrittenem Stillstand. Die Unverbundenheit zwischen einem rauschhaften Lebensgefühl und einer Umgebung, in der die Grundrechte des Gehens und Atmens noch nicht gesichert waren, schuf eine horrorfilmhafte Beklemmung.
Der Wagen ruckelte ein paar Meter vorwärts, dann standen sie erneut.
»Hast du dich geprügelt?«, fragte Lorenz.
»Ein kleiner Unfall«, sagte sie.

»Hier passiert?«
»Ja.«
»Der Typ, dessen Bild du mir vor drei Nächten geschickt hast?«
»Es war ein Versehen, er ist noch mal angefahren, als ich schon ausstieg.«
»Warum hast du mir das Bild dann geschickt?«
»Das macht man jetzt so«, sagte sie.
»Wann ist eigentlich deine Reportage erschienen?«
»Anfang des Jahres.«
Sie war erstaunt. Sie hatte ihm damals den Link gesendet, er hatte einen Dank zurückgeschrieben, in dieser Eile, in der er stets war, und offenbar gar nicht gemerkt, worum es ging. Es war ihm wohl nicht wichtig. Selbst dass sie seinen Klarnamen nannte, Lorenz Burglander, seine Maid portraitiert hatte und seine Arbeit, den Handel mit Daten, als Verstrickung in jenen Mechanismus bezeichnet hatte, der die Reichen noch reicher und die Armen noch ärmer machen würde. Das hatte sie geschrieben. War er so weit überhaupt gekommen? Oder hatte er gedacht, ja und?
Theresa überlegte, was ihr Status inzwischen war. Als was überhaupt Lorenz sie angesehen hatte, während sie ihn einige Wochen lang begleitet hatte zu seinen Meetings in seinem Glasbüro hoch oben über der Stadt oder dann bei ihm aufwachte.
Zurück in Deutschland hatte sie Bilder auf Facebook entdeckt. Lorenz mit einer blonden Frau, die den Arm um ihn gelegt hatte, eine hübsche Frau, und Theresa folterte sich ein bisschen damit. Gepunktete Bluse trug sie. Die Punkte setzten einen Punkt hinter jeden anlaufenden Ge-

danken, sie setzten Punkte wie Gewissheiten, ruhig, exakte Abstände zueinander.
Da waren keine Vereinbarungen gewesen. Sie hatten auch nicht über vergangene Menschen in ihrem Leben gesprochen, wie aus einem abgeklärten Erwachsensein heraus, das Risiken einzugehen inzwischen wieder interessant fand, im Unterschied zur Jugend, als Risiken die Folge von Erfahrungsarmut waren. Informieren und Sichabsprechen wirkten wie fehlendes Vertrauen. In sich, in andere. So hatte Theresa sich das gemeinsame, scheinbar souveräne Schweigen erklärt. Sie ärgerte sich über sich selbst.

In einer Toreinfahrt lungerten zwei schlaksige Männer aus einem Siebziger-Jahre-Gangsterfilm. Sie trugen schmale Hemden mit spitzen Revers und, trotz Dunkelheit, getönte Brillen. Als Theresa zu lange hinsah, griff sich der eine in den Schritt und ordnete seine Eier. Er schaute ihr in die Augen. Lorenz drehte sich zu ihr um.
Die Abgase blühten im Scheinwerferlicht wie braune Blumen. Blumenkohlröschen. Strudelten und wurden weggesaugt, wenn Bewegung aufkam. Meterlange Lichternetze schmückten die Restaurants. Aus dem Great Punjab trat wie ein Ableger der Pracht eine Großfamilie in funkelnder Kleidung. Die halslosen, mit den Köpfen in ihre Rümpfe eingesunkenen beleibten Frauen trugen goldverzierte Kurtas. Auch die Kinder glitzerten, das Kleinste in Schuhen, die mit jedem Schritt aufglühten und quiekten. Es schien eine Maßnahme, das Kind an die Gesetze der Stadt zu gewöhnen, seine Selbstbehauptung durch eigene Geräusche anzuregen. Lorenz hustete. Die Abgase im Wagen mach-

ten sie alle benommen. Keiner sprach mehr. Sie hielten neben einer Familie, die unter einem Baum wohnte. Theresa konnte vom Taxi aus in einen Kochtopf sehen, der auf Ziegelsteinen stand, darunter glimmende Zweige. Ihre Habe hing über ihnen in den Ästen, in Plastiktüten verstaut. Es wirkte wie die Installation eines Aktions-Künstlers, die sozialkritische Version eines Weihnachtsbaumes etwa. Ein kleines Mädchen lag schlafend unter einem blauen Netz. Es war Fischergarn von den Fischern unten am Meer.

Down the road. Daily survivors. Under the bridge. So hießen diese Gruppen gemäß Lorenz' Segmentierungstabelle. Er hatte Theresa einmal einen Ordner gezeigt, der hauptsächlich aus Tabellen und Diagrammen bestand. *Global Indians. Strivers. Dreaming aspirers.* Die waren als Kunden interessant. Die Diagramme und Tabellen wirkten wie soziologische Studien oder etwas von der Welthungerhilfe. Man blickte darauf und suchte nach etwas. Suchte nach dem Spendenkonto. Suchte nach einem Aufruf. Diese sachliche Auflistung, ohne Kommentar, erweckte den Anschein, die Genannten seien gleichberechtigt. Die Betrachter wussten, dass es nicht so war, und vielleicht schuf es ein Gefühl der Nähe zwischen ihnen, dass sie die Tabellen auf eine Weise lesen konnten, mit der sie sich einander als Geschäftspartner zu erkennen gaben.

Man kommt nicht mehr nach Indien, hatte sie geschrieben, um Entwicklungshilfe zu leisten oder spirituell zu sein, sondern um Geschäfte zu machen. Das geht hier inzwischen besser als daheim. Durch Niedriglöhne, Produktionsbedingungen jenseits der internationalen Standards und *citizens*, die in *consumerists* umerzogen werden. *Shining India, incredible India.* Es ist wie Überwintern, ein Überwintern der Wirtschaftskrise im Westen, wo man damit beschäftigt ist, den Niedergang zu verwalten. Sie gründen Firmen, sie arbeiten für Banken, sie bauen eine Metro für Mumbai. Die Stimmung ist aufgekratzt, optimistisch, angeberisch. Als wären es die gleichen Leute, die früher ihr Loblied auf die Magie Indiens angestimmt haben, auf *Mother India*, nur dass diese Leute hier Anzug und Krawatte tragen statt Batikgewänder und Sandalen. Indien kommt von seiner Rolle, den Abendländer mit Wundern zu beliefern, nicht los.

Auf der Carmel Road passierten sie im Schritttempo alte portugiesische Stadtvillen, Kirchen, Wegaltäre. Sie fuhren an einem Slum an der Küste entlang, und schließlich bogen sie auf den Sealink ein und nahmen Geschwindigkeit auf, weil die Schrägseilbrücke nie so voll war, die Maut kostete fünfzig Rupien. Sie rauschten über die lange Brücke, die sich schlank über das glatte dunkle Meer zog, Theresa kurbelte das Fenster herunter und atmete salzige feuchte Luft, knapp sechs Kilometer ruhige Dunkelheit, mit der leuchtenden Skyline Südmumbais in der Ferne und den kleinen Lichtern der Fischerboote und Tanker im offenen Meer.

Die Imperial Towers waren von der Seebrücke aus gut sichtbar gewesen und dann, nachdem sie in die Straßen eingetaucht waren, verschwunden. Sie fuhren schon einige Male dieselbe Straße rauf und runter. Der Fahrer rief einem anderen Taxifahrer die Adresse zu und bekam eine Richtungsanweisung zurückgebrüllt. Er wendete und hielt vor einer Umfassungsmauer, die sie bereits mehrmals passiert hatten, das Schild war so klein, die goldene Schönschrift so dezent, dass es ihnen entgangen war.

Der Pförtner öffnete die Schranke, nachdem Lorenz den Namen ihres Gastgebers genannt hatte, Dennis Whitefield. Zwei Männer in Security-Uniformen traten ihnen entgegen und suchten mit Teleskopspiegeln unter dem Fahrzeug nach Bomben. Dann gaben sie ihnen den Weg frei zu einem großen Parkplatz. Fackeln verbreiteten ein festliches Licht. Der Taxifahrer hielt genau dort, wo ein Anzugmensch durchs Stehenbleiben die Stelle markierte, an der er ihr Anhalten erwartete. Er wünschte ihnen einen guten Abend und wollte sie zur gläsernen Eingangsfront begleiten. Aber Lorenz stritt noch mit dem Fahrer. Das war üblich. Das tat Lorenz jedes Mal.

»No, this is not night tariff, my friend!«, rief er. »It is not night yet, it is only eight pm.«

Lorenz inszenierte sich als wortgewandter Rechthaber, während der Fahrer erst stur seinen Preis wiederholte, dann aufbrauste.

Sie wusste, dass Lorenz das Spaß machte. Vielleicht auch ließ er am Fahrer etwas aus, das mit der anstrengenden Fahrt hierher zu tun hatte.

Der Liftboy drückte für sie den Knopf zum zwanzigsten Stock und wandte sein Gesicht den Türen zu. Im zwanzigsten Stock stiegen sie um, ein anderer Liftboy fuhr sie in den zweiundzwanzigsten, sie sprachen kein Wort. Der Gang vor ihnen war mit hellen Marmorplatten verkleidet.

Er war so breit und hoch, dass ein Lastwagen hindurchgepasst hätte.
»Lorenz, du streitest um achtzig Cent für die Fahrt zu einem Gebäude, in dem die Miete sechstausend Dollar kostet.«
»Es geht ums Prinzip. Ich will nicht beschissen werden.«
»Wer sagt dir, dass du im Four Seasons nicht beschissen wirst, wenn du fünf Euro für ein Bier bezahlst?«
»Der Preis ist vorher bekannt. Man ändert ihn nicht währenddessen.«
»Weißt du, um welches Prinzip es wirklich geht? Man setzt ins Unrecht. Damit das Unrecht, in dem man selber steht, nicht auffällt. Das ist das Prinzip. Wir müssten uns eigentlich ständig bei diesen Leuten hier entschuldigen, statt sie zur Rechenschaft zu ziehen für Pfennigbeträge, die uns nicht wehtun, ihnen aber tatsächlich etwas bedeuten. Aber nein, wir kommen ihnen zuvor, wir setzen sie ins Unrecht, bevor unser Unrechthaben auffällt.«
Einen Moment lang schien Lorenz sich nicht entscheiden zu können, was er tun sollte. Dann herrschte er Theresa an:
»Was wäre eigentlich, wenn wir dir nicht genug liefern würden, weil wir alles richtig machen? Nur mal so angenommen. Dann hättest du nichts zu tun. Dann müsstest du dir mal selber was ausdenken.«
»Ich hätte nichts dagegen, wenn alle alles richtig machten. Ich hätte auch nichts dagegen, dann nichts zu tun zu haben.«
»Das glaub ich dir nicht.«

Der Eingangsbereich war mit Leuten verstopft, die einander begrüßten und in Gespräche verwickelten, statt weiterzugehen, es wirkte wie eine Imitation des Straßenverkehrs, als würde etwas nachgestellt, das durch den ständigen Anblick wie ein Muster in den eigenen Körper gesickert war. Sie berührten mit ihren Schultern die nackten Schultern und Arme schöner indischer Frauen, die jedes Mal lachten, oh sorry, I'm sorry, sorry sorry, no problem, that's OK.
Der große Raum war abwärts gestuft und endete an einer Glasschiebefront mit Terrasse. An den Wänden hing abstrakte Kunst, wie die Vergewisserung von Kontext und Zeitgenossenschaft. Viel freie Fläche. Vor dem Hintergrund der entfesselten Stadt wirkten die reduzierten Formen wie ein beleidigtes, erhabenes Schweigen.
Tabletts schwebten vorbei; frittierte Garnelen, Spargelsushi mit Speck, Grill- und Mozzarella-Tomaten-Spieße. Durch die Luft schwirrte Englisch mit dutzenden Akzenten. Die Frauen trugen prächtige Seidensaris, die Männer Salwar Kurtas oder zumindest ein langes Hemd mit Stehkragen. Sie entdeckte einen Tropenanzug, einen Turban, einen aufgeklebten Hitler-Schnurrbart.
»Warum hast du mir nicht gesagt, dass es ein Kostümfest ist?«
»Ich wusste es nicht.«
Sie starrte auf die Goldbordüren der Seidensaris, die nackte Haut, weiße nackte Haut. Sie nahmen es mit einem Ideal auf. Der Sari stand für die tugendhafte Ehefrau, und das nahm man den lachenden, weintrinkenden Frauen nicht ab.

Lorenz zog sie zu einem blonden, leicht untersetzten Enddreißiger, der eine funkelnde türkisfarbene Prinzenrobe trug und betrunken wirkte. Er nickte ihnen unkonzentriert zu, klopfte Lorenz auf den Rücken und gab Theresa die Hand, dann wurde er von einem Arm, den jemand um ihn legte, weggezogen.

»Das war Dennis Whitefield.«

»Ihr scheint euch ja gut zu kennen.«

»Es ist sein dreißigster Geburtstag.«

»Erst dreißig?«

Lorenz zuckte die Schultern. Dann begrüßte er irgendwelche Bekannte und verschwand. Er verschwand in den allgemeinen Partymodus ringsum; man gab sich allen gegenüber einem pauschalen Kumpelgefühl hin. Die Männer bezogen sich aufeinander in blödelndem Verhalten, die Frauen gaben sich heikel, preziös und zugleich robust vulgär. Eine pummelige Inderin in strassbesetzten Highheels sagte zu ihr: »This beer tastes like cum, doesn't it?« Eine weiße Katze räkelte sich auf einem Sofa. Verschlagen, elegant, lauernd.

Hinter der Terrasse leuchtete die Glaskuppel des zweiten Turms. Die Architektur war ein Gespräch, das seit Jahrhunderten anhielt. Seit Jahrhunderten wurden Bauwerke in diesen feuchtheißen Tropensumpf kopiert. Neogotisch, klassizistisch, Art déco. Sie boten feste Kontur in einer Umgebung, in der sich stets alles aufzulösen drohte, alles übereinander herfiel, einander verschlang und abrieb. Vielleicht bestimmte das zersetzende Klima auch die Grenzen zwischen den Menschen, wie diese verliefen und wie diese verletzt wurden? Wie viel leichter sie zu verletzen waren.

Die Taxifahrer ließen sich auf diese Streitereien ein, sie zettelten sie manchmal sogar an, indem sie auf sehr durchschaubare Weise zu betrügen versuchten. Etwa eine veraltete Preisliste hervorkramten. Oder eine falsche Zahl von der richtigen Liste ablasen. Sie stellten eine Situation her, in der sie die kleinen harmlosen Betrüger waren, und der andere war der unbarmherzige Reiche. Als würden sie das Spiel mitspielen, um die Grausamkeit der Privilegierten nicht zu sehr ans Licht kommen zu lassen.

Jemand, dessen Namen sie nicht mehr wusste, begrüßte sie überschwänglich. Sie kannten sich von einer anderen Party, flüchtig, wie Theresa in Erinnerung hatte. Sie war überrascht, wie begeistert er auf sie reagierte. Sie sah auf einen sich bewegenden Mund in einem blond zugewachsenen Gesicht. Sie sagte, sie wolle rauchen.

Er folgte ihr auf die Terrasse. Sein Englisch war gut, aber klang unerträglich fremdsprachig. Da sie keine Zigaretten hatte, musste sie seine annehmen. Und sie musste tatsächlich rauchen. Sie stellte sich so, dass sie ihren Körper auf ihn und die Stadt gerecht verteilte. Es war unbequem, diese kompromissvolle Körperhaltung. Die Straßenzüge leuchteten in einem rötlichen Licht, wie trüb gewordene Kompottinhalte, sie wirkten wie ein gefährlicher Sumpf und schienen die gläsernen hohen Bürotürme nicht festzuhalten, sondern abbittend aufgegeben zu haben. Sie wurden nun vom Himmel gehalten.

Er sprach über die Stadt, und er sprach im Begeisterungston eines Bekehrten. Weil angeblich die Musik so laut war, kam er nah an ihr Ohr. »Man geht immer vorwärts, und man bestimmt die Muster der Stadt mit, graviert neue hinein, man wird ernst genommen von der Stadt, so merkwürdig das ist, man kann stets mitwirken an diesem Desaster.« Kulturreferent bei der französischen Botschaft, jetzt wusste sie es wieder. Die schwüle, zarte Luft mischte sich auf unanständige Weise mit diesen feuchten Luftanblasungen aus seinem Mund. Theresa rückte ab, doch er folgte ihr. Sie klopfte ihm auf den Rücken, präzisierte seine Vertraulichkeit zu einer kameradschaftlichen; sie war ihnen um Jahre einer nie gehabten Freundschaft voraus, beantwortete seine Fiktion mit einer eigenen. Er verlor bald darauf das Interesse, und unter einem Vorwand verschwand er von der Terrasse.

Sie stand jetzt allein. Sie beobachtete Menschen in einer schnellen Taktung miteinander. Unterbrochene, durchschnittene Denklinien, wenn jemand Neues hinzutrat. Sie hörte aus den Satzfetzen das Bemühen um Allgemeinheit heraus, das Persönliche wurde nicht persönlich. Die bekannten Gesichter wechselten sich ab mit denen Fremder. Sie zählte etwa dreißig Leute auf der Terrasse. Lorenz stand am anderen Ende. Sie beobachteten einander.

Einige Momente lang hörte sie nichts, zog sich die Szene nach innen, als hätte sie den Raum gekaut und geschluckt. Und dann hörte sie wieder die Gespräche um sich herum. »Warum seid ihr eigentlich immer so laut?« »Wenn alle laut sind, muss man auch laut sein.« Lachen. »Aber ihr habt eine der radikalsten Traditionen hervorgebracht, die der Askese und der Stille.« »Das war einmal. Ihr habt die uns abgenommen und vermarktet sie nun clever.« »Früher glaubte das Land an die Verbesserung des Einzelnen durch spirituelle Übungen. Heute an die Verbesserung durch

Konsum. Oder?« Darauf folgte die Sorte der schonungslosen Wahrheiten, die das Monster zu bändigen versuchten, indem sie es zu benennen wussten: »In Bihar hacken sie dir die Hand ab, wenn sie den Ring nicht runterkriegen.« »Eine Foltermethode der Polizei in Nagpur besteht darin, Benzin in den Anus zu spülen.« »In Benares treiben Kinderleichen vor deinen Augen im Ganges.«

Lorenz ging zurück in die Wohnung. Sie konnte nun zum Chef der Deutsch-Indischen Handelskammer, der bei einem Pflanzenkübel stand, ebenfalls allein, mit dem sie einmal ein einstündiges Interview gemacht hatte. Aber als sie seinen Blick suchte, merkte sie, dass er sie nicht wiedererkannte. Im nächsten Moment trat eine Frau mit zwei Sektgläsern auf ihn zu.

Theresa folgte Lorenz in die Wohnung, aber orientierte sich am *flying buffet*. Sie heftete sich an die umherschwebenden Tabletts wie eine Schwalbe, die im Flug Insekten aufschnappte.

Ihre Aufmerksamkeit wechselte zwischen Lorenz und Dennis Whitefield. Der lief aufgepumpt, als sei zu viel Kraft in seinem stämmigen Körper, die er nicht loswerden konnte, durch den Raum, suchend, mit rotem Gesicht. Er wurde in Gesprächsrunden aufgenommen, aber kurz darauf wandte er sich ab und zog rastlos weiter. Dennis Whitefield, merkte sie schließlich, hielt etwas in der Hand. Es waren Hitler-Schnurrbärte. Sie tauchten in einigen Gesichtern auf. Theresa schüttelte den Kopf, als er bei ihr ankam. Die Aufkleber wurden fallen gelassen oder auf Möbel geklebt, sie lösten sich im Schweißfilm, sie bedeckten den Boden.

Sie wusste zu jeder Zeit, wo im Raum Lorenz sich aufhielt und über was er redete. Sie meinte, die Tonkruggeschichte wiederzuerkennen. Beim Lachen bog sich sein Rücken nach hinten. Bei einer gemeinsamen Slumtour für Touristen hatte Lorenz einen schönen Tontopf entdeckt. Der Töpfer wollte zwanzig Rupien, etwa fünfunddreißig Cent, und Lorenz gab ihm einen Fünfzig-Rupien-Schein mit den Worten: »Behalten Sie den Rest.« Der Töpfer, ein uralter runzliger Mann, hatte in aller Ruhe das Wechselgeld zusammengesucht, Theresa und Lorenz warfen einander Blicke zu. War der Mann schwerhörig? In diesem Moment sagte er höflich, als kläre er ein Missverständnis auf: »Der Topf kostet nur zwanzig Rupien.«
»Was bringen ihm auch dreißig Rupien?«, hatte sie Lorenz hinterher gefragt. »Warum sollte er sich für dreißig Rupien erniedrigen lassen?«
»Ich hätte ihm also mehr geben müssen? Tausend Rupien?«
»Ich weiß es nicht.« Sie wusste es wirklich nicht.
Der Tontopf wurde seither immer wieder Gesprächsthema. Angeblich wollte Lorenz durch Umfragen herausfinden, was das richtige Verhalten gewesen wäre. Das Fazit so weit war, dass niemand es wusste. Aber indem Lorenz die Begebenheit erzählte, war er derjenige, der das letzte Wort hatte. *Ich will dein Scheißgeld nicht. Ich gönne dir nicht die Macht des Gebens.* Das war es, was Lorenz aus der Geste herausgehört hatte und nicht auf sich sitzenlassen konnte.
Dennis Whitefield stand plötzlich vor ihr. Er legte seinen Arm um Theresa. Sie sagte nichts. Er zog sie zu einem

Sideboard mit bunten Alcopops, er tat das mit sachlicher, pflichtbewusster Miene, als hätten sie sich bereits auf etwas geeinigt und führten es nun aus.

»Hier.«

Sie nahm die lächerlich modische Flasche, ein grüner Alcopop, und auf drei tranken sie beide synchron die Flaschen leer, Dennis schauspielernd den Kopf nach hinten werfend und dann die Flasche an die Wand. Sie stellte ihre auf das Sideboard, ein kleiner Widerstand. Der Lärm fokussierte sich immer mehr auf sie, Gejohle, Rufe, Pfiffe. Irgendwo in diesem Halbkreis aus Zuschauern bemerkte sie Lorenz, sein Blick war ernst.

Die nächste Flasche setzte Dennis ihr an den Mund und schrie so laut, dass seine Stimme sich auflöste in ihrem Kopf. Seine Augenlider waren sozialfallhaft geschwollen, die glitzernde Prinzenrobe roch. Sie trank die zweite Flasche und bemerkte Lorenz' Blick. Dennis' Arm drückte gegen ihre Gurgel, während er schon die dritte Flasche öffnete. Ihr Protest war leise und ging unter.

Sie trank auch die dritte Flasche, synchron mit Dennis Whitefield.

»Du hast gewonnen«, sagte sie. In seinen Augen bewegte sich nichts. Auch in ihr war etwas stehengeblieben. Es war dieser starre, unnachgiebige Moment, den sie miteinander teilten, während sie für die johlenden Zuschauer eine Show ablieferten, und es war dieses Bedürfnis, etwas zu teilen, das sie weitermachen ließ. Sie trank und spürte, wie jemand eine Hand in ihren Nacken legte, sanft, anders als dieser Prinz Dennis, und dass zugleich der schwere Arm sich löste.

Lorenz führte sie in eine Ecke des riesigen Zimmers. Er fragte, ob sie ins Bad möchte. »Vielleicht den Finger in den Hals stecken und das Zeug loswerden.« Sie schlang die Arme um seinen Hals und hängte sich an ihn. Er strich über ihren Rücken. Wenig später fuhren sie in einem Taxi durch die nun leere Stadt. Das Mondlicht leuchtete zärtlich in den kaputten, zerplatzten Oberflächen von allem.

8
ZWISCHEN BERLIN UND HANNOVER

THIS IS DESTINY

Der Zug nach Hannover hat zehn Minuten Verspätung. Holle geht am Bahnsteig auf und ab. Über drei Monate sind seit dem Mittagessen mit Wanka vergangen. Sie kann sich an ihn kaum mehr erinnern, kein Bild kommt zur Ruhe. Sie hat im Internet noch einmal nachgesehen, aber sein gutgelauntes Gesicht, seine repräsentierenden Posen übermalen ihr die eigenen Bilder vollends. Übrig bleiben grobe Daten, als würde sie Wanka für ein Datingportal anmelden: dass er groß ist, schlank, aber keinen Sport treibt, kurzes hellbraunes Haar hat, weich vermutlich und sehr akkurat geschnitten, eine Art Erfolgsfrisur. Sein Gesicht bleibt leer. Manchmal sieht sie eine Reihe weißer Zähne, ein leicht angeberisches Lachen. Ein Mann, dem es gut geht. Dem es selbstverständlich gut geht, der das anders gar nicht erwartet.
Aber an seinen Gang erinnert sie sich genau, und wie sie sich neben ihm gefühlt hat – stets dirigiert von seinen Bewegungen, die langsam waren, die in keinem Moment von etwas Äußerem bestimmt wurden. Die Ruhe eines Menschen, der gewohnt ist, dass man sich nach ihm richtet. Mit diesem gebieterischen Gang war er in Eyüp über den Hafenvorplatz gekommen, direkt auf sie zu. Das Vertrauen, das er in sie setzte, verpflichtete sie zum Stehenbleiben.

Ein Mann starrt in ihre Richtung, es ist die, aus der ihr Zug kommen wird. Sie bewegt sich aus seinem Blickfeld, aber kurz darauf schaut er wieder zu ihr hin. Sie verzieht sich hinter den Kasten mit den Abfahrzeiten. Und entdeckt ihn in der Spiegelung der Glasscheibe. Sie flüchtet auf die andere Seite, und wieder bewegt der Typ sich mit. Sie bilden ein Mobile. Gebastelt aus Phantasie, seiner, das ekelt sie. Sie läuft nun mit hackenden, den Mann zerhackenden Schritten in die Bahnhofshalle.
Dort in einer Schaufensterscheibe betrachtet sie lange ihr eigenes Bild. Was sie sieht, das ist ein langer dunkler Strich. Ein weichfallender Mantel, der sich ein bisschen verlegen um ihren mageren Körper wickelt. Sie hat Gewicht verloren. Dazu das zurückgebundene Haar, das die leichten Segelohren sichtbar werden lässt und die Augen noch größer macht.
Sie öffnet das Haar, um zu prüfen, wie das aussieht. Sie trägt unter dem Mantel ein schwarzes Kleid mit langen Ärmeln und freiem Rücken. Ein bisschen gewagt für März, aber sie werden ja nicht draußen rumlaufen. Wenn sie sich bewegt, blitzt hinten das Innenfutter aus vampirsargblauer Seide auf, zumindest soll es das. Sie hat das Kleid vom letzten Rest der Wanka-Überweisung gekauft, in einem Laden mit New Yorker, Pariser, Londoner Ware auf der Rosenthaler Straße. Ein Sonderpreis, zweihundert statt vierhundert Euro. Sie hat das Kleid eigens für diesen Abend gekauft, eine Investition.
»Kunstsammler wollen sich nicht wie Mitarbeiter des Roten Kreuzes fühlen. Du musst als Unternehmer auftreten. Das verstehen sie dann.« Diesen Rat hatte ihr der

Ateliernachbar gegeben, als sie auf dem Korridor schließlich aufeinanderstießen, ein Junge mit dichten dunklen Locken, schlaksig, jünger als sie. Und da hatte Holle ausgepackt, als hätten sie tatsächlich wochenlang miteinander geredet; völlig, wie sie merkte, distanzlos war sie, wie immer, wenn sie lange Zeit allein war, und dann nicht mehr wusste, was darf man erzählen, was behält man lieber für sich. Erlöst, überwältigt von der menschlichen Begegnung, fix und fertig, sprach sie von Celal, sprach sie von Geldnot, von Plänen, von Ängsten, vom Schweben, wenn sie arbeitete, vom Entwurzeltsein, von diesem absoluten Zustand, der alles andere unwirklich macht. Und der Ateliernachbar wiederum war vom Typ her ganz anders als sie, ein organisierter Künstler mit Kalkül, und er hatte sie schließlich ausgefragt zu ihren Kontakten und Käufern, da hatte sie Wanka genannt, wie zum Beschwichtigen, zum Maulstopfen (weil sie so vertrauensselig war, schien er sie auch gleich für blöd zu halten), und der Typ, das war das Beste, kannte Wanka, das sei ein wirklich wichtiger Kunstsammler, erklärte er ihr, bei dem möchte ich auch hängen, und ob Holle mal was drehen könne, und Holle hatte ein nach allen Richtungen interpretierbares leeres Lächeln aufgesetzt, aber wusste, sie würde nichts drehen, auf gar keinen Fall.

Der Zug fährt mit zwanzig Minuten Verspätung ein, aber wieder ist sie so früh los, dass sie auf jeden Fall pünktlich bei Wanka ankommen wird. Der Mann bleibt am Bahnsteig zurück und glotzt verwirrt zu den Scheiben. Sie hebt die Hand und winkt. Und da winkt er auch.

Sie hat sich das also nicht eingebildet.
Kein Verfolgungswahn heute.
Sie schließt die Augen, atmet durch, versucht, das nun wild pochende Herz zu beruhigen. Als sie die Augen wieder öffnet, hat der Zug Berlin bereits verlassen. Feldlandschaften ziehen vorüber. Würde man sie hier aussetzen, wäre sie verloren. Der Himmel zieht sich zu, sie fahren in ein Unwetter hinein, erst Regen, dann Hagel. Auf den Hängen ringsum schiebt der Wind die Körner zu weißem Abfall zusammen. Eine Station später ist alles wieder vorbei. Das dumpfe U-Boot-Signal einer hereinkommenden Nachricht lässt sie aufschrecken.
Bis gleich, ich freu mich!
Ich freu mich auch, simst sie schnell, bevor ihr noch etwas Kompliziertes einfallen kann.
Unter Wankas Nachricht befinden sich Nachrichten von Celal. Sie kennt sie bereits. Sie betrachtet sie regelmäßig, versucht, ihnen neue Aspekte abzugewinnen.
Celal hat nach Wochen beleidigten Schweigens seine Strategie abermals geändert. Er ist nun der großzügig Gebende, der Verführer. Hin und wieder landen Aufnahmen seines Schwanzes auf ihrem Telefon, violett adernpulsierend glänzend, prall, prächtig, aufgenommen meist in liegender Position auf seinem Bett. Im Hintergrund seine nackten behaarten Beine und seine weißbesockten Füße, das schmale Zimmer, die leere Fensterbank, und je nach Lichtverhältnissen kann sie Istanbul erkennen. Ein sich den Hang hochziehendes buntes Häusermeer. Celal meint das durchaus nett, einladend. Er schreibt erläuternd: *I am playing it for you, it is hard for you*, damit sie weiß, dass eigens

für sie dort in Istanbul jemand die Mühe auf sich nimmt und fleißig wichst, ihr zu Ehren, ja, immer exklusiv in Gedanken an sie. Diese Vorstellung, dass, während sie in Berlin ist, ihr zuliebe in Istanbul onaniert wird, fügt ihrer Existenz eine weitere Dimension hinzu: Ein Teil ihrer Intimität ist ausgelagert auf einen anderen Kontinent, ohne ihren aktiven Beitrag, eine interessante durch Technik ermöglichte Erweiterung des Ichs. Aus diesem Grund, nämlich als so etwas wie eine Kunstperformance, duldet sie die Schwanzbilder aus Istanbul. Möglicherweise kann sie damit mal etwas machen.

Celal. Wenn sie nun an Istanbul denkt, sieht sie einen Reigen folkloristischer Bilder, als hätte die Bequemlichkeit gesiegt und mitnichten der Anspruch, allen kulturhegemonialen Anwandlungen zu widerstehen. Sie sieht eine pittoreske, schmerzhaft schöne Stadt. Sie sieht Häusermeere, zinnoberrot, ocker, pistaziengrün, und türkisgrünes Wasser, sie sieht den Ägyptischen Basar, die Kähne vor Eminönü, die sanft geschwungenen Moscheekuppeln. Der Eifer, mit dem sie damals die Diskussionen angeführt hat, um Istanbul vor der Vereinnahmung schwärmerischer Touristen und angeblicher Kenner zu schützen, vielleicht war das auch bloß der Versuch, jeden Verdacht zu zerstreuen, ihr Verhältnis zu Celal sei nicht ebenso komplex wie dieser Diskurs.
Dabei war das Verhältnis alles andere als komplex. Das alles vorhersehend, hatte sie einen großen Bogen um seine Dönerbude gemacht. Sie hatte nach der Begegnung im Döner Paradise, nachdem er ihr dort um Mitternacht ein

vegetarisches Essen zubereitet hatte, zwei Wochen lang Umwege in Kauf genommen. Das Döner Paradise lag an einer prominenten Stelle Beyoğlus; sie bog vorher rechtzeitig ab, oder, wenn der Strom der Touristen dicht genug schien, versteckte sie sich zwischen den Menschen. Jeder Spaziergang rief ihr Celal in Erinnerung, war ungewollt eher Umrunden und Umtanzen statt Ausweichen. Er wusste natürlich nichts davon. Er wusste sowieso nichts über sie. Außer der absichtlich fehlerhaften E-Mail-Adresse hatte sie nichts zurückgelassen, nur vage in eine Richtung gezeigt, »I live somewhere there.«

Er entdeckte sie schließlich zwei Wochen später abends auf der Istiklal Caddesi. Er tippte ihr auf die Schulter. Sie drehte sich um, die Lichter der prächtigen Einkaufsstraße beleuchteten sein Gesicht. Es war noch schöner, als sie es in Erinnerung hatte. Celals Augen. Dieser ornamentale Schwung der Lider.

»I found you«, sagte er. Es klang, als sei sie verlorengegangen. Als habe er bei einer großangelegten Suchaktion es als Erster geschafft, Holle Schulz im Istanbuler Getümmel wiederzufinden.

»I want you«, sagte sie nach drei Efes-Bieren.

»You want to sleep with me?«, vergewisserte er sich. Und das erregte sie noch mehr.

Sie nahm ihn mit ins Stipendiatenhaus. Genau das hatte sie befürchtet. Dass es schnell gehen würde.

Die kulturwissenschaftliche Perspektive ließ sich leider nie ganz abschalten. Das Beherrschen der üblichen Choreographie (wohl an Touristinnen und youporn geschult)

fusionierte mit träumerisch-verspielten Verehrungsanflügen, die dem Weiblichen selbst galten, oder auch einer abstrakten Vorstellung von Weiblichkeit und wie man sich dieser verzückt und feierlich widmete, sowie mit einem – nun ja – vielleicht anatolischen Wüstlingselement. Er riss an ihren Armen und Beinen, positionierte sie wie eine Knetfigur so hin, wie er sich das gerade vorstellte, er ließ zu, dass ihr Kopf gegen die Wand schlug. Da war etwas konsequent Egoistisches, aber so durch und durch, dass es wieder unschuldig war.
Und er selbst war still gewesen, mucksmäuschenstill.
»You are so quiet«, flüsterte sie.
»This is Anatolian. Big families. Many people in the house, so we need to be quiet.«
Sie war beeindruckt. Eine Art Clan war anwesend, eine Tradition, eine Welt, von der sie nichts wusste.
»But there is no one here!«
»But I cannot«, lächelte er und kniff sie in die Wange. Das hatte seit der Kindheit niemand mehr bei ihr gemacht.
Es war dunkel, sie sah ihn nicht. Er hatte alle Lichter im Raum gelöscht. Das hatte sie beruhigt. Dunkelheit war das, was Intimität von Porno unterschied.

Sie war nicht seine erste Ausländerin, nein, er hatte ihr sogar ein paar Gesichter auf Facebook gezeigt. Eine Italienerin, eine Amerikanerin, eine Russin, alle mit dünngezupften, sich hochwölbenden Augenbrauen, die ihren Gesichtern diesen erstaunten und blasierten Ausdruck verliehen, und alle in nuttiger Partykleidung. Ja, es waren Frauen, die in der FB-Weltgemeinschaft hauptsächlich als

ausgelassene glückliche Partygirls gelten wollten, darin wohl ein Ideal sahen. Die Russin etwa stand im Bikini auf einer Disco-Tanzfläche knietief in weißem Schaum, die Finger zum Victory-Zeichen, der Schaum lag auch auf Schultern, Brüsten, Gesicht. Holle war diese Pose bereits beim Betrachten unglaublich peinlich, sie spürte einen Anflug von Schamröte stellvertretend für eine andere.
»Was macht sie beruflich?«
»I don't know.«
Diese Antwort erhielt Holle zu jeder der Frauen.
»You didn't ask them?«
»No.«
»So, do you know what I am doing?«
»Yes«, lächelte er, »you told me.«
»So what is it?«, fragte sie ihn wie eine Lehrerin einen Schuljungen. »Tell me!«
Er spielte mit einer ihrer Haarsträhnen. Er hatte dunkelgeränderte Fingernägel von den Granatäpfeln. Er teilte sie in zwei Hälften und presste blutrote Säfte daraus.
»You are artist.«
Es klang tatsächlich so, als hätte er sich nicht nur das Wort gemerkt, sondern verknüpfe auch eine Vorstellung damit. Näher vordringen wollte sie aber lieber nicht. Es reichte ihr vorerst als Erklärung, warum Celal in ihrem Fall optisch einen Abstieg in Kauf nahm, schließlich konnte sie mit den Discofrauen nicht mithalten. Sie trug Kleidung von eleganter Schlichtheit, dezentes Make-up, sie verzichtete auf Schmuck. Sie funkelte nicht.
Kurz vor Morgengrauen hatte sie Celal weggeschickt. »Please go. Go! Go away!« Er umfasste sie daraufhin noch

fester und drückte die Nase in ihren Nacken. Sie bekam Angst. Seine Arme umschlossen sie wie Sicherheitsbügel einer Achterbahn, und plötzlich befanden sie sich auf einer rasenden Fahrt; Abwehr, Verlangen, Angst, und es schien wahr, dass Aussteigen hier lebensgefährlich wäre.
»Look«, sagte er, »this is destiny.«
»Please go.«
»You don't like me?«
»Yes, I like you. But I want to be alone now!«
»If you like me, why you want to be alone?«
»Fuck off!«, schrie sie.
Pause.
»Why you scream?«
»Because you don't listen to me. Go. Leave me alone.«
Endlich ließ er sie los. Das Licht ging an, leuchtete die unzivilisierte Eile der Leidenschaft aus, die wüst herumliegenden Kleidungsstücke, und dann hörte sie aus dem Bad eine Reihe banaler Geräusche, einen Furz, die Klospülung, kurz darauf ging die Dusche an. Holle stöhnte.
Nach einigen Minuten kam Celal vollständig bekleidet – immerhin – zu ihr ins Schlafzimmer und setzte sich auf den Bettrand. Er schien diesen Moment des Aufbruchs noch für eine kurze Selbstsammlung zu nutzen, ging seine SMS durch, machte sich sogar in Seelenruhe ans Beantworten, nicht einmal das Piepsen, das seine Worteingabe begleitete, schien ihm problematisch.
Wasser tropfte auf ihr Handgelenk. Sein langes Haar war nass.
»You don't use a hairdryer?«, fragte sie.
»No. I don't need.«

»But it is cold outside, you will catch a cold.«
»My sister uses hairdryer. She is girl. I don't need hairdryer.«
»But you have long hair«, versuchte sie es ein letztes Mal, immer noch tropfte das Wasser auf ihr Handgelenk und auf ihr Bettzeug. Wäre sie eine nette Frau, eine gute, nette Geliebte, wäre sie nun aufgestanden und hätte ihm den Kopf gründlich frottiert. Genau das wollte er doch, dass sie sich um ihn kümmerte. Aber sie ließ sich nicht manipulieren.
»Please leave.« Sie drehte ihm den Rücken zu, blickte zur Wand. Da, endlich, hörte sie das Parkett unter seinen Schritten knarren und die Tür ins Schloss fallen. Sie öffnete die Augen, die Morgendämmerung begann das Zimmer zu erfassen. Erste Geräusche von der Straße her, Katzen, die wehklagend miauten, einander anfauchten, jagten, bissen, irgendein polternder Karren. Sie wollte jetzt nur in die dunkle Lähmung des Schlafes eintauchen, sie wollte dieses Kabinett an Bildern und Gedanken wegschließen, ihren Körper vergessen, ihr Körper, der an allem schuld war, ihr Körper, ihr Körper, der gedämpft war, schwirrend, singend, zugleich übermüdet, überreizt, ihr Körper war schuld, das Begehren war schuld, und dann schlief sie endlich ein.
Beim Aufwachen fiel ihr nahtlos alles wieder zu, die Bilder der Nacht, Celals kindisches Drama. Oder war das vielleicht doch nur geträumt? Nein, im Bad fand sie die hochgeklappte Klobrille. Und im Abfalleimer die benutzten Kondome. Sie wickelte sie mit spitzen Fingern in Klopapier ein und versenkte sie erneut im Abfall.

Sie duschte. Er hatte ihr Shampoo nicht verschlossen, und der Inhalt war ausgekippt, das ärgerte sie maßlos.
Sie trocknete sich ab, nahm dazu ein frisches Handtuch, sie wollte alles loswerden, jede Hautschuppe, die noch von ihm wusste.
Doch immer noch spürte sie seine Hände. Raue Handinnenflächen. Hände, die ständig arbeiteten. Saftpresse, rohes Hühnerfleisch, Zwiebeln. Geschirrspülen, Kistenschleppen. Seine Mutter, fiel ihr nun wieder ein, kam vom Schwarzen Meer, sein Vater auch, beide Haselnusserntehelfer, beide nicht des Lesens und Schreibens mächtig. Beide kein Wort Englisch, nein. Seltsam, Celals Englisch reichte, um so etwas sagen zu können: »They don't speak English. Just me. I am the only one in my family.«
Als Celal mit achtzehn nach Istanbul kam, hatte er als Kellner in großen internationalen Hotels gearbeitet, und man hatte die Kellner in Sprachkurse geschickt. Das hatte sie merkwürdig berührt. Sie selbst hatte Englisch in der Schule gelernt, aber nicht, um später in Restaurants Touristen behilflich sein zu können. Ihr Englisch war auf etwas anderes angelegt. Sie konnte damit ihre Bilder auf dem internationalen Markt anbieten. Sie konnte mit diesem Englisch vögeln. Sie konnte mit diesem Englisch auch stumm bleiben.

Der Tag war nun ganz da. Er war hell. Istanbul leuchtete selbstbewusst.
Sie zog sich an (irgendetwas, sie schaute kaum hin), sie lief das Treppenhaus nach oben, an den Ateliers vorbei, sie sah die Mitstipendiaten bereits bei der Arbeit, Kaffee trinkend,

rauchend, sollte sie sich jemandem anvertrauen? Wem konnte sie das erzählen, ohne dass sie ausgelacht würde? Sie saß auf der Dachterrasse, und die Stadt kippte in ihrem hellen Licht vom Marmarameer auf sie zu, ihr Körper schien aus dem gleichen Stoff wie die Stadt, eine Grenze war durchbrochen, etwas war geschehen.
Sie wollte das nicht.
Sie legte sich Sätze zurecht, Sätze, mit denen Celal klarkommen würde, die einerseits schmeichelten, aber doch ein Ende verlangten. *We can be friends.* Das Letztere für den Fall, dass er gerade säbelnd am Dönergrill stand. Sie hatte möglicherweise keine Ahnung, welche Ehre zu verletzen sie im Begriff war.
Am Nachmittag raffte sie sich endlich auf und schlich zum Döner Paradise. Dort standen merkwürdig herausgeputzte Gestalten, alle wie lackiert. Schlechtsitzende Anzüge. Glänzende Stoffe. Spitz zulaufende Lederslipper. Mafiabossverkleidungen.
Sie fragte einen grünbeschürzten Mitarbeiter nach Celal. Fühlte sich so unwohl und so im Unrecht wie lange nicht mehr. Celal kam in diesem Moment die Kellertreppe hoch. Auch er war herausgeputzt, in schwarzem Anzug mit Krawatte, aber ihm stand das irgendwie, er sah plötzlich aus wie ein Filmschauspieler bei der Oscarverleihung.
Sein Lächeln. Es beruhigte sie. Es trug sie fort von ihren Sätzen und Vorsätzen. »We have wedding«, erklärte er ihr.
»Oh, you marry?«, zog sie ihn auf.
»No no«, lachte er. »A cousin marries.«
»Here?«

»No, we go somewhere. Big celebration. We are waiting for bus. You come with us?«
Sie spürte sogar Neugier auf diese Hochzeit und dass sie der letzten Nacht einen Rahmen verleihen könnte, eine Feierlichkeit.
»I need to work«, lächelte sie dennoch und spürte die Blicke der Verwandten. Sie alle verstanden kein Englisch, also lächelten sie ihr zu. Sie wollte nun gehen. Sie wollte Celal nicht diesen Tag verderben mit ihrem Schlussmachen. Das konnte warten. »I will go now.«
»No. Sit. Sit. Sit.«
Mit jedem *Sit* drückte er ihr seine Hand auf die Schulter, bis sie saß. Die Sonne bunt funkelnd im rubinroten Granatapfelsaft, den er ihr servierte.
Plötzlich, unerwartet, war sie glücklich. Plötzlich, während sie dort saß und die Onkel und Cousins ihr freundlich zunickten, wusste sie, dass sie angekommen war. Alles, was sie hier spürte und sah, in aller Merkwürdigkeit der Erscheinungen, war von der Substanz her Liebe.

In Hannover steigt sie in ein Taxi und nennt Wankas Adresse. Sie bittet den Fahrer, das Radio auszustellen, und beginnt entschädigend ein Gespräch, das aber in Anzüglichkeiten seinerseits endet. »Würden Sie bitte einfach fahren und den Mund halten«, sagt sie schließlich und gibt ihm, als er vor einem prächtigen weißen Jugendstilaltbau hält, kein Trinkgeld.
Sie ist zwanzig Minuten zu früh und spaziert die Straße einmal hoch und runter. Sie versucht, den Taxifahrer innerlich abzuschütteln. Die Stiefel mit den hohen Ab-

sätzen sind nicht zum Gehen geeignet, aber die Schmerzen in den Füßen korrespondieren mit diesem Druck im Innern, schließen einen Kreis, der wieder Harmonie stiftet, eine Balance von innen und außen. Wie bei jeder Begegnung mit Wanka fühlt sie sich merkwürdig aufgeschmissen. Warum bestellt er sie zu sich nach Hause? Wenn sie sowieso in ein Restaurant gehen? Sie kann sich mühelos vorstellen, welche Reichtümer und Schätze dort in der Wohnung auf sie warten, wie ausgesucht und erlesen alles ist, wie exquisit, teuer, großzügig, geschmackvoll. Ihre Phantasie reicht völlig aus, und sie traut ihm umstandslos dieses wunderbare Wohnen zu. Warum muss sie das also sehen?

Sie hat noch zehn Minuten. Sie zündet sich eine Zigarette an und gibt in dieser vornehmen Gegend ein abenteuerliches Bild ab, so einsam auf der Straße, ohne Auto oder Hund, nur sie selbst, hungerhakendünn, sich an einer Zigarette festhaltend und das Haus beobachtend.

9

HANNOVER I

GEFANGENE RÄUME

Der Fahrstuhl öffnet sich, am Ende des Ganges steht Wanka, und der Stress löst die bewährten kodierten Impulse aus: Mit echter Freude kriegt sie die Wangenküsserei hin, lassen sich ein paar Pirouetten aus Worten und Gesten drehen: über die Anreise, die Bahn, das Wetter. Wankas Gesicht derweil ist eine Tapete mit sich ruhig wiederholenden Mustern. Dass er gerade erst nach Hause gekommen sei, sagt er, die Betriebsversammlung habe ein bisschen länger gedauert, »wir gehen in neue Segmente«, sagt er, und sie nickt, hat aber keine Ahnung, was so ein Satz bedeutet.

Er trägt eine schwarze Designerbrille, braune Lederhalbstiefel, Jeans und ein Sakko mit gewagtem Karomuster; so modisch hat sie ihn bislang nicht erlebt. Ob er sich für sie so gekleidet hat? Das würde sie gern wissen, es würde ihr eine Route zeichnen durch den Abend.

Sie stehen in einer Vorhalle zu türlosen hohen Altbauräumen von asketischer Eleganz, die sich in unüberschaubaren Weiten aneinanderreihen. »Zweihundertzwanzig Quadratmeter«, antwortet Wanka auf ihre Frage, und sie nickt mit nachdenklicher Kennermiene.

Er nimmt ihren Mantel und trägt ihn irgendwohin, Holle betritt mit nacktem Rücken einen leeren Saal, der mit großformatigen Bildern behängt ist, sie blickt interessiert und wählerisch um sich. Dabei interessiert sie das an den Wänden nicht so sehr, Kunst kennt sie und kann sie überall jeden Tag sehen. Eher scheint ihr die gesamte Wohnung eine Art Kunstwerk. Wie das alles aufgeteilt ist. Gefangene Räume. Eingezogene Wände. Es ist eine Galerie, ja. Er hat sich in seine Privatwohnung eine Galerie gebaut.

Wanka berührt an der Wand einige Knöpfe, woraufhin das Licht auf den Gemälden abnimmt, dann wieder heller wird. Sie passiert Wanka wie einen vernachlässigbaren Bühnenarbeiter, läuft über dunkles Parkett, vorbei an Warhol, Polke, Rauch. Sie macht ein paar bewundernde Ahs und Ohs. Auch der nächste Raum, ein riesiger stuckverzierter Saal, trumpft mit die Wand einnehmenden Bildern auf, alle in pudrigen Rosé- und Grautönen, hier im Wohnbereich ist Wanka offenbar nach Farben vorgegangen. In der Mitte steht ein feudaler Esstisch mit zwölf Stühlen, ein fluffiges helles Couchensemble drüben bei den Fenstern.

»Dann führ ich Sie mal rum.«

Sie spürt die Hand genau dort, wo an der Schulter der Stoff wieder beginnt. Sie gehen nebeneinander her, von Bild zu Bild. Er benutzt Wendungen, die er, schätzt sie, oft benutzt hat. Sie steht hier, wie viele hier schon gestanden haben, aber sie ist bestimmt hinnahmebereiter, bildet keinen herausfordernden Kontrapunkt, liefert keine rivalisierenden Erzählungen etwa von Domizilen auf Ibiza oder Motoryachten auf Sylt. Künstler wissen nicht über Kunst zu sprechen, hatte er in Istanbul vollmundig verkündet.

Er nun spricht über die Umstände des Kaufs, den damaligen und den geschätzten aktuellen Wert, und sie wittert eine Polemik darin, einen Spott, vielleicht aber täuscht sie sich.
Die Hand auf ihrer Schulter, führt er sie zu einem großen die halbe Wand füllenden Gemälde aus hellblauer Farbe, den französischen Künstler, gibt sie zu, nein, kennt sie nicht. Sie sieht von dem Bild, obwohl sie draufschaut, nichts. Käufer, Kunstmarkt, Werte, Anlage, dazu kann Holle nicht viel sagen, empfindet aber eine leise Schuld, weil doch eigentlich sie hier Ahnung haben müsste, hat sie aber nicht. Sie könnte sagen, was ein Bild mit ihr macht. Aber auch nur, wenn man sie allein damit lässt. Stattdessen sieht sie nur das zwischen ihnen, den merkwürdig sich dehnenden und zusammenziehenden Raum, es hat mit seiner Hand zu tun, die sich bewegt, deren einzelne Fingerglieder sie spüren kann, Wärme entwickelnd, was, stellt sie erstaunt fest, nicht unangenehm ist, als könne sie ihre Vorbehalte einmal vergessen, als sei die ausströmende Wärme die Wirklichkeit schlechthin.
»Erst war ich nicht sicher, ob mir das Bild gefällt. Nur dieses Hellblau, das ist wenig, was? Aber es ist das einzige Bild, das ich nun über Jahre immer wieder neu ansehe.«
Er scheint diesmal auf eine Antwort zu warten. Sie tritt stattdessen dichter ans Bild und spürt, dass ihn das unruhig macht, die Passivität, in die sie ihn bringt. Sie kehrt daraufhin zurück zu ihm, in die gleiche Richtungsachse mit ihm zum Hellblau.
»Ja«, sagt sie. »Wenn ein Bild über Jahre hinweg vor dem Auge bestehen kann, ist das ein gutes Zeichen.«

Im nächsten Raum trifft sie ein kühler Luftzug. Wind bewegt sich in weißen bodenlangen Vorhängen, dahinter, von den abgedeckten Gartenmöbeln auf der Terrasse, springen Regentropfen.
»Die hab ich vergessen«, sagt Wanka, tritt nach draußen und kommt mit etwas zurück, das wie ein Tierkäfig aussieht.
»Was ist das?«, fragt sie trotzdem.
»Zwei Meerschweinchen. Von meiner Tochter. Sie ist mit ihrer Mutter in Urlaub, und die Viecher lass ich tagsüber draußen.«
Er wirkt ratlos und hat jetzt nicht mehr die laute öffentliche Stimme wie sonst.
»Wie alt ist Ihre Tochter?«
»Acht. Also noch im Meerschweinchenalter.«
»Wird demnächst abgelöst vom Pferdealter.«
»Das Pferd lass ich aber nicht auf meine Terrasse.«
»Nein, besser nicht«, lacht sie. Er schaut sie an. »Ihre Hände sind nass«, sagt sie, »sie glitzern vom Regen.« »Ja«, sagt er lächelnd und trocknet sie an der Jeans ab. Fast hätte sie diese Hände berührt. Zunächst aus einem spontanen Impuls, aber dann war es etwas anderes, als sie zögerte, war es nicht mehr echt.
»Was möchten Sie trinken? Wasser? Prosecco? Espresso?«
»Prosecco.«
An den leiser werdenden Schritten in die Wohnung hinein kann sie die zweihundertzwanzig Quadratmeter fühlen. Irgendwo hier ist also eine Küche mit Kühlschrank und Herd, ein banaler Alltag, was sie fast ein bisschen sakrileghaft findet in diesem Kunsttempel. Aber eigentlich kaum

anders als bei ihr, diese Durchmischung von Kunst und Leben, nur dass ihre gesamte Wohnfläche hierdrin aufgehen würde wie eine fingerhutkleine Menge Wasser im Meer. Gibt es ein Kinderzimmer?
Sie wagt ein paar Schritte in den nächsten Raum. Hohe antike Holzregale mit Aktenordnern, eine Vitrine mit Waffen, das atmende Standbylicht eines Laptops schwillt im dämmrigen Raum an und ab. Sie spürt Ruhe und Geborgenheit plötzlich. Ein kurzes deutliches Entspannen, es muss mit dem Gedankenexperiment zu tun haben, sie würde hier wohnen. In dieser Sicherheit, in diesem Wohlstand, wo alles weit weg ist: Menschen, die den Stromzähler nicht aus dem Blick lassen und die Straße nach Sperrmüll absuchen.
Sie gibt sich dem einen Moment lang ganz hin. Spürt, wie ihr Körper sich in die Wohnung und in die Situation einhäkelt. Da ist ein perverser Genuss, eine leichte Freude am Versteck, als rutsche sie wie beim Fasching in ein Kostüm.
Sie sieht sich an Wankas Schreibtisch sitzen, sie sieht sich auf der blauen Samt-Chaiselongue mit einem Buch, sie sieht sich verborgen und geschützt in der Tiefe dieses riesigen Reiches; vielleicht würde Wanka gar nicht merken, wenn auch sie hier wohnen würde?
»Ach, hier sind Sie!« In seinen Händen zwei Sektgläser, aus denen es sprüht.
»Tolle Wohnung«, sagt sie schnell, als hätte er sie bei etwas ertappt. Er lächelt leicht spöttisch, und das ärgert sie. Sie beschließt, bald etwas Persönliches zu sagen, etwas, womit er nicht rechnet, aber in ihren Satz hinein: »Tut mir leid,

dass ich so lange abgetaucht bin«, sagt auch er einen: »Ich habe die Wohnung vor drei Jahren gekauft, nach meiner Scheidung.«
Schweigen. Nur die Meerschweinchen fiepen.
»Nicht schlimm«, sagt er.
»Was, Ihre Scheidung?«
»Ihr Abtauchen, Holle.«
Er hebt das Glas, sie stoßen an.
Sie lugt, während sie trinkt, zu ihm hin, so allein waren sie noch nie. Sein Finger fährt den Stiel des Sektglases hoch, ist er nervös? In einer Stunde werden sie kauend und schluckend und redend voreinander sitzen, um sie herum fremde Menschen und Gerüche und Geräusche, und sie werden vielleicht über nichts Persönliches reden. Als hätte man ein riesiges Reservoir an privater Welt und stelle deren tiefgründige Existenz unter Beweis, indem man darüber zu schweigen versteht. Noch hat sie die Kraft, etwas Überraschendes zu tun. Sie weiß, dass diese Kraft nachlassen wird, wenn sie zu sehr nachgibt, sich den Gewohnheiten anderer überlässt.
Sie stellt das Glas auf Wankas Schreibtisch. In der Fensterscheibe, draußen ist es jetzt dunkel, erkennt sie sich und ihn, dahinter im Wind schwankende, noch laublose Bäume. Sie dreht sich um und sagt noch in der Bewegung: »Wie ist das eigentlich. Begehren Sie nur die Bilder oder auch die Künstler?«
Er sieht sie so erstaunt an, dass sie lachen muss. Er kommt zu ihr, stellt sein Sektglas neben das ihre.
»Begehren würde ich das nicht nennen. Interesse. Ich sammle seit zehn Jahren. Aber in den letzten Jahren be-

gann auch der persönliche Kontakt zu den Künstlern. Durch die Stiftung. Wir unterstützen ja Künstler, etwa euch letztes Jahr in Istanbul, manchmal gibt es auch Einzelförderungen, ja, und so kommt dann auch der persönliche Kontakt zustande.«
»Sie haben mir aber noch keine einzige persönliche Frage gestellt«, legt sie nach und ist entschlossen, sich für ihre Direktheit nicht zu schämen.
»Sie wollen wissen, warum ich Sie treffen wollte?«
»Ja.« Sie kriegt auch dieses Wort energisch heraus, energisch und fordernd.
»Weil ich Sie gut finde. Und weil ich ein Angebot für Sie habe. Davon erzähle ich Ihnen später beim Essen, einverstanden?«
»Gut finden«, wiederholt sie. »Als Künstlerin, als Person?«
»Lässt sich das trennen?«
»Natürlich nicht«, sagt sie und schweigt. Sie kommt jetzt nicht mehr weiter.
Er schaut auf seine Armbanduhr. »Wollen wir los?«
Sie treten den Rückweg an zur Eingangshalle. Ein langer Weg.
Im Aufzug stehen sie dicht beieinander, und er legt seine Hand an ihre Seite.
»Wo sind eigentlich meine Bilder?«, fragt sie in gespielt empörtem Ton, der die echte Empörung kaschieren soll.
»In der Firma. Dort haben mehr Leute was davon als hier. Ist doch schön, oder?«
»Im Manager Magazin sagen Sie, die weniger wertvollen hängen in der Firma.«
Er dreht sich zu ihr um, während er die Haustür aufhält,

und hebt spöttisch eine Augenbraue: »Sie lesen das Manager Magazin? Oder haben Sie mich etwa im Netz gesucht?«
Sie zieht lächelnd die Schultern hoch.
»Wie schön, dass Sie sich für mich interessieren.«
Er spielt mit.
Und wieder lacht sie. Aber diesmal löst sich etwas. Sie fühlt sich plötzlich, trotz der hohen Absätze, kindlich, ein Gefühl von Mädchenhaftigkeit und allen dazugehörigen Schutzansprüchen macht sich breit. Er legt den Arm um sie. »Ihnen ist kalt, nicht wahr? Sie haben ja auch wenig an!«
Er hat keinen Geruch. Als wolle er nichts von sich preisgeben. Oder ist es der Wind, der die teure, leere Straße hochfegt, so säubernd, wegnehmend, putzend.

10
HANNOVER II

DAS GEGENTEIL VON KUNST

In dem schummrigen Restaurant, einem Italiener mit rustikaler Inneneinrichtung, wird Wanka wie ein Familienmitglied empfangen, herzlich und locker, was ein neues Licht auf ihn wirft. Da alle so furchtlos mit ihm umgehen, ihn sogar duzen, richtet Holle als Vorsichtsmaßnahme den Rücken noch mehr auf; niemand soll auf die Idee kommen, eine flapsige Bemerkung in ihre Richtung zu machen.

Wanka bestellt Rotwein, er fragt sie nicht, er bestellt einfach, und er bestellt auch – unter ihrem abwehrenden Lachen und einer gespielten Verzweiflung – ihr Essen, denn sie kann sich für keins entscheiden. Gefüllte Kürbisblüten, danach Pasta mit Trüffeln. Die Preise sind hoch, das Ambiente – die Stoffhängelampe hat sogar Troddeln – hätte das nicht vermuten lassen.

»Jemand, der für mich entscheidet, das gefällt mir«, sagt sie ironisch, aber spürt, dass sie das tatsächlich mag.

»Ich habe auch noch eine weitere Entscheidung für Sie gefällt.«

Er nimmt einen langen Schluck. »Na ja, Entscheidung, zumindest habe ich das heute für Sie durchgekriegt, jetzt liegt es nur noch an Ihnen, dass Sie ja sagen.«

»Zu was?«

»Erzählen Sie mal, wie das mit dem Abtauchen ist.«
»Jetzt bin ich doch hier. Jetzt ist das anders.«
»Würden Sie auch in Mumbai abtauchen?«
»Nein. Ich will ja fotografieren.«
»Aber Sie malen auch, oder?«
»Zuletzt hatte ich eine Malphase, ja.«
»Sie fotografieren also, und Sie malen«, sagt er in bilanzierendem Ton.
»Ich fotografiere und ich male«, wiederholt sie wie für ein Kind.
Er nickt und setzt die Inquisition fort: »Wollten Sie immer Künstlerin werden?«
»Ja. Ich bin nicht gut im Rechnen und solchen Dingen.«
»Solche Dinge?«
»Mathe, Chemie, die Naturwissenschaften, alles, was eine Befolgung bereits vorgegebener Strukturen verlangt.« Sie kriegt mit, dass das wohl angeberisch klingt; er zieht die Augenbrauen hoch. »Vielleicht eine Weigerung, mich auf die Oberflächen zu beschränken, auf das Zeichen- und Signalspiel, dort hängenzubleiben«, legt sie tapfer nach.
»Dort hängenzubleiben?«
»Sie wiederholen immer, was ich sage!«
Er schweigt. Holle entscheidet sich zu einer Kehrtwende.
»Ich frage mich manchmal aber, ob es nicht ein anderes Leben für mich gibt, eins, das zwar völlig anders ist, aber in dem ich aufgehoben wäre, glücklich. Ein gegenteiliges Leben zu meinem jetzigen.«
»Also das Gegenteil von Kunst?«
»Das Gegenteil von Kunst?«
»Ja. Was wäre das?«, fragt er zurück und mustert sie. Holle

spürt plötzlich eine merkwürdige Aufregung. Seinem Gesicht kann sie jetzt nichts entnehmen.
»Was ist schon Kunst? Ohnehin nicht das fertige Werk«, sagt sie in wegwerfendem Ton und flüchtet nun ins Dozieren: »Kunst ist nicht objektivierbar. Kunst ist das ständig andere des Begriffs, das Sichentziehende und so weiter. Das Gegenteil von Kunst wäre ein Leben in der Unfreiheit fester Rollen und Hierarchien.«
In ihren letzten Satz taucht ein Teller mit orange-grüner Blüte vor ihr auf. Vor Wanka ein Teller rohe Rindfleischscheiben in Olivenöl und Parmesan. Er hat nicht geantwortet, und er scheint die äußere Störung zu begrüßen.
Sie machen sich beide versonnen schweigend über das Essen her. Aber Holle hängt dem Gespräch noch nach. Hat sie sich lächerlich gemacht? Hat er ihre Verlegenheit bemerkt?
»Ich finde Mumbai schrecklich«, sagt er unvermittelt.
Sie schaut ihn an, erstaunt über den Themenwechsel (oder ist es keiner?), und isst dann weiter.
»Der Lärm, der Schmutz, die Hitze, ich bin dann froh, wenn ich wieder im Hotel bin. Wollen Sie da wirklich hin?«
Sie nickt. Sie weiß auch jetzt nicht, auf was er hinauswill. Sie war einmal in Mumbai, kurz nur, eine Woche, das weiß er, für eine Ausstellung. Sie war wie in einem Rausch. Das Brodeln. Ihr Körper schien zu brodeln, wenn sie auf die Straße ging. Sie war alle. Sie war alles. Mit so was braucht sie Wanka aber nicht zu kommen. Schon klar.
»Kennen Sie die Theorie des Stockholmsyndroms?«, fragt sie zurück.

»Eine Geisel, die sich in ihren Entführer verliebt.«
»Verliebt, genau. Sie verliebt sich. Die Aufwertung des Täters, um an der eigenen Ohnmacht nicht zu zerbrechen. Mir ging es damals mit Mumbai ähnlich. Irgendwann beginnt eine Art Rausch, eine Ruhe. Man ergibt sich. Das ist wohl der Grund, warum das Land von Besuchern oft als magisch empfunden wird.«
»Künstler fasziniert immer das Kaputte und Problematische«, fährt er fort, ohne auf Holle weiter einzugehen. »Das ist wohl der Unterschied zu Normalsterblichen. Ich finde das reizlos. Mich interessiert das Schöne und Angenehme. Dabei würde ich auch meine Arbeit als kreativ bezeichnen, oder als eine Art Kunst. Ich bringe Situationen und Leute und Ideen zusammen, ich verbinde. Das macht mir Spaß, Dinge zu bewegen. Die meisten Menschen bleiben lieber blass und passiv. Sie betrachten ihr Leben nicht als Möglichkeit für andere Leben. Das ist wohl in der Kunst ähnlich, oder? Eine gewisse Opferbereitschaft. Vielleicht sogar Selbstlosigkeit.«
Er lacht. Sie vermutet, Wanka möchte sein Leben nicht als Gegenteil von Kunst verstanden wissen. Dabei tut sie das auch gar nicht. Nicht, seitdem sie seine Wohnung gesehen hat.
Sie setzt einen letzten Schnitt in die Kürbisblüte. Dann ist sie fertig und legt behutsam das Besteck beiseite.
»Aber Freiheit«, hebt nun Wanka großformatig an, »bedeutet auch, Bindungen eingehen zu können. Das erst ist Freiheit. Das andere ist Flucht.«
»Der künstlerische Prozess braucht manchmal den Rückzug.«

Sie gibt sich Mühe, nicht mehr belehrend, eher ergänzend zu klingen.
»Versuchen Sie doch mal, Ihr Leben als ein Ganzes zu sehen, dann gibt es kein Gegenteil zu Kunst.«
»Als ein Ganzes. Was ist das Ganze? Was heißt das?«
Er weiß es nicht. Er lächelt aber sein souveränes Lächeln.
»Sie wissen es«, sagt er schließlich.
»Ja. Aber anders als Sie. Es ist eine andere Antwort als Ihre. Das Ganze ist das Gefühl. Das Fühlen.«
Sie nimmt kleine Wellen der Abwehr in Wankas Blick wahr. Aber sie fährt fort: »Ein Gefühl unterscheidet nicht. Es breitet sich wie Wasser überallhin aus. Das lang Vergangene, das gerade Geschehene, es ist eins. Ein und dasselbe. Zeiten tauchen ineinander, Menschen, Orte.«
»Versuchen Sie, ein bisschen mehr Vertrauen ins Leben zu haben.«
Sie trinkt ihren Wein aus und stellt das leere Glas auf den Tisch. »Vielleicht habe ich immer alles so ungünstig hinarrangiert, dass ich mit dem Nichtvertrauen recht behalten darf.«
Sie hat ihm noch kein einziges Lächeln abgerungen mit dem, was sie sagt, auch diesmal nicht. Auch er nimmt einen großen Schluck Wein und sagt: »Mein Motto war immer: Entscheide, sonst entscheiden andere für dich!«
Sie ist enttäuscht, aber wiederholt sein Motto, als wolle sie es sich gut einprägen.
»Kennen Sie die Theorie der drei Ps, payment, pleasure, prestige?«, fährt er selbstvergnügt fort.
»Bezahlung, Vergnügen, Ansehen«, übersetzt sie.
»Schon klar, aber es geht um die Theorie der drei Ps. Da-

mit ein Beruf funktioniert, müssen mindestens zwei Ps gewährleistet sein. Vergnügen und Anerkennung. Oder gute Bezahlung und Anerkennung. Oder Vergnügen und gute Bezahlung. Auf ein P kann man verzichten, und es spielt keine Rolle, auf welches. Aber es braucht immer mindestens zwei Ps.«

Sie zählt ihre Ps. Eins, anderthalb vielleicht. Manchmal keins. Wanka stößt sie leicht mit dem Handrücken an, aufmunternd, neckend. »Und natürlich braucht es noch einen Schutzengel.«

»Engel? Ach, die gibt es?«

»Ich bin ganz sicher.«

»Wieso sind Sie da so sicher?«

»Weil mir nie etwas passiert. Und das war immer schon so.« Seine Finger trommeln einen militärischen Trommelwirbel auf der Tischplatte.

»Warum haben Sie einen Schutzengel und andere nicht?«

»Vielleicht muss man dran glauben?«

Sie schüttelt reserviert lächelnd den Kopf.

»Komisch, Sie sind doch sonst eher unkonventionell«, seufzt er, und sie fühlt plötzlich sein Knie an ihrem Bein. Eine leichte Schwingung, er scheint mit dem Fuß zu wippen.

»Ich finde Engel sehr konventionell.« Sie verschränkt zu ihrer Aussage die Arme über der Brust. Der Kellner beugt sich halb zwischen sie und setzt ihnen das Hauptgericht vor. Anschließend zündet er die Kerze wieder an, die zwischendurch ausgegangen ist. Wankas Knie entfernt sich, das Wippen, die Unruhe.

Er isst zügig und so konzentriert, als erledige er eine ernste

Aufgabe. Holle denkt über den Unterschied zwischen Selbstsicherheit und Selbstgerechtigkeit nach. Falls Letzteres bei Wanka der Fall ist, dann nimmt es nicht wunder, dass Holle ihn aus dem Konzept bringen kann. Hat sie doch, oder? Zumindest in einen Wettbewerb gezogen. Einen Wettbewerb um die richtigen Ansichten. Die richtigen Einstellungen. Muss ein Beruf funktionieren? Und ist das, was Holle ausübt, ein Beruf? Aber das traut sie sich nicht zu fragen. Es wäre ein Eigentor, ganz leicht, und wenn sie ehrlich ist, dann ist sie nicht ganz sicher. Ein Beruf ist das, wovon man lebt. Sie kann manchmal von ihrem Beruf leben. Will sie also nicht leben? Oder ist sie bloß ignorant und noch jung genug? Ungebunden genug, frei genug. Jung genug. Frei genug. Sie dreht mit der Zunge die Worte in ihrem Mund herum, mit dem Essen, das sie zermalmt. Sie ist verwirrt. Sie kann die spinnenbeinfeine Nähe zweier gänzlich gegensätzlicher Sichtweisen in sich spüren. Sie kann Holle sein. Sie kann Wanka sein. Sie kann ihn ganz und gar verstehen, und sie kann sich selbst ganz und gar verstehen.

Wanka wischt sich die glänzenden Lippen ab, nimmt einen Schluck Wein. Sie spürt, dass er etwas vorbereitet. Eine Frage. Er stellt das Glas zurück, er schaut sich im Restaurant um, in jedem Atemzug liegt schon die Frage, die er schließlich, mit einem raschen Blick, stellt.

»Sind Sie noch mit Celal zusammen?«

»Bitte was?«, lacht sie ungläubig.

»Celal?«, wiederholt er.

»Celal?« Es ist das fernste Wort, mit dem Wanka ihr jetzt kommen könnte.

»Celal vom Döner Paradise«, erklärt er.
»Woher kennen Sie ihn?«
»Wir haben ihm ein Angebot gemacht. Die beiden Häuser ums Döner Paradise haben wir schon.«
»Verstehe.«
»Er will nicht.«
Ihr ist schwindelig. Wanka und Celal. Was hat sie da übersehen? Etwas bewegt sich nicht mehr in diesem Moment. Weil die Karten auf dem Tisch liegen? Nicht über Celal und sie, sondern über Wankas Wissen, das er bislang zurückgehalten hat.
»Woher wissen Sie, dass Celal und ich zusammen waren?«
»Waren?«
Sie nickt. Sie hat sich soeben entschieden. Sie hat sich soeben von Celal getrennt. Auf einmal ist das klar.
»Ich habe Sie auf der Ausstellungseröffnung gesehen. Hand in Hand.«
Sie schaut auf die übriggebliebene Pasta auf ihrem Teller. Sie denkt an das Essen, das Celal kocht, eigens für sie. So wie er für die dicken Kunden mehr vom Döner säbelt und den dünnen Kunden weniger gibt. So wie er alles immer so macht, wie es die Situation ihm gerade eingibt. Wanka hat sie also gesehen. Hand in Hand. Sie erinnert sich. Sie hatte sich irgendwann von Celal befreit, sie war in die Galerie und dort auf Wanka gestoßen. Und hatte ihn an ihren Bildern entlanggeführt und plötzlich fünfzehntausend Euro mit diesem kleinen galanten Schlendern verdient. Sie hatte Celal durch das Fenster gesehen, wie er ihr zuwinkte, und sie hatte ihn als lästig empfunden, als überaus fehl am Platz, und sie war, nach Wankas Kaufzusage, nur noch

im Chor der Gruppe, wenn sie zu ihm sprach. Sie hatte gewusst, dass sie sich schlecht verhielt, aber es war, als würde der Zauber dieser Wanka-Zusage sich in Luft auflösen, wenn sie die ist, die mit Celal zusammen ist. »Ich könnte mit ihm reden.«
Wanka schüttelt den Kopf. »Wir sind damit schon durch. Er ist stur, wir haben ihm das Dreifache seines Kaufpreises geboten, er will nicht. Dreihunderttausend Euro.«
»Trotzdem, ich könnte es versuchen.«
»Nein, bloß nicht. Er hat uns schon mit seinen Mafiafreunden gedroht, damit wir Ruhe geben.«
Sie lacht. Fühlt ein bisschen Stolz. Schaut Wanka zu, der ihr ein paar Dinge über die türkische Mafia erklärt, offenbar kennt er sich damit aus. »Nun ja«, sagt er, »wir haben halt auch mit denen zu tun. Das läuft alles anders als hier.« Er nimmt einen schnellen Schluck Wein. Sie würde gerne sagen, dass Celal der Mafia angehört, aber das tut er nicht. Er hat nur gute Freunde dort, und die helfen ihm immer wieder. Sie hätte plötzlich gerne, dass Celal zu denen gehört, mit denen Wanka als Witte Bau AG sich immer wieder arrangieren muss. Aber dann fällt ihr etwas ein, das Celal ihr anvertraut hat, ein Geheimnis, etwas, das sie nicht weitererzählen darf, unter keinen Umständen. *It is illegal, baby, I get into trouble, I just tell you because you are my girlfriend and I trust you, baby.*
Baby, denkt sie, baby baby, und lächelt in sich hinein, so penetrant auf etwas hinweisend mit diesem Lächeln, dass Wanka fragt: »Ja?«
»Er ist Schatzgräber.«
»Tatsächlich?«

»Er gehört einer Gruppe an, die reisen an archäologische Orte in der Türkei, um dort Schätze ausfindig zu machen. Mit Metalldetektoren. Also illegale Ausgrabungen. Sie haben bereits ein paar wertvolle Dinge gefunden. Münzen, Statuetten, Schmuck. Das Problem ist, dass sie keine Käufer dafür finden. Es sind illegale Märkte, und ihnen fehlen Beziehungen.«
»Verstehe«, sagt Wanka und wirkt nicht wie jemand, der da kaufen oder Verbindungen stiften mag; Holle hat sich tatsächlich kurz weisgemacht, das alles auszuplaudern geschehe in Celals Interesse.
Wanka wirkt nachdenklich.
»Aber Genaues weiß ich über diese Aktivitäten nicht«, sagt sie hastig. Wanka sendet ihr daraufhin ein beschwichtigendes Lächeln: »Ich war nur neugierig, ob Sie über die Entfernung das noch hinkriegen. Und was Ihre Pläne sind.«
»Ich kenne nur Celals Pläne. Er wollte mich heiraten.« Sie macht einen gespielt romantischen Blick.
»Und?«
»Na was wohl.«
Und dann erzählt sie Wanka alles. Als ließe sich ein Fehler verharmlosen, indem man weitere macht. Sie erzählt von den haselnusspflückenden Eltern an der Schwarzmeerküste, den Analphabeteneltern, von Celals radebrechendem Englisch, ihren Missverständnissen, von Celals Kochkünsten, von Celals Leben.
Sie redet und will neugierig machen, aber nicht eifersüchtig, und Wanka hört zu, und manchmal lächelt er leise, sie sagt: »Er leiht sich beim Café nebenan den Zuckerstreuer. Er hilft dem Fischrestaurant gegenüber mit Brot aus. Er

tanzt vor dem Dönergrill den Horon, wenn er meint, ich sei traurig, das ist dieser Tanz, bei dem man die Schultern wild schüttelt, und alle fassen sich dabei an den Händen, er nimmt dann meine Hand und will, dass ich mitmache.« Sie lacht. Sie lacht ziemlich laut.
»So einer ist das.«
»Ja, so einer ist das.«
»Und warum sind Sie nicht bei ihm?«
»Weil ich nun hier bin. Weil ich nicht alles entscheiden kann, weil das Leben mitentscheidet.«
»Aber wenn er der Richtige ist?«
»Dann wäre ich bei ihm«, sagt sie blitzschnell und stellt eine Frage zurück: »Was wollen Sie dort bauen?«
»Das Übliche. Nicht der Rede wert.«
»Ein Kaufhaus, eine Kette?«
»Ja. So was in der Art.«
»Wie Sie das sagen.«
»Wie denn?«
»Wie ein Ermittler, der seiner Familie von den Verbrechen, mit denen er täglich zu tun hat, besser nichts erzählt.«
Er verzieht das Gesicht, und dann lachen sie. Endlich.

Später gehen sie in eine Bar, sitzen auf hohen Hockern, und Holle meint, wenn sie lacht, gleich runterzufallen. Sie hält sich dann an Wanka fest. Sie spürt den Alkohol im Körper wie Gewichte, die sich an die Zellen hängen. Es ist angenehm. Es ist, als zöge etwas sie herab, und gleichzeitig ist alles, was zwischen ihren Augen und Mündern stattfindet, ohne Gewicht. Es ist, als könne man jetzt alles sagen. Auf einmal. Etwas Echtes sagen, etwas Wahres.

»Ich habe Lust, dir etwas Echtes zu sagen, etwas Wahres.«
»Tun Sie das nicht schon den ganzen Abend?«
Sie lacht laut.
»Sag du«, sagt sie.
»Du«, sagt er, und ihre Gläser klirren aneinander.
»Warum hast du mich damals in Eyüp verfolgt?«
»Verfolgt? Du hast da auf dem Hafenvorplatz gestanden, nichts um dich herum, nur ein paar Möwen. Das sah schön aus übrigens. Eigentlich hatte ich mich von der Gruppe abseilen wollen. Ja, das kommt vor, mir gingen alle auf die Nerven. Aber dann sah ich dich, und du schienst auf mich zu warten. Das hat mich gewundert, aber auch gefreut. Ganz seltsam, man kennt sich überhaupt nicht, aber kann sich dennoch über so eine spontane unverhoffte Zuwendung freuen.«
»Ich glaub dir kein Wort.«
Er zwinkert ihr zu und bestellt die nächste Runde Whisky. Am Handgelenk des Barkeepers versucht sie die Uhrzeit abzulesen, wobei sie den Kopf schief legt. »Kurz nach zwölf«, sagt Wanka. »Wann fährt eigentlich dein Zug?«
»Keine Ahnung.«
Er verdreht die Augen. So geht das schon die letzte Stunde über. Holle sagt etwas, und Wanka erklärt ihr dann die Welt. »Du kannst doch nicht so ins Blaue fahren. Dann stehst du in der Kälte am Bahnsteig und holst dir den Tod.« »Ich hol mir nicht den Tod«, korrigiert sie, »der Tod holt mich, wenn überhaupt.« Er zieht sein Smartphone hervor und schaut für sie die Abfahrtszeiten nach. »Dass du das noch kannst«, sagt sie und nimmt einen großen Schluck Whisky. Sie macht ein Foto von sich selbst und

sagt: »Meine Wimperntusche ist verschmiert vom Lachen. Vielen Dank, dass du mich darauf hingewiesen hast.«
»Ich dachte, das soll so sein. Bei Künstlern weiß man ja nie.«
Immer noch blickt er auf sein Telefon und sorgt sich um Holles Rückreise. Sie ist in einer Stimmung, in der die Uhrzeit nur eine Zahl ist. Sie möchte einfach weiterreden und weitertrinken. Unvorstellbar, gleich noch zum Bahnhof und dann in das Neonlicht und die Realität und in einen Zug steigen müssen. Sie spürt den Rauch, den Whisky, die Stimmen als wabernde Unruhe, als niemals endendes, immer gleichbleibendes Unwichtigsein, als das Gegenteil von Schlaf, die künstliche Wachheit durch Reden und Trinken, das Leben. Es interessiert sie nicht mehr, worum es geht, was Wanka im Angebot hat, fast ist es ihr lästig. Er soll es ihr mailen. Und er scheint es ohnehin vergessen zu haben. Gut so. Wichtiger ist, dass sie zum ersten Mal, merkt sie, mit Wanka klarkommt.
Und dann, mit übermütigem Grinsen, tippt sie Wanka an, so dass er aufschaut.
»Es ging die ganze Zeit um Celal, oder? Ich soll ihn umstimmen! Darum wolltest du mich treffen.«
»Einen anderen Grund kannst du dir nicht vorstellen?«
»Nein!«, sagt sie schmollend.
»Wir haben eine Mitarbeiterwohnung frei in Mumbai, die kannst du haben.«
Sie starrt ihn an. Sein Satz trifft sie wie ein kalter Wasserstrahl.
»Du willst doch in Mumbai dein Projekt fortsetzen, hast du gesagt. Jetzt doch nicht?«

»Doch.«
Sie wischt sich die Tränen ab. Die schießen ihr so raus.
»Wie lange?«
»Sechs Monate, vielleicht auch länger. Interesse?«
»Ja.«
»Gut, dann wird sich unser Büro in Mumbai bei dir melden.« Er gibt dem Barkeeper ein Zeichen für die Rechnung. Dann macht er einen Anruf. Sie steht auf, drückt sich dabei von Wanka ab und merkt, wie weich ihre Glieder sind. Verschwindet zur Toilette, wischt die Tränenspuren weg. Als sie zurückkommt, steht Wanka am Ausgang mit ihrem Mantel. Jemand, zu dem sie gehören möchte. Vielleicht auch möchte sie immer zu jemandem gehören, der so dort steht und ihren Mantel hält und ein Taxi für sie ruft und sie nach Mumbai einlädt. Der mitdenkt, so dass sie weniger zu denken hat.
»Dreihunderttausend Euro, wirklich? So viel?«
»Willst du ihn nun doch heiraten?«
Sie lachen beide. Über Celal. Über sie. Über die Käuflichkeit. »Komm«, sagt er, und sie spürt seine Hand in ihrer, und dann, bevor sie ins Taxi steigt, beugt er sich zu ihr, aber ein Kuss war das nicht richtig, irgendetwas kurz davor, sie spürt die Spur feuchter Lippen neben ihren. »Wir sehen uns dann in Mumbai«, sagt er. Und plötzlich ist sie allein, winkt ihm noch einmal, und er ihr, und dann taucht sie in die leeren nächtlichen Straßen Hannovers ein, zum Bahnhof, das Abgeschiedensein im Taxi lässt sie die Fülle des Abends spüren, als sprenge das den engen Raum, eigentlich kann sie hier gar nicht sein, ist das ein Irrsinn, nun wieder allein zu sein, sie will nicht mehr, ver-

dammt noch mal, allein sein. Sie ist an genau dieser Klippe, einem Rand ihrer selbst, von dem sie abspringen will und einfach nur fallen, egal wohin.

Als sie die Bahnhofshalle betritt, erhält sie eine SMS von Wanka, die sie gierig öffnet, *das war schön, nicht wahr, und komm gut nach Hause.* Sie schreibt sofort zurück, ein *Ja* und ein Zwinkersmiley, und in diesem Moment merkt sie, dass etwas nicht stimmt, dass ihr erstaunlich viele Leute entgegenkommen, alle Richtung Ausgang, und dass da auch viele Leute an der Bushaltestelle stehen, und da kommt eine Durchsage, die von technischem Defekt spricht und Umleitung und dass der Zug nach Berlin nicht mehr fahre.

Der Zug fällt aus, der nächste fährt erst in fünf Stunden, schreibt sie ihm.

Dann komm doch zu mir, schreibt er zurück.

11
MUMBAI

FLYOVER

Sie stieg am Bahnhof Churchgate aus, und ein alter Mann heftete sich an ihre Fersen. Er hielt ihr seine arthritisch verformte Hand ins Gesicht, die Finger mühevoll zusammengehalten, als würde er Regentropfen oder Wasser darin bergen, jedenfalls etwas sehr Unbeständiges, und sie schaute durch ihn hindurch. Die Methode der Bettler bestand darin, im Verfolgten Unbehagen zu erzeugen und erst nach Bezahlung wieder von ihm abzulassen. Es funktionierte, wenn überhaupt, nur bei westlichen Touristen. Man bezahlte letztlich fürs Verschwinden. In dieser Stadt zahlte man dafür, dass der Stress, den die aufrichtig Gestressten wie zur Kostprobe auf einen übertrugen, aufhörte.
Theresa bohrte sich mit fordernden Schritten ihren Weg durch die Fußgängerströme. Sie hängte den geschwächten schmächtigen Mann schließlich ab.

Wenn sie sich zu zögernd bewegte, wenn sie gar stehen blieb, löste sich jemand aus der Menge und sprach sie an. Es waren Männer. Where are you from? Sie legten eine strenge Amtsmiene auf, schickten manchmal ein abwägendes Excuse me, madam vorweg, als sähen sie eine gewisse Problematik, die sie mittels ihrer zusehends indiskreter werdenden Fragen auszuschließen hofften. Are you here on a business trip? Holiday? With your husband? Sie erzählte das Blaue vom Himmel. Sie war verheiratet und ihr Mann und ihre Kinder warteten im Four Seasons, sie hatte sich verspätet, war deshalb so in Eile, Auf Wiedersehen. Manchmal erzählte sie das genaue Gegenteil, erzählte von Kinderlossein und aktuell ohne Freund, und ihr Zuhörer sonnte sich in der Zufriedenheit, es immer schon gewusst zu haben, die westlichen Frauen waren sittenlos und zu bemitleiden.

Es schwebte und wehte dahin wie der Müll. Sie spürte Wut manchmal, auch Mitleid. Sie schienen einsam, die Menschen hier, in dieser großen Menge. Theresa schien noch einsamer, eine Frau, allein, Weiße, das war das Einsamste. Manche wollten ein Foto mit ihr machen.

Sie war mit August verabredet. Treffpunkt das Foyer des Taj Hotel; wenn sich einer von ihnen verspätete, konnte der andere unterdessen Models und Könige betrachten. Als sie ankam, fuhr August in seinem Landrover die Einfahrt hoch, Theresa öffnete die Beifahrertür und stieg ein. Sie trug eine Sonnenbrille, eine übergroße schwarze Celebrity-Brille, die Holle Schulz zurückgelassen hatte. August lachte und spielte Erschrecken und Ehrfurcht, indem er die Hände hochwarf.

Das Gateway of India im Rücken, bogen sie stadteinwärts in jenes Mumbai, das von den britischen Kolonialmächten entworfen worden war. Breite Straßen mit richtigen Gehwegen, Boulevards mit venezianischen Arkadengängen. Sie passierten das Prince of Wales Museum, neogotische

Riesengebäude aus elefantengrauem Stein, dann den Oval Maidan, eine fußballfeldgroße Rasenfläche, auf der weißgekleidete Cricketspieler vornehm durch die Sonne liefen.

Diesmal war es umgekehrt: Theresa wollte August etwas zeigen. Es hatte mit einer E-Mail zu tun, die Theresa von Holle Schulz erhalten hatte. Ob sie in der Wohnung zurechtkomme und was genau sie in Mumbai mache, sie sei ja Journalistin. Das ließ Theresa kurz zusammenzucken. Es folgte eine Adresse im Slum, was Theresa stirnrunzelnd zur Kenntnis nahm – was wusste eine Künstlerin vom Berichten? –, aber dann siegte die Neugier, und sie wollte hin.

»Und? Wie läuft es?«, fragte August.

»Die Aufgabe wäre, über die Stadt zu berichten in einer Sprache, die aus jenem Körper kommt, der mit der Stadt sich neu gebildet hat, es geht um diesen anderen Stadtkörper, einen Körper, durch den die Stadt, die übergriffig ist …« Sie hielt inne. Sie klang schon wie Holle.

Das arabische Meer lag diesig und still vor weißen Art-déco-Wohnhäusern. Hier am Marine Drive befand sich die dichteste Art-déco-Architektur-Ansammlung im asiatischen Raum. Mondän und doch tropisch versehrt, erschöpft von zu viel Sonne, Wind und Monsun.

August räusperte sich und sagte:

»Man kann diese Stadt benutzen, als wäre sie eine normale Stadt. Die Stadt stellt sich jedem zur Verfügung. Sie kann das. Sie war immer eine Fiktion, eine Vorstellung, eine Kopie europäischer Vorbilder.«

Sie nickte. Die Stadt warf ständig Formen hin, die etwas

Gesehenem und Bekanntem ähnelten, sie verließ sich darauf, dass man sich mit Attrappen begnügte, etwa wie mit aufblasbaren Sexpuppen oder digitalisierten Stimmen am Ende einer Servicenummer. Man ging leer aus. Man fühlte sich nicht ernst genommen. Und zugleich war da dieser Ernst, von dem es kein Zurück gab.

Die kühle, wässrige Luft der Klimaanlage hatte den Widerstand der erhitzten Haut durchbrochen und schien in sie hineinzusickern. Die Hitze da draußen war jetzt bloß noch ein abstraktes Wissen, sie sah es an den Hitzepfützen, weiß schimmernde, die Straße auflösende Halluzinationen.

Sie standen am Ende einer Wagenschlange. Eine Schar Kinder strömte vom Boulevard auf die Fahrzeuge zu. Verschmierte Gesichter. Abstehendes Haar. Die Kleidung zu groß oder zu klein und zerrissen. Sie wirkten wie Abtrünnige eines Schulausflugs, die sich wochenlang im Wald verirrt und dreckig gemacht hatten. Sie liefen durch schwarze Abgasnebel, sie klopften gegen Fensterscheiben, bei den langen, verspiegelten Limousinen konnten sie nicht sehen, wer drinnen saß. Vielleicht Gleichaltrige in niedlichen Shorts, mit gewaschenem und gekämmtem Haar und einem elektronischen Spielzeug im Schoß. Sie klopften und hielten die Hände auf. Die älteren Kinder verkauften Waren. Ein Junge wollte Theresa ein blaues Mikrofasertuch für den Haushalt verkaufen. Rotz in der Nase, ein stumpfer Blick, uralt. Er war vielleicht acht. Die Kinder boten Ausmalhefte an (für die Kinder, die im Auto saßen), Blumengirlanden für den Hausaltar oder Bücher, die sie selbst nicht lesen konnten. Die Bücher handelten manchmal von ihnen, von Straßenkindern und vom Slum, es waren internationale Bestseller, die sie in hohen Stapeln durch den Mief und Lärm jonglierten. Manchmal ging eine Scheibe herunter, und ein Schein wurde gegen eine Blumengirlande getauscht. Die gingen am besten weg.

Die Kinder schwirrten hartnäckig und stolz um die metallfarbenen Hondas und Marutis, sie gaben sich Mühe, ein Ärgernis zu sein, sie dauergrinsten, ihre feinen Körper schlängelten sich lässig an den protzigen Wagen entlang, nahmen es mit ihnen auf an Eleganz und Selbstbewusstsein. Sie mimten raubeinige Räuber, sie waren alles, bloß nicht: Kinder, die Hunger hatten und Angst. Angst, dass abends die Kasse nicht stimmte.

Die Ampel sprang auf Grün, die Gesichter glitten weg. Die Autos ringsum beschleunigten auf Renngeschwindigkeit, obwohl sie an der nächsten Ampel abbremsen mussten. Von den Boulevards schossen wieder Kinder heran.

»Würde eins dieser Kinder in eine deutsche Straßenszene verpflanzt, hätten wir uns längst gekümmert.«

»Weil wir uns sonst strafbar machen würden«, antwortete August. »Gesetze sorgen dafür. Nicht etwa, dass wir im Westen bessere Menschen wären.«

»Man spürt hier nicht mehr, was nicht stimmt. Also, ich schon. Aber andere nicht.«

»Solange du mit der Stadt kämpfst, kannst du deine Arbeit nicht tun«, sagte August.

»Meine Arbeit? Aber was ist das?«

»Berichten. Und um über die Stadt berichten zu können, musst du dich wieder lösen. Ich habe den Eindruck, du

stehst seit einiger Zeit mitten im Bild und siehst nichts mehr.«
»Ich finde den Ausgang nicht. Es gehört sich nicht, eine Tür zu benutzen, nur weil ich sie benutzen kann. Leute wie ich.«
»Das hat mit der Größe der Sache zu tun«, erklärte August. »Die Größe der Sache, du bist mit ihr in Berührung gekommen, nun suchst du nach einer Antwort mit gleicher Schlagkraft, und genau das ist nicht möglich. Aber irgendwas, auch wenn du das nicht gerne hörst, ist dir zu Kopf gestiegen.«
»Die Befürchtung, wer das Gute will, will sich selbst aufwerten, ist keine gute Entschuldigung, die Finger vom Guten zu lassen.«
»Willst du das Gute?«, fragte er.
Sie schwieg.
Er ließ ihr Zeit, dann sagte er: »Es geht um die Vermittlung von Wissen und nicht um die totalitäre Herrschaft über das Gewissen anderer.«
»Davon war nie die Rede«, erwiderte sie.
Dann fiel ihr Lorenz ein.
»Ich habe Lorenz wiedergesehen.«
»Ja?«, fragte August.
»Ich mag Lorenz, aber ich mag nicht, was er macht.«
August schwieg. Theresa machte weiter: »Er ist wieder mit seiner Exfreundin zusammen, oder? Drei Tage vor meinem Flug schrieb er, ich könne in den ersten Tagen nicht bei ihm wohnen.«
August schaute sie erstaunt an. Offenbar fiel der Groschen bei ihm erst jetzt. Seine Mundwinkel zuckten unschlüssig.

»Wart ihr zusammen?«
»Gute Frage.«
»Das geht mich alles nichts an, Theresa.«
»Ich kann aber nicht so tun, als gäbe es Lorenz nicht«, legte sie nach.
»Ihr zwei passt sowieso nicht zusammen. Du weißt das. Er weiß es nicht.«
»Stimmt«, sagte sie und spürte ein bisschen Genugtuung.
Sie erreichten Grant Road. Chawls, fünfstöckige Arbeiterunterkünfte aus dem 19. Jahrhundert hinter einer Reihe Türen, die durch eine durchlaufende Veranda verbunden waren. Mindestens zehn Leute auf einem Zimmer. Schmale Pritschenbetten, dreckiges Gemeinschaftsbad. Doch August schien mit anderen Bildern beschäftigt. Sein Sohn und sie also. So so. August konnte sich zusammenreimen, was sie zu Lorenz getrieben hatte. Lorenz war für Theresa ein Teil dieser Stadt, ein unverständlicher Teil, dem sie sich anzunähern gehofft hatte über diese einzelne Person, Lorenz Burglander, diesen sorglosen Menschen, für den die Stadt wiederum nur ein Beruf war. Seine intakte Psyche hatte ihr stets Halt geboten; entweder indem sie sich über sie empörte, oder indem sie ihr vorübergehend Glauben schenkte und sich an ihr wärmte.
»Hast du meinen Artikel über ihn gelesen?«
»Deshalb ja, Theresa. Deshalb ja.«
Sie lachte, es war ein siegreiches Lachen, das wie Badeschaum immer weiter wuchs, bis August den Kopf schüttelte und fragte:
»Was ist eigentlich passiert?«

»Was?«, fragte sie zurück, um Zeit zu gewinnen.
»Mit deinem Gesicht. Ich kann dein Veilchen durch die lächerliche Sonnenbrille sehen.«
»Ein Unfall.«
»Hier?«
»Der Taxifahrer ist noch mal angefahren, als ich schon ausstieg. Die Tür hat mich erwischt.«
»Wirklich ein Unfall?«
Sie schaute nach draußen. Sie fuhren an einer Mall vorbei, die den rigorosen Namen *Infinity Mall* trug.
»Warum ruhst du dich nicht aus?«, hakte August nach.
»Weil das hier wichtiger ist. Ich muss schnell sein.«
Er legte seine Hand auf ihre. Es suggerierte so etwas wie Schutz, Verständnis. Sie zog die Hand nicht weg, aber vergrub sie, als er den Gang wechselte, in ihrer Jeans, mit dem Gefühl, sie abwischen zu müssen.
»Indien ist vor der Öffnung der Märkte ein völlig anderes Land gewesen«, hob August an. »Du konntest den Ozean in der Leitung knacken hören, wenn du in Deutschland anriefst. Ein Brief brauchte zehn Tage.«
»Heute immer noch«, sagte Theresa.
»Aber niemand schreibt mehr Briefe. Es gab keine Plastikflaschen mit gereinigtem Wasser. Du musstest das Wasser filtern und zehn Minuten kochen lassen, zur Sicherheit noch einen Tropfen Chlor hinein. Das haben wir gemacht. Ein einziger Markenartikel von zu Hause konnte einem Tränen in die Augen treiben. Plötzlich hatte jemand ein Ferrero Rocher dabei. Diese perfekte Verpackung, glänzend und glitzernd, die indische Industrie bekam so was nicht hin. Dritte Welt halt. Es war großartig. Du wusstest,

woher du kamst, du konntest das wie bei einer Subtraktion deutlich sehen.«
»Das kann man heute doch immer noch«, wandte Theresa ein und hatte das Gefühl, sich mit August in einen leisen Kampf begeben zu haben. Worum ging es? Sie konnte sich doch erfreuen an Augusts missmutig-nostalgischen Erinnerungen, ohne ungesagte Dinge darin ausmachen zu wollen. Sie sah aus dem Fenster und betrachtete die Cluster der verkeilten, brüllenden, lichtbeißenden Stadt.

Der Slum bestand aus Wohngebiet, Industriegebiet und Basar. Er war eine Stadt für sich, nahezu autofrei, die Gassen waren zu schmal. Frauen in Tschadors, Frauen in Saris. Kinoplakate mit pummeligen Stars, erschrocken augenaufreißende Frauen in westlicher Nuttenkleidung, Männer mit Revolvern. Ein Strauß lebender Hühner, an den rosa Füßen zusammengebunden und kopfüber hängend, ein schimpfender Blumenstrauß aus weißen Federn. Die Dichte, das Gedränge. Alles klebte aneinander, verklumpte und war doch elastisch, bog, als der Wagen hindurchrollte, schnell auseinander, und es bestand ein stilles Einvernehmen zwischen dem Körper aus Blech und dem großen Körper ringsum, dem Körper der Menschenmassen; sie machten Platz, sie ließen ihnen an engen Stellen die Vorfahrt; der Stärkere war im Recht, und man nahm Anteil an seiner Macht, indem man sich ihr beugte. August stellte den Wagen in der Einfahrt eines NGO-Büros ab.
Sie begaben sich zu Fuß in das enge, nachtdunkle Labyrinth. Die Behausungen hatten wie Wurzelgeflechte jeden

freien Raum ertastet und ausgefüllt. Alles war aus hundert Einzelteilen zusammengestoppelt, aus Plastikplanen, Wellblech, Holzresten, ausgemusterten Ziegelsteinen. Es war keine solide Welt, sie richtete sich nicht nach dem Diktat einer ausgearbeiteten Idee, sondern nach dem Zufall von Ressourcen.

Sie bewegten sich durch enge Schluchten und nahmen die Arme an den Körper. Dunkelheit, in die manchmal ein stumpfes Licht fiel und der Geruch erschöpfter Körper. Schulter an Schulter hockten in höhlenartigen Baracken Männer und nähten Ledertaschen für große westliche Firmen. Im Tausch wurde Elektroschrott aus dem Westen hier ausgekippt. Er wurde auseinandergebaut und recycelt. Wie der Müll der Stadt, der täglich von zerlumpten Gestalten aufgesammelt wurde, Papierfitzelchen, Glas, Plastikflaschen, riesige Säcke auf gebeugten Rücken schwebten durch die Straßen. Es hatte nichts mit einem Bewusstsein für Umweltschutz zu tun, sondern mit Überleben. Der Wunsch zu überleben hatte die größte informelle Recycling-Industrie im asiatischen Raum hervorgebracht.

Eine schwarze Wolke sank aus einer Werkstatt die Gasse herab. Ein silbernes Gleißen, wie aus einer Schatzkammer, schliff sich in Theresas Blick. In den Öfen wurde Aluminium eingeschmolzen.

»Komm weiter«, rief August. Sie schaute ihn verständnislos an. »Die Luft ist giftig«, erklärte er. Sie fand diesen Satz bemerkenswert. Wenn man bedachte, dass diese Männer über Jahre zwölf Stunden täglich diese Luft herstellten und atmeten und August sich um diese Dosis von

zwei Minuten Gedanken machte. Sie verstand nicht, warum sie nicht ebenfalls an einen der Öfen treten und ihn mit Aluminium oder Farbtöpfen füttern sollte. Warum man ihr diese Strafe erließ, und anderen nicht. Und was wiederum *ihre* Strafe wäre. Konnte das denn sein? Dass einige Menschen ungeschoren davonkamen? Und niemals ein Ausgleich stattfand? Kein Gott, der für sie alle mitrechnete? Waren ihre tiefen Schuldgefühle ein Vorauseilen diesem nicht existierenden Gott gegenüber, für den Fall, dass er vielleicht doch existierte?
Die Hitze staute sich, wälzte sich wie ein bedrängender Körper durch die Gasse. Theresas Rücken war nass. Sie hatte das Gefühl, verklebt zu sein mit ihrer Umgebung, man hätte sie in den weichen morastigen Boden drücken können und befehlen, für immer sitzen zu bleiben, sie hätte pariert. Sie hätte keinen Widerspruch geleistet, sondern zugestimmt, sie hätte das Gefühl gehabt, in diesen Boden tiefer und tiefer zu sinken und vielleicht zum Herz des Ortes vorzudringen, zu verglühen, mitzuglühen wie diese Männer, die ihnen nun im Laufschritt entgegentrabten, Männer mit meterhoch getürmten flachen Kartons auf den Schultern, junge Männer mit nackten Oberkörpern, die, das bekam sie noch mit, die wunderschönsten Körper hatten, athletisch, samtig, anmutig, *wie aus einem Guss*. August machte Bilder. Bilder des Unmöglichen, die durch das Bild ins Mögliche verfälscht wurden.
Sie kletterten eine Leiter hoch durch mehrere Etagen mit Plastikmüll. Arbeiter kauerten auf dem Boden, sortierten den Müll für die Schreddermaschine vor, schauten kurz auf, Theresa nickte, in einem Gefühl, als wäre sie die Fa-

brikbesitzerin. Oben versanken sie knietief in feinen bunten Kunststoffteilchen, es erinnerte sie an die mit Plastikbällen gefüllten Kinderparadiese. Auf den Dächern ringsum lagerte weiterer Plastikmüll. Es waren riesige bunte Spielwiesen unter dem Himmel, und die Öfen spülten Rauchwolken hoch. Der Rauch umtanzte die schwarzen Körper der Fernsehgeräte, die wie verlassene Insektenhülsen in der Sonne aufragten, umgestürzte rote Plastikstühle, Puppen, denen die Arme und Beine fehlten.

In dem leisen Rattern der Schreddermaschinen verfing sich die Stille. Niemand redete. Sie alle arbeiteten im Hochtempo vor sich hin, mit einer gespenstischen Insichgekehrtheit.

»Die Stadt redet mit dir. Nur nicht der Slum.«

»Sie haben keine Zeit«, sagte August.

»Sie sind so ernst. Ich weiß nicht. Sie sehen uns, aber sie wollen nichts.«

»Du verklärst, oder?«

Sie zuckte die Schultern. »Ich will es verstehen.«

»Es ist hier viel enger und kontrollierter als draußen in der Stadt. Keiner möchte Aufruhr riskieren. Keiner will eine Touristin auf die Palme bringen. Es gibt dann für ihn keine Ausweichmöglichkeit. Das hier ist alles, was er hat.«

Im Wohnviertel balancierten sie über Steinplatten, unter denen schlumpfblaues Abwasser stand. Es roch faulig. Nur einen Meter weiter begannen die Behausungen aus Wellblech. Wenn die dünnen Vorhänge beiseitegeweht wurden, sah man blitzblanke Kachelböden, funkelndes

Stahlgeschirr. Aus den Fernsehern fielen glänzende Haarmähnen, flatterte reine weiße Wäsche auf langen Leinen vor Alpenhintergrund, schnitten Autos durch leere sonnendurchwirkte Landschaften. Ein Maßstab für Normalität existierte, aber wie an einer Sollbruchstelle schien er an der Grenze zur Welt sich selber auszuschalten, entwickelte keine Kraft über das eigene Heim hinaus; man schien sich am unendlich Maßstablosen ringsum nicht zu stören.

Die Gasse führte auf einen Platz mit einer öffentlichen Toilette. Es war ein massives Betongebäude, über das sich eine Glocke aus beißender Luft wölbte. Dahinter baute sich eine Müllhalde in sanftem Hügelschwung auf und rutschte ab in eine schleimige Pfütze. Bretterreste bildeten einen Weg. Er endete bei drei hühnerbeingelben Wohnblöcken. Das war die Adresse, die Holle ihr genannt hatte. *Morning Glory Apartments. Behind public toilet.*

Die Gebäude waren neu, aber wie alles Neue sahen sie bereits vergammelt aus. Schwarze Striemen vom Moder, sich verästelnde Risse. Schlaff herabhängende ungeordnete Elektroleitungen, als hätte man vor Ort erst angefangen, sich Gedanken zu machen. Die Balkone und Fenster waren mit Wäsche verhängt.

Es waren die ersten im Zuge der Slumsanierung erbauten Sozialwohnungen. Von den sieben Millionen Bewohnern würden jene, die nachweisen konnten, sich vor dem Jahr 2000 in Dharavi niedergelassen zu haben, eine Wohnung bekommen. Etwa sechzigtausend. Die anderen würden rechtzeitig, bevor die Bulldozer kämen, ihre Geschäfte schließen müssen, ihre Hütten verlassen, Hütten, die durch

das Bauland bereits einen Wert von zehntausend Dollar hatten.
Einige hatten ihre Wohnung angeblich sofort verkauft und sich in einem anderen Slum niedergelassen. Das Leben war ihnen dort vertrauter als in einem Hochhaus, wo das Wasser wundersamerweise auch im siebten Stock aus der Wand kam. Auch sahen sie nicht ein, nun ganz legal Strom beziehen zu müssen. Theresa war nicht sicher, was sie davon halten sollte, es klang ihr zu sehr nach Lobby, die sich bemühte, die Slumbewohner als unverdiente Empfänger der Zuwendung zu diskreditieren. Wie so oft ging es nicht um Wahrheit, sondern um Interessen.
August blieb stehen.
»Komm«, sagte sie.
»Da willst du durch?«
Er zeigte auf die stinkende Pfütze. Er hatte schon Schlimmeres gesehen, er war in den Achtzigern bei den Ausschreitungen in Amritsar gewesen, als das indische Militär Hunderte von Sikhs tötete, er war in den Neunzigern beim gegenseitigen Gemetzel von Hindus und Moslems anwesend und hatte berichtet. Berichtet, berichtet. Von Menschen, deren frisch abgetrennten Köpfe durch die Straßen rollten. Vom verbrannten Leichnam eines Mannes, bei dem er täglich seine Frühstücks-Papaya gekauft hatte.
Er holte sie im Treppenhaus ein. Das Licht flirrte atemberaubend schön über den Beton. Es fiel durch eingestanzte Löcher in der Mauer, ein traditionelles Lüftungssystem, das auch Staub und Feuchtigkeit ins Innere ließ.
Stille. Der Autoverkehr lag weitab. Es war, als befände man sich vor den Toren der Stadt, dabei war der Slum

zum Herzen der Stadt geworden. Sie war um ihn herumgewachsen, und nun begehrte sie ihn. Dabei war er ihr Stoffwechsel, er reinigte die Stadt von ihren Schlacken, er hielt sie am Leben. Aber sie wollte ihn verschlingen.
»Siebter Stock. Kein Aufzug. Packst du das?« An seiner Reaktion, er schaute an ihr vorbei und marschierte los, las sie ab, dass sie uncharmant war. Doch irgendetwas stimmte nicht, vorher schon nicht, das hatte sie an seinen nervösen Blicken gemerkt und der noch schiefer und ironischer werdenden hochgezogenen Schulter, als schaffe er nur durch äußerste Ironie, sich hier aufzuhalten. Vielleicht hatte August einfach genug von Slumbesichtigungen, von Dreck, Elend, Armut? Und Theresa wusste ja selber nicht genau, was da oben im siebten Stock auf sie warten würde.
Auf der dritten Etage kamen ihnen Männer entgegen, eilig und mit Handys am Ohr. Auf der fünften eine Gruppe Frauen, die Theresas Gruß erwiderten und dann ungläubig kicherten, wie Teenager, die unerwartet einen Star in freier Wildbahn entdecken.
Auf der sechsten Etage machten sie halt. August keuchte und schien sich dessen unangenehm bewusst. Sein dünnes graues Haar klebte an den Schläfen fest.
»So still hier«, sagte August schließlich, und da war auch sein Atem wieder stiller geworden, nicht mehr so beunruhigend keuchend.
Durch die Windlöcher sah Theresa über das zerfledderte Hüttenmeer hinweg, schlammgraues Patchwork mit blauen Einsprengseln von blauer Plastikplane, und es endete an den stolzen Wolkenkratzern aus Stahl und Glas.

Archetypen, hatte August einmal erklärt, wir bewegen uns durch eine Landschaft aus Archetypen, die Bettler, die Reichen. Krüppel, Müllsammler, Tagelöhner. Gut, böse, arm, reich. Ein bisschen wie im Märchen. Natürlich abendländische Projektionen. Aber konnten Projektionen nicht eine Art Recht beanspruchen, wenn genug Menschen sie über Jahrhunderte hinweg teilten? Es lag jedes Mal ein Trost in diesem Gefühl. Als sei, was sie sehe, Teil ihrer selbst und nicht so sehr eine Wirklichkeit, die ihr fordernd gegenüberstand und um die umgekehrt sie sich zu bemühen hatte.

Einen Fuß auf der Treppe und sich vorbeugend, fragte August: »Woher noch mal hast du diese Adresse? Warum sind wir hier?«

»Ich habe ein Netzwerk«, gab sie sich ironisch geheimnisvoll.

»Nein, wirklich Theresa, wer steckt dahinter?«

»Meine Vermieterin. Eine Künstlerin. Deutsche. Sie hat herausgefunden, dass ich Journalistin bin und mir den Tipp gegeben.«

»Warum? Kennt ihr euch?«

»Spielt das eine Rolle?«, fragte sie ärgerlich, plötzlich fühlte sie sich ausgehorcht.

»Wie heißt sie?«

»Holle.«

»Ist das ein Nachname? Frau Holle?«

Sie lachte. »Der Vorname. Holle Schulz.«

Er richtete sich auf. »Gut, dann schauen wir uns das mal an.«

Oben glich Theresa die Zahl auf dem Zettel mit den Zahlen auf den Türen ab. Klopfte und wartete.

Eine junge Frau öffnete. Sie trug die typische Tracht der Lambadi, einem Nomadenvolk aus Rajasthan, sinnesüberreizende bunte gefräßige Pracht aus Patchworkröcken mit eingenähten kleinen Spiegelplättchen. Silberschmuck in der Nase, am Hals, an den Ohrläppchen. Es war Silber und Spiegel und leuchtende Farbe mit ein bisschen Mensch dazwischen.

Die Frau trat beiseite, als sei sie selber nur Gast, den jemand zum Öffnen vorschickte. Es war auch gar nicht ihr Zuhause. Ihr Zuhause waren zwei Zelte, die in dem völlig leeren Raum standen. Ein dichter Hüttengeruch, bäuerlich, nach Stall schwelte hier. Hinter den Zelten stand eine Ziege. Sie schaute aus dem Fenster. Ein Feuer glimmte in einer Eisenschale. Zwei Kinder, halbnackt, saßen davor. Alles, was die Familie besaß, lag in den Zelten. Als würde drum herum die jederzeit diebstahlbereite Welt zirkulieren. Der Ehemann, auf Theresas Frage hin, sei unterwegs. Er sei nicht da, nein, folgte auf die Frage, wo er denn sei. Theresa betrachtete die ländliche Szene, die hier oben fremd und surreal wirkte. Sie schaute schließlich zu August, der bislang geschwiegen hatte.

»Und?«

»Das ist so anekdotisch«, seufzte er.

»Anekdotisch?«

»Nicht typisch jedenfalls«, sagte er.

»Nicht typisch? Es beinhaltet den ganzen Widerspruch. Du hast den Slum. Du hast als Alternative eine Wohnung, mit der die Leute aber nichts anfangen können. Besser geht es nicht. Für einen Artikel.«

»Genau das stört mich«, sagte August.

»Stört dich nicht eher etwas anderes? Dass nicht du, sondern ausnahmsweise ich es gefunden habe?«
»Es geht darum, Stichproben von der Wirklichkeit zu nehmen und nicht das Schräge, Griffige, Pointenhafte aufzusuchen.«
Sie war fassungslos.
»Wer macht denn hier immer Interviews mit Krüppeln und halbverbrannten Schwiegertöchtern, wer hat denn hier das Plakative abonniert, und wer vermittelt denen dort im Westen so schön das, was die ohnehin immer schon gewusst haben und anders nicht wissen wollen?«
Sie ging zu weit, das wusste sie, aber August bewahrte auf diese unangenehm professionelle Weise Ruhe.
»Ja, dann mach es doch, nur zu. Aber es ist nicht das, was du eigentlich machen willst. Viel zu simpel. Viel zu aufdringliche Bildsprache.«
Sie überlegte, ob August einfach zu alt war, wie alt, sechsundsiebzig? Oder hätte sie Lorenz nicht erwähnen dürfen, war sie August zu nah gekommen?
Die Frau bot ihnen Wasser an. Sie lehnten beide ab.
»Du hast vorhin diese Bilder gemacht, von den Menschen«, versuchte sie es erneut. »Ich will die Zelte fotografieren. Nur die Zelte. Das gefällt mir. Dass es nur Zelte sind, aber sie stehen für eine ganze Existenz. Den Rest müssen wir uns hinzudenken. Wir sehen die Menschen nicht, aber es gibt sie, das wissen wir, und unser Respekt drückt sich darin aus, dass wir nicht ihr Bild fordern, als müssten sie sich und ihr Elend erst unter Beweis stellen. Als müssten sie sich bei uns bewerben als Opfer.«
»Nicht alle haben Zeit, sich Gedanken zu machen.«

»Aber anders geht es nicht! Alles andere erzeugt die Illusion, wir beschäftigten uns mit anderen. Und das verhindert, dass wir es tun. Du selbst sagst doch immer: Information ist etwas Schnelles, aber Erfahrung braucht Zeit.«
Als er nichts erwiderte, suchte sie in ihrer Tasche nach der Kamera und begann zu fotografieren. Sie bat die Familie, aus dem Bild zu treten. Wie Holle. Keine Menschen.
Sie bedankte sich bei der Frau, reichte ihr etwa zehn Dollar, auch wenn August das nicht gut fand, eine Recherche durfte nicht durch Geld beeinflusst werden.

Auf dem Rückweg fuhren sie über den Western Express Highway, ein Name, der ausnahmsweise verdient war, denn man konnte hier rasen. Der Flyover wölbte sich in schönen großen Bögen über die Stadt, es war, nach den mühsamen kleinteiligen Anfahrt- und Abbremsbewegungen im Basargebiet, ein Gefühl von Fliegen, und die Stadt stapelte sich wie Revuenummern um sie herum auf, die Billboards mit den Hautbleichungscremes, den Immobilienangeboten, dem neuesten James Bond, dahinter in der Ferne der rote Neonschriftzug des Lilavati-Hospitals und die Hochhäuser aus Ruß und Moder, Massenlager und sauteuer.

Sie standen auf dem Parkplatz, der zu Holles Apartmenthaus gehörte. Im Pförtnerhäuschen saß der Nachtportier vornübergebeugt, die Stirn auf der Tischplatte. Eine Lampe strahlte seinen Schlaf hell an. Theresa stieg in den Aufzug, zog das Gitter zu, bevor der Liftboy mit einsteigen konnte, und er rief mit einem Entsetzen, über das sie böse lachen musste, »Madam, please, no!« Sie drückte trotz-

dem den Knopf zum sechsten Stock, machte den Boy arbeitslos, und als sie die Tür aufschloss zu Holles Wohnung, trat sie auf etwas Weiches.
Es war ein Umschlag. Jemand hatte ihn unter der Tür durchgeschoben, und er war an Holle adressiert. Holle hatte ihr aufgetragen, die Stromrechnung zu zahlen, das fiel ihr nun wieder ein, also öffnete sie den Umschlag.
Ihr rutschte eine Einladungskarte entgegen. Die Witte Bau AG feierte ihr einjähriges Bestehen in Mumbai, mit einem Dinner und einer exklusiven Vernissage bekannter indischer Künstler – Samir Gupta, Trisha Kapoor – und Holle Schulz aus Berlin. *Urban spaces* war das Motto. Die Einladung sei nicht übertragbar.
Ein Zettel lag bei. In handschriftlicher Notiz stand da:

Liebe Holle,

Deine Bilder sind angekommen. Bitte setz Dich mit unserem Mumbaier Büro in Verbindung für einen Termin. Ich nehme an, Du hast genaue Vorstellungen, wie die Bilder zu hängen haben. Die Ausstellungsräume sind bereits angemietet. Wir schicken Dir einen Wagen; bei der Gelegenheit bitte auch wie vereinbart die Bilder mitbringen, die hier vor Ort entstanden sind.
Wir sehen uns spätestens übernächste Woche, vielleicht auch schon früher. Ich ruf Dich an.

Christoph

P. S. Sehr schade, dass Du die Zeltlager-Fotos nicht für uns machen willst. Wir haben nun jemand anderen.

Die Witte Bau AG war ihr ein Begriff. Die hatten sich eingereiht in die Schlange der Projektanwärter für Dharavi. Sie schob die Karte zurück in den Umschlag. Sie hatte ihn nicht einmal aufreißen müssen. Sie konnte das Ganze also jetzt vergessen. Aber sie ging in das Zimmer, in dem Holles Wäsche immer noch auf dem Ständer trocknete, längst trocken war und hart, die Wäsche lag seltsam hilflos auf, im Stich gelassen, alleingelassen, fremde Kleidung hatte immer diesen Effekt, sie zu rühren. Sie wusste, die Kleidung passte ihr nicht. Trotzdem nahm sie ein weitgeschnittenes indisches Hemd und zog es über, das ging so halbwegs. Die Hose und den Rock konnte sie vergessen. Zu schmal. Sie wusste nicht genau, was sie da eigentlich tat, es war jene Stimmung, die in letzter Zeit immer öfter auftrat, die sie eigentlich nur aus der Kindheit kannte. Aber zuletzt eben öfter, und sie vergaß sich dann. Merkte es irgendwann und fragte sich, was sie da tat. Etwa nun die Kleidung einer Fremden anzuziehen.
Wenn sie, warum auch immer, mit welchem Ziel auch immer, auf diese Ausstellungseröffnung ginge, die Einladungskarte in der Hand, und bei nächster Gelegenheit sich zu diesem Wanka gesellte, erst plaudern, und wenn er Vertrauen gefasst hatte, ihm unangenehme Fragen stellen? War das naiv? Man kam an den inneren Zirkel nicht ohne weiteres heran, Anfragen schafften meist nicht die Hürde der PR-Abteilung.
Sie schaute hinaus in die beginnende Nacht.

12
MUMBAI

BLICK ZUM HIMMEL

Nach ihrem Kennenlernen beim Deutschen Stammtisch hatte sie sich mit Lorenz zu einem Tagesausflug an die Konkan-Küste südlich von Mumbai verabredet. Sie fuhren durch eine grüne Berglandschaft. Feucht glänzender Dschungel, durch den die Affen flogen, sie schwangen sich von Baumkrone zu Baumkrone und ließen sich an Lianen herab auf die Straße, wie Wegelagerer. Es schien ihnen Spaß zu machen, die paar vorbeifahrenden Autos zum Reifenquietschen und Hupen zu bringen. Lorenz fuhr im Schritttempo an den Tieren vorbei, kleinkindgroße graue Gestalten mit uralten Augen. Manchmal lichtete sich der Dschungel. Die bewässerten Reisfelder wellten sich in strahlendem Grün vor ihnen aus, karamellbraune Gehöfte verschwanden in der ausgebrannten Steppe. Die Straße war meistens leer. Lorenz hupte buntbemalte Lastwagen zur Seite oder wurde weggehupt von schnittigen nagelneuen Familienautos, vollgepfercht mit Menschen in guter Laune, die sie ihnen aus offenen Fenstern zujohlten. Dann wieder Stille.

Sie fühlte sich in dieser Landschaft geborgen, und sie konnte nichts darüber sagen. Es wäre missverständlich. Und doch war es lediglich Geborgenheit. Sie schaute zu

Lorenz und meinte zu erkennen, war aber nicht sicher, dass es ihm ähnlich ging. Er redete viel.
Sie parkten das Auto am Rand einer weiten Ebene aus unbefahrbarem rotem Lavagestein und trockenen Gräsern, die sich bis zur Steilküste zog.
Neben Lorenz zu gehen machte sie müde. Sein Körper. Es hatte mit seinem Körper zu tun, der auf Distanz war, nicht bloß zu ihr, sondern als wäre er Ausnahme von allem. Seine Bewegungen schienen weder angepasst an sie noch widerständig, sie waren neutral, penibel neutral, zudem ununterbrochenes Reden.
Er sprang von Thema zu Thema, schnitt immer wieder neue an, er merkte nicht, wenn eins zwischendurch zündete, wohl zu beschäftigt mit der Sorge, Theresa zu langweilen.
Er fragte nach Filmen, nach Musik, nach bestimmten Clubs und Bars, ob sie dieses oder jenes denn kenne, und nach jeder Antwort kramte er schon die nächste Frage hervor. Sein Redetempo war hoch. Sie zwang sich, langsam zu sprechen, und gab sie einmal längere Antworten und wurde gar inhaltlich, stellte sich heraus, dass er durchaus mithalten konnte. Aber er schien sich wohler zu fühlen im temporeichen Wechsel der Themen, im Smalltalk, was auch eine Form von Respekt sein mochte. Man wollte sich erst gar nicht als würdig für Vertraulichkeiten erweisen, und, sollte der Kontakt wieder einschlafen müssen, es sich gegenseitig leichter machen. Man hatte sich nichts vergeben, hatte einander nicht ins Herz sehen lassen.
Ob sie Sport treibe? Welche Sportarten?

Sie dachte an die Kundenprofile, die Lorenz' Firma erstellte. Sie nahm es hin als Preis für ihre noch ausstehenden Interviews mit ihm, zu seinem *Leben als Expat in Mumbai*; er hatte bereits eingewilligt, sie mit in die Firma zu nehmen, er wusste, sie wollte darüber schreiben. Er war einverstanden.

Filme.

Melancholia.

Manchmal begann er einen Satz in mehreren Anläufen, begann zu eilig, stolperte und setzte noch einmal an. Sie spürte, dass ihm sein Verhaspeln unangenehm war, aber das hatte ihn interessant gemacht.

Das verbrannte Plateau, der Wind, der Geruch nach Heu, Meer und Sommer. Es war ein ewiger Sommer. Dieser Sommer würde nie enden, er würde zwischendurch in die Regenzeit übergehen, wild, ekstatisch, glitschig, warm. Dann monatelang kein Regen. Trockenheit. Knisternde Hitze.

Am Rand der Steilklippen thronte die Ruine eines portugiesischen Festungswalls. Durch die Schießscharten blickten sie auf das Arabische Meer. Sie beneidete Lorenz plötzlich. Ihr war, als stehe ihm das alles zur Verfügung, wäre es mehr seins als ihres, alles: die Vergangenheit des Landes, die Gegenwart, die Zukunft. Vielleicht weil er drinsteckte, anders als sie, die am Rand stand und beobachtete. Berichtete.

Das war der Moment, in dem sie ein Begehren spürte, aus einer kleinen dunklen Ecke in ihr hervorschießend und der Situation voraus. Aber das war das Begehren wohl immer.

Ein Pfad führte in ein Wäldchen. Hohe Laubbäume, unverhofft mildes Licht. Riesige Blätter bedeckten den Boden, ausgebleicht, trocken, die unter ihren Füßen knisterten und zerbrachen, und sie selbst erschienen plötzlich verkleinert wie in einem Trickfilm.
»Unglaublich, diese Blätter«, rief Lorenz und richtete die Kamera auf die Erde. Dann schwenkte er hoch zu Theresa. Sie hatte es eine Sekunde vorher schon gewusst und deshalb die Hände an den Schläfen gelassen, wo sie gegen einen leichten Kopfschmerz anmassierte. »In Ordnung?«
»Ja«, sagte sie und behielt die Hände oben. Es war eine Pose. Sie gestand Lorenz die Erkenntnis zu, dass sie attraktiv sein wollte, als Gegengeschenk für sein Geständnis, das er mit dem Foto ablegte: ein Interesse, das sein ansonsten steriles Verhalten nicht hätte erahnen lassen.
Oder ging das Hochanständige von ihr aus? Oder waren sie beide nur deshalb so immens vorsichtig, weil sie den anderen nicht in Verlegenheit bringen wollten, falls das Interesse einseitig war?
Die Korrektheit. Es teilte sich nichts mit. Vielleicht machte der glatte, perfekte Hintergrund sie befangen, fühlten sie, dass zu viel Aufmerksamkeit auf ihnen lag: Mann und Frau, durch die Hügel fahrend, durch Dschungel, zum Meer hinter den steilen Klippen. Der verborgene Pfad, der abwärtsführte an schlanken Palmen entlang zu einem menschenleeren Strand.
Sie zogen sich nebeneinanderstehend aus, den Blick aufs Meer geheftet, beide in langärmligen Hemden und Hosen. Theresa empfand nichts, wie man auch beim Arzt sich keine Regung durchgehen lässt. Lorenz nahm es auf sich,

vorzugehen, sie betrachtete seinen weißen Rücken, er hatte ein bisschen den Ansatz zum Gutgenährten, keineswegs dick, aber er würde aufpassen müssen. Sie lief ihm nach in die türkisgrünen Wellen.
Wechsel des Gegenübers: nun das Meer, nicht mehr sie füreinander. Ein Drittes.
Sie empfand Erleichterung im Wasser, in dieser Umarmung, der kühlen, schlürfenden Bewegung an der Haut entlang.
Unter die Wellen tauchen. Leise anrollende Wellen, die einen Meter vor ihnen zusammenbrachen. Der Punkt, an dem sie noch stehen konnten. Sie mussten über diesen Punkt der Bodenberührung hinaus, dahinter würden die Wellen sie in ihr Auf und Ab aufnehmen, aber sie kannten das Wasser hier nicht, die Strömung, die mögliche Gefahr, und kämpften sich also vorne in der Brandung ab. Immer wieder sprangen sie kopfüber unter die zerbrechenden Wellen, Theresa spürte das Prickeln an ihrem Körper wie Brause, ein Körper, der nichts zu tun hatte, außer sich über dem Meeresboden langzumachen, wegzuducken vor der Gewalt des Wassers, in eine kurze Stille, Dunkelheit. Sie tauchte auf und stand in zerplatzendem Schaum und richtete sich schon nach der nächsten anrollenden Welle aus. Ihr Körper wurde Zeit. Zeit wurde sein einziges Interesse, das Abmessen einer Entfernung, ihr Körper begann in Sekunden zu denken, diesem Wechsel aus Stehenkönnen und Untertauchenmüssen, Atmen und Luftanhalten. Im Augenwinkel Lorenz. Sie schauten zueinander hin, aber eher fürsorglich sicherstellend, der andere lebte noch, war noch nicht ertrunken. Spaß machte das nicht. Es war eine

Disziplin, eine gemeinsame Disziplin. Die Wellen waren zu hoch. Zu gewaltig. Das Meer war stärker als sie.
Das Wasser zu verlassen gelang Lorenz nicht sehr elegant. Die Wellen schubsten nach, drückten ihm in die Kniekehlen, als wollte das Meer ihn ärgern, er fiel um und wurde, als er aufstand, noch einmal überrollt. Er tauchte hustend wieder auf und sich vor der Gewalt, die ihm noch immer im Rücken war, instinktiv klein machend, stapfte er gebeugt an Land, sichtbar entkräftet, und dort erst schaute er sich zu ihr um.

Er hatte Kinderhände, und die rührten sie. Breite Handteller, sich verjüngende Finger. Sie bemerkte es beim Treffen in der Dachterrassenbar eines Luxushotels. Eine freistehende hellgrün illuminierte Scheibe als Bartresen und BumBumBum-Musik.
Sich vor Lachen biegende Körper. Geglosste Lippen. Westliche und indische Geschäftsleute in Anzügen, die den Körper in die genormte Eckigkeit brachten, die man mit Entschlossenheit und Klarheit verband. Ein Holzdielenboden, skandinavisch, und angeberisch breite Loungesessel. Der Sternenhimmel schien nur dem Club zu gehören, dabei war er eins der wenigen Dinge, die für alle gleich waren, dieser Blick zum Himmel.
Sie nahm seine patschige Hand und hielt ihre dagegen, stellte fest, dass seine Hand kaum größer war als ihre, auch wenn Lorenz viel größer war als Theresa. Sie tranken auf diese faszinierende Erkenntnis noch einen Gin Tonic. Lorenz scherzte mit dem Barkeeper, einem muskelbepackten jungen Inder, der sich um sie bemühte im Stil von

good friends, ohne gesteigerte Trinkgelderwartung oder sonst was, Ehrensache. So wirkte es jedenfalls.
Lorenz war kein böser Mensch. Er sah die Ungerechtigkeit.
»Sunil, ich geb einen aus!« Und der Barkeeper trank, und dann noch einmal, und noch einmal. Und Theresa trank. Und Sunil erzählte von seiner Verlobten und dass er auf eine Wohnung spare und dass er jetzt noch bei seinen Eltern lebe. Wo, sagte er nicht. Fragten sie nicht.
Da legte Lorenz schließlich den Arm um Theresa, wenn auch mit dem Alibi des Betrunkenen. Er küsste sie, gehetzt und mechanisch, sie küsste kaum besser zurück, vielleicht lag es an der Stadt, in der öffentliches Küssen unter Strafe stand, und sie, wenn auch im Zwischenreich eines international besuchten Clubs, die Entschuldigung eines ja auch nur schlechten Kusses hatten.

Sie lag im Bett. Sie lag auf der Seite, das Gesicht zum Meer hin.
Gedankenverloren schob sie eine Hand über ihre nackte Schulter, die Hand war ein bisschen rau und kühl, fühlte sich an wie eine fremde Hand.
Ich lasse dich nun nicht mehr los.
Lorenz hatte die Arme um sie gelegt, und die Angst war in ihr hochgestiegen.
Sie hatte sich weggedreht und gekeucht, sie war bemüht, das Geräusch leise zu halten.
»Was ist?«
»Es gibt ein paar Dinge, die man im Umgang mit mir wissen muss: Wenn man mich festhält. Und wenn jemand zu

dicht hinter mir geht. Alles, was in meinem Rücken geschieht, macht mir Angst.«

»Und warum?«

»Keine Ahnung.«

Ihm schien das zu genügen.

13
ISTANBUL

I KNOW WHEN I GO TO SLEEP, YOU WAKE UP

Im Kitsch liegt etwas Uneingelöstes. Form, die in die Übertreibung geht, dem Betrachter unterstellt, mehr als grobe Signale nicht zu brauchen. Als warte ein schlummerndes Gefühl lediglich auf Aktivierung. Kitsch macht keine neue Erfahrung möglich, sondern setzt auf die Bereitschaft, sich an Ideen zu halten. An eine gemachte Erfahrung, die das Unvollständige zum Leben erweckt. Oft ist diese Erfahrung nie eine eigene gewesen, sondern schließt sich den abstrakten Vorstellungen anderer an. Was Liebe ist, was Schönheit ist, was Glück.

Holle fragt sich, ob die Dinge mit Celal anders stehen, ob sie sich in einer kunstvoll unbekannten Zone mit ihm bewegt oder ob sie lediglich von den Verschiebungen profitiert, die der fremde kulturelle Kontext ermöglicht, immun gegen Banalitäten.
Das Sturzgewöhnliche, das Celal anhaften mag, wird womöglich durch die türkische Kulturversion ins Ungewöhnliche gerückt. Sie bemerkt es beispielsweise daran, dass das türkische Bildzeitungsäquivalent, in dem er gern blättert, ihm gut steht, dass die Schlagzeilen in Türkisch in Kombination mit Celal etwas Erotisches entfalten, es

wirkt wie eine revolutionäre Schrift, fächert beinah auch – sieht sie Celals orientalisch geschwungene Augen – etwas Geschichtliches auf, die Eroberungsenergie der Osmanen etwa, auch wenn es nur um Fußballereignisse und Scheidungsdebakel türkischer Prominenz geht.

Sie kommt aus Mumbai, und er holt sie am Atatürk Airport ab. Er überreicht ihr ein Geschenk, eingewickelt in hart spiegelndes zweifarbiges Glanzpapier, silbern und lila, mit steifer Schleife, sie reißt es sofort auf – sie will das schreckliche Papier schnell loswerden – und hält ein buntes, aus Gips gegossenes Wandbild in den Händen, es stellt die Süleymaniye-Moschee dar.

»This is you«, sagt er, und auf ihren verständnislosen, fast beleidigten Blick hin korrigiert er lächelnd (er ahnt nicht einmal, *warum* sie beleidigt ist): »*For* you, it is present for you.«

Das Bild trägt einen Schriftzug auf Arabisch: *Mash'Allah*, übersetzt Celal die Tropfenschrift für sie: Wie Gott will. Sie weiß, Celal ist nicht wirklich religiös, ein Umstand, der das Moschee-Bild als Geschenk umso rätselhafter macht. Möglicherweise kommt er dem ihm bekannten westlichen Bedürfnis nach religiöser Folklore nach, nichts weiter. Holle lässt das Bild achtlos in ihre Tasche gleiten. »Nein«, sagt Celal, »wickel es lieber wieder ein, sonst geht es kaputt.«

Er sagt das sanft und fürsorglich, keineswegs beleidigt, auch wenn er, denkt Holle erschrocken, gewiss Grund dazu hätte. Sie hat sein Geschenk gleichgültig verstaut, geradezu wie in einen Mülleimer geworfen.

Behutsam holt sie das Bild wieder hervor. Er, als segne er das Bild neu, nachdem es von ihr entweiht wurde, fährt mit dem Finger über die erhöhten Zeichen des *Mash'Allah*, und dann tut sie es ihm nach, wie eine frisch Erblindete, die eine neue Schrift übt, und nun, als sie das Bild vorsichtig in das Papier zurückeinwickelt, findet sie es wunderschön. Ja, es ist das schönste Bild, das sie seit langem gesehen hat, es ist nicht Kunst, sondern Liebe. Er hat ihr Liebe geschenkt.
Sie sieht ihn ergriffen an und drückt ihm einen Kuss auf die Wange, mehr geht in der Öffentlichkeit nicht. Und findet Celal noch mal schöner als ohnehin, seine klaren, gleichmäßigen Gesichtszüge, das lange Haar, zurückgebunden, mädchenhaft und männlich zugleich, das Fremde in seinen dunklen Augen, und sein Türkisch, als er draußen vor dem Gebäude den Weg zum Flughafenbus erfragt, versetzt sie in die Erregung, sehr nah an einem Mysterium zu sein, fast zu nah, verboten nah. Er nimmt ihre Hand und führt sie zum Bus. Der Bus ist überfüllt, und sie stehen inmitten der Menschen. Sie drücken sich leicht und unauffällig aneinander, der Bus schaukelt und arbeitet ihnen zu, Hitze fließt mit dem Wind hinein, Celals Nacken ist nass, Holles Hand glitscht darin herum, und er legt, als es um die Kurve geht, den Arm um ihre Taille. »I love you«, sagt er.
In der Innenstadt steigen sie in ein Taxi und fahren zu ihm nach Hause. Die Mietwohnung, wo Celal bei Schwester und Schwager wohnt, befindet sich in Kurtulus, einem eng bebauten einfachen Viertel nördlich des Taksim-Platzes. Sie liegt an einem Hang und ganz oben unter dem Dach.

Für ein Hotel reicht das Geld nicht. Das fehlende Geld war der Grund, weshalb Holle kurzerhand eine Untermieterin für die Mumbaier Wohnung auftrieb.
Wanka hatte ihr die Wohnung in Mumbai zur Verfügung gestellt, dazu ein Taschengeld, das er bei der Stiftung eigens lockergemacht habe, wie er ihr erklärte, aber es handelte sich dann um fünfhundert Euro, und sie war froh, dass er ihr Gesicht nicht gesehen hatte am Telefon. Vielleicht war die Auftragsarbeit, das Zeltlager zu fotografieren, auch eine Botschaft an sie: Zeit, dass du dir mal die Hände schmutzig machst mit echter Arbeit.

Die Schwester umarmt Holle wie eine enge Verwandte, fest und mit feuchten Wangenküsschen. Vielleicht versucht sie, die exklusive Körperlichkeit zwischen Celal und Holle zu relativieren, indem sie ebenfalls Anteil nimmt an Holles Körper: beim Nachmittagstee legt sie ihre Hand auf Holles Bein, fährt ihr über die Wangen, neigt sich beim Reden dicht an ihr Gesicht. Blonde Korkenzieherlocken, viel Make-up und Parfum. Sie arbeitet als Sängerin auf Hochzeiten. Sie ist herzlich, und doch will Holle nur, dass sie geht. Es ist sieben Monate her, dass sie mit Celal allein war.
Sie sitzen auf klatschmohnroten Polstermöbeln, wie von einem Schiff aus blickt man auf das Dächermeer Istanbuls herab, Holle kennt den Ausblick bereits von den Wichsbildern, die Celal ihr geschickt hat. Vor ihnen auf dem Mahagoni-Wohnzimmertisch stehen süßes Blätterteiggebäck und Tulpengläser mit blutrotem Tee, der immer wieder nachgegossen wird. Unter der Glasplatte des Tisches

liegen Plastikrosen aufgebahrt. An der Wand das gemalte Bild eines Delphins in blauem Poolwasser, gegenüber ein aus Buntglas und Draht gebastelter Schmetterling. Spitzendeckchen auf dem Bord, weiße Spitzengardine an den Fenstern. Alles aufgeräumt und sauber, es riecht nach scharfem Putzmittel. Die Schwester spricht kein Englisch, aber Celal übersetzt geflissentlich, was ihm eine ungewohnte Expertenaura verschafft. Holle lässt das alles geduldig und anfangs auch interessiert über sich ergehen; sie weiß, es gibt bestimmte Regeln, man muss sich als Gast wie ein Gast benehmen; dass sie gerade aus Mumbai kommt und einen langen Flug hinter sich hat, darf hier keine Rolle spielen.

Sie schreckt aus ihren Gedanken auf, als ihr Handy einen Signalton ausstößt. *Lande morgen in Mumbai, können uns abends sehen. Melde dich. Christoph*

Sie tritt ans Fenster, das von der weißen Spitzengardine in mehreren runden Wellen verhangen ist. Unter ihnen liegt eine flammende Stadt. Zinnoberrote Dächer, pistaziengrüne Mauern, gelb, terrakottafarben, ocker. Die Stadt leuchtet und brennt. Sie scheint zu wogen wie das Wasser, auf dem sie hockt, scheint eine Verlängerung des Bosporus und des Marmarameers, selbst das steife Gefühl hier in der adretten Wohnung, die Befangenheit und Langeweile (eine merkwürdige Mischung) werden von dieser Bewegung erfasst, schaut sie lange genug hin, von dem fließenden, schwappenden, klopfenden, schlagenden Wasser, sogar das Delphinbild verbindet sich auf geheimnisvolle Weise damit.

In Mumbai ist es nun Abend. Hier erst Nachmittag. Sie

weiß, dass weder Celal noch die Schwester mit der Stadt Mumbai etwas verbinden. Sie wissen nichts über Indien, außer dass die Kühe dort heilig sind, das hat Celal gerade im Internet erfahren, und nun berichtet er ihnen, Mumbai und Istanbul hätten fast gleich viele Einwohner, Mumbai 12,5 Millionen, Istanbul 13 Millionen, Letztere auf 5461 Quadratkilometer verteilt, Mumbai hat weniger als ein Zehntel Platz für diese Menschen, die drängen sich auf 437 Quadratkilometern. Holle staunt, ihr waren diese Zahlen gar nicht so klar. Die Schwester findet Indien jetzt noch seltsamer. Holle wiederum findet es im Wohnzimmer beengter als in Mumbai.

»Können wir auf dein Zimmer gehen, *canım*?«, fragt sie, aber sieht schon an seinem sich verschließenden Blick, dass das nicht möglich ist.

»Wann geht deine Schwester aus dem Haus?«

»Heute nicht mehr«, antwortet er ungerührt, und Holle wird wütend, versteht nicht, warum die Schwester sich nicht verzieht, das wäre doch höflich, und warum Celal, der doch sogar Miete zahlt, kein Privatleben haben darf.

»Dann komm mit mir nach draußen!«

Er schaut sie unglücklich an und übersetzt die ablehnende Antwort der Schwester: Sie sagt, es sei zu heiß, auch für ihn, Celal, weshalb Celal (er spricht von sich in der dritten Person, er geht in seiner Dolmetschertätigkeit gänzlich auf) zu Hause bleiben muss: »He must stay home.« Dass Celal tagtäglich vor einem glühenden Dönergrill steht, auch im Hochsommer, hat jetzt keine Bedeutung. Die Schwester will Holles Besuch mit einem häuslichen Beisammensein zelebrieren, und offenbar hat die Schwester,

obschon gleichaltrig mit Holle, einen höheren Rang, ihr Wort muss befolgt werden.
»Was möchtest *du* denn?«, fragt sie Celal.
»Meine Schwester sagt, ich soll hierbleiben und ihr Gesellschaft leisten.«
»Aber das kannst du doch jeden Tag«, sagt Holle verzweifelt, »und ich bin nur jetzt hier!«
»Sie wäre verletzt, wenn ich ihr den Gefallen nicht tue.«
Holle hat wieder die flötenden Töne der Schwester im Ohr, ihr herzliches *Hoş geldiniz* bei Holles Eintreten, die Küsse und die Aufforderung, sich hier wie zu Hause zu fühlen. Das stimmte ja alles gar nicht. Sie fühlt sich allmählich wie eine Gefangene der schwesterlichen Herzlichkeit, die jeden kleinen fremden Willen wie einen Affront aussehen lässt.
»Dann gehe ich allein los.« Sie spürt beim Aufstehen die angestaute, festgehaltene Wut sich mobilisieren und einmal durch ihren Körper schießen wie ein scharfer Pfeil. Sie lächelt die Schwester an, dann Celal, der ihr hinterhertrottet zur Wohnungstür.
»You always do what your sister says?«, zischt sie.
»Yes, she always wants best for me.« Keine Ironie. Das ist durchaus etwas, das Holle an Celal mag, diese musterschülerhafte Ergebenheit, aber nun profitiert die Schwester und nicht sie. Womöglich geht es der Schwester um diesen Triumph: Familienbande über Leidenschaft, und womöglich stehen die beiden Geschwister in einem ungesunden symbiotischen Verhältnis zueinander. Der Ehemann der Schwester ist zumal ein unscheinbarer Kerl, der einen Gemüseladen betreibt und dort mit traurigem Ernst

seine Ware betrachtet und an Holle, wenn er zurückgrüßt, präzise vorbeischaut, vielleicht aus Scham, vielleicht macht er sich hinter seiner blassen Erscheinung ganz ausgesprochen lebhafte Gedanken über Holle und Celal.
»Have fun with your sister«, sagt Holle gereizt und läuft das Treppenhaus herab und in die Stadt hinein.

Kurtulus, im Norden des Taksim-Platzes, keine Touristen, enge steile Gassen, Autos, die sich hindurchquälen, mit denen man Mitleid bekommt. Überall Geräusche, alles mischt sich, Radios, Fernseher, Stimmen. Vier Uhr nachmittags. Die Offenheit der Menschen und die Kellner in den Straßenrestaurants, das leichte Verneigen, wenn Holle an ihnen vorbeigeht und Celal mit ihnen abgleicht, Celal zu erkennen versucht aufgrund der Gemeinsamkeiten und das Celal-Eigene in den Differenzen sieht. Was sie teilen, sind die Gesten, die Mimik. Alles ist eine Feier. Alles ist prächtig. Alles ist gut.
Wieder fühlt sie es. Unbestimmtheit, nach wenigen Schritten schon. Freiheit ist vielleicht Unbestimmtheit, und ihr ist, als eigne sie sich, je tiefer sie in die Gassen hineinläuft, etwas wieder an, das immer bereitsteht, die Bewegung selber, die, äußerlich mit jedem Schritt ausgeführt, sich auf das Innen überträgt, sie kann nicht mehr sagen, ob sie sich bewegt oder ob sie bewegt wird, sie spürt einen Einklang zwischen ihren Gedanken und ihrem Körper, sie geht und geht und vermisst nichts und will nichts.
Sie hat außerdem den Eindruck, als würden die Leute, die ihr entgegenkommen, ihren Segen empfangen, nicht ihren, aber den gleichen Segen, den sie empfängt.

Sie kehrt in drei verschiedene Läden ein, sie kauft eine Nektarine, dann eine einzelne Zigarette, dann Kaugummis und fragt nach Zahnpasta. Sie könnte alles in ein und demselben Laden kaufen, aber sie genießt den Kontakt.
Der Händler legt drei Tuben auf die Theke und rät eindringlich und mit tiefer Stimme zu Colgate: »This is best.«
Ein Handel, so würdevoll abgeschlossen, als gehe es um eine Eheschließung zugunsten zweier Königreiche.
Es ist, gibt sie einige Meter weiter zu, auch etwas anderes, das dieses Hochgefühl verursacht.
Es ist die Flucht, die ihr gelungen ist, die nun Gestalt annimmt. Wenn Wanka in Mumbai ankommt, wird er sie nicht finden.

I know when I go to sleep, you wake up. Das war der Satz, den Celal ihr nach Mumbai geschickt hatte, an diesem Satz entlang war sie zu ihm zurückgekehrt.
Vertrauen, hatte Wanka gesagt. Sie solle Vertrauen haben ins Leben. Ohne dass er weiß, wie radikal das wäre, was er ihr da vorgeschlagen hat, könnte das der Weg sein.
Kann sie ein Leben wollen, dem sie nicht vertraut? Ist es nicht so, dass man nur das Leben wollen kann, dem man vertraut?
Keine Hintertürchen. Keine Ausreden. Keine Verstellungen. Keine Taktik. Keine Reserven.
So wie Celal.
Ein offenes Herz.

Sie kehrt am Abend zurück. Ein paar Herrenschuhe stehen vor der Wohnungstür. Celals Lächeln ist vorsichtig, er

weiß, dass Holle verstimmt ist. »Habt ihr Besuch?«, fragt sie erstaunt. »Ja, sie gehen gerade.«
Sie hört laute debattierende Stimmen. Im Wohnzimmer stehen Celals Onkel und zwei Mitarbeiter aus dem Döner Paradise mit den üblichen großzügig würdevollen Gesten, die sie einander, ganz gleich wie laut die Stimmen, zukommen lassen. Ein Mann in Anzughose und blauem Bürohemd schiebt Unterlagen in eine Aktentasche. Er wirkt ernst und offiziell. Ein apfelsinenrotes Abendlicht strömt wie ein galaktischer Überfall durch die Spitzengardinen auf die kleine Versammlung. Celals Schwester rückt leergetrunkene Tulpengläser auf einem Tablett zusammen und lächelt Holle zu, diesmal offensichtlich angestrengt, was Holle mit Befriedigung wahrnimmt, weil dieses stundenlange Teetrinken und Bewirten doch niemand wirklich gut finden kann. Da die Männer ihr nur zunicken, folgt sie der Schwester in die Küche, versucht, beim Abwasch zu helfen, darf aber nicht, und schaut deshalb am Küchentisch sitzend auf die Wand gegenüber, die übersät ist mit Andenken aus allen möglichen türkischen Orten, das blaue Auge, der Schutz vor dem bösen Blick, ein Kalender mit Tierfotos, jetzt im Mai ein großäugiges Reh auf einer Weide. Diese Gläubigkeit. Man glaubt den Zeichen. Man zweifelt nicht, erstellt keine Referenzen zu anderen Rehen oder einer Kulturgeschichte des Rehs und seinen Subtexten, man sieht einfach nur ein Reh und findet es wahrscheinlich *çok güzel*, sehr schön.
Die Männer sind gegangen.
Sie blickt erwartungsvoll zu Celal hoch. Er schiebt sich an ihr vorbei zur Schwester und redet, redet und redet. Holle

spürt Eifersucht, und sie ärgert sich, dass sie kein Türkisch gelernt hat. Die Schwester redet zurück. Die beiden wirken aufgeregt, die Schwester lässt das Geschirrtuch sinken und berührt Celal am Handgelenk. Irgendetwas stimmt hier nicht, und sie weiß, sie hat keine Chance, es herauszufinden. War vielleicht auch schon die Übersetzung dessen, was die Schwester am Nachmittag sagte – Celal müsse bei der Hitze zu Hause bleiben, ihr Gesellschaft leisten –, Celals Erfindung?
Sie kann die Schwester nicht fragen, ob Celal falsch übersetzt hat; auch das müsste Celal schließlich übersetzen.
Er drückt Holle plötzlich einen Kuss auf die Stirn, und sie schaut erschrocken auf. »Nasılsın? Wie geht es?«
»Gut«, sagt sie misstrauisch; diese offene Zärtlichkeitsbekundung im Beisein der Schwester bestärkt ihre These, dass irgendetwas nicht stimmt. Seine Hände, er steht hinter ihr, während sie auf das Reh schaut, fahren ihre nackten Arme herunter und bleiben auf ihren Händen liegen. Er beugt sich über sie und sagt *tatlım*, Süße. Die Schwester räumt weiter Geschirr ein, schaut kurz herüber, lacht, sagt etwas, beide lachen.
»Du sitzt dort wie ein Leguan. Die bewegen sich auch nicht.«
Die beiden haben keine Ahnung, was Celals Berührung in ihr anrichtet, zumal sie darauf nichts folgen lassen kann. Stellt Celal sich dumm? Dass die Schwester sich dumm stellt, ist ja verständlich.
»Wollen wir spazieren gehen?«, fragt Holle, obschon sie weiß, draußen werden sie einander noch weniger berühren können. Aber darum geht es nicht.

»Du warst doch gerade erst. Und meine Schwester macht nun Abendessen.«
Sie steht auf, und wieder ist es Wut, die durch ihren Körper schießt und überhandnimmt, Vorsicht, denkt sie, jetzt keinen Fehler machen.
»Willst du nicht mit mir allein sein?«
»Doch. Natürlich. Wir können morgen allein sein.«
»Hier?«
»Nein, meine Schwester hat sich die ganze Woche freigenommen.«
»Das ist ein Witz, oder?«
Celal aber lacht nicht. »Sie meint es gut. Sie muss hier sein.«
»Aber warum? Für mich?« Sie verzieht das Gesicht, schüttelt ungläubig den Kopf.
»Ja«, sagt er.
»Aber sie weiß, dass wir zusammen sind?«
»Natürlich.«
Sie seufzt laut, sie geht ins Wohnzimmer, in dem trotz geöffnetem Fenster noch eine Art dicke Luft steht, von den Debatten und den ihr unbekannten Inhalten. Undurchdringlich.
»Worum ging es bei eurer Versammlung?«, fragt sie, als Celal ihr folgt und auf dem Sofa Platz nimmt.
»Es ging um eine Hochzeitsvorbereitung.«
»Um *deine* Hochzeit?« Die alte Neckerei.
Er schaut sie stumm an und gibt ihr dann einen sanften Klaps auf die Wange.
Mehr nicht.
»So is it *our* wedding you are preparing?«, fragt sie leise,

mit einer ihr selbst verführerisch anmutenden Schüchternheit plötzlich. Sie weiß natürlich, es ist nicht ihre Hochzeit. Sie hat ja noch gar nichts zu seinem Antrag gesagt. Das steht noch immer aus, nach Celals Dafürhalten, sie hat damals weder ja noch nein gesagt. Sie hält ihn hin. So nennt man das.

Er schnalzt mit der Zunge und schaltet den Fernseher an. Ein grüner Fußballrasen leuchtet das Zimmer aus. Die Tür steht offen, sonst wäre Holle nun zu ihm gerückt und hätte ihre Hand in seine Jogginghose gesteckt. Wie ein deutlicher Satz, den er nicht vergessen wird. Nicht verlangend, sondern wütend. Die Worte sexuell beleidigt formieren sich in ihrem Kopf. Sie fühlt sich sexuell beleidigt. Nur ein einziger Mann hat das bislang hingekriegt, aber an diese Geschichte denkt sie nicht mehr. Sie hat sich verboten, daran zu denken.

Celal legt seine mit Tennissocken bestrumpften Füße auf den Couchtisch, unter dessen Glasplatte die roten Plastikrosen aufgebahrt liegen wie Schneewittchens zurückgelassene Requisiten, bis die Schwester hereinkommt und schimpft. Celals Füße ziehen sich zurück. Die Schwester stellt tiefe Teller ab, dann einen großen Kochtopf. Nudeln mit Soße.

»Vegetarisch«, sagt Celal. »Extra für dich!«

Er erwartet von Holle ein Danke, und sie richtet das Danke geflissentlich an die Schwester. Die schüttelt lachend den Kopf, legt beide Hände ans Herz und sagt etwas, das Celal mit *ewig bist du in unserem Herzen* übersetzt.

Sie essen und schauen dabei Fernsehen, inzwischen läuft eine Talentshow, über die Celal und die Schwester sich lebhaft austauschen und gelegentlich Holle ein paar Happen zuwerfen. Wenn ich ihn heiraten würde, denkt sie, wäre das hier mein Leben. Sie schläft ein, wird wach, als Celals Schwager von der Arbeit zurückkommt. »Canım«, sagt sie, »ich will ins Bett.« »Wir gehen nun alle schlafen«, antwortet er und führt sie in sein Zimmer, ein schmales Zimmer mit schmalem Bett und mit Blick über die Stadt, eine endlose Stadt, ein endloses Lichtermeer. Als sie allein ist, badet sie in dieser funkelnden Hülle Istanbuls, badet in den Geräuschen, in einer Behaglichkeit, denkt an Celals Worte: Morgen werden wir allein sein, tröstet sich damit, denkt an Mumbai, die zurückgelassene Stadt, denkt an Berlin, die abermals zurückgelassene Stadt (sie hat ihre kleine Wohnung aufgegeben und ihre Dinge Hartmut anvertraut, die Bequemlichkeit siegte). Sie hat diese Städte im Rücken und eine Ungewissheit vor sich. Eine Liebe. Eine Liebe, die schwierig ist, aber Holle weiß, dass alles im Leben schwierig ist, einfach alles, früher oder später tauchen Probleme auf. Die Flucht aus Mumbai war die letzte Flucht. Ab jetzt will sie nicht mehr fliehen.

I know when I go to sleep, you wake up. Dieser Satz hatte sich in ihr entfaltet wie ein Zen-Rätselspruch, der den Verstand lahmlegt und ein ganzes Lebenskorsett zum Bersten bringen kann. Sie hatte mit diesem Satz im Kopf in Windeseile jemanden für die Mumbaier Wohnung gesucht, denn sie brauchte Geld für den Flug. Sie hatte sich an diesem Satz wie an einer Leine über die Kontinente hinweggezogen.

Nun gehen sie gemeinsam schlafen, wenn auch getrennt durch eine Wand. So weit hat sie es zumindest schon gebracht: Sich und ihn in die gleiche Zeit zurückzuschieben.

Nur die Wand ist zwischen ihnen. Er liegt auf der Couch. Sie klopft leise, zweimal, dann dreimal, und erhält ein zartes Klopfen zurück.

14
MUMBAI

MARIAMMAN

Theresa loggte sich in einen Internettelefondienst ein und rief Holle Schulz an, die zu dieser Uhrzeit vermutlich noch schlief, es war neun Uhr morgens in Mumbai, fünf Uhr dreißig in Istanbul. Sie hatten nie telefoniert, sie kannte Holles Stimme nicht. Sie hatten alles über E-Mail besprochen, im Minutentakt, Preis, Dauer, Wohnungsdetails.
Die Mailbox sprang an, eine feine Stimme bat um eine Nachricht. Sie war hell, sie fühlte sich im Mund an wie Licht, als Theresa sie imitierte. Sie drückte auf Wahlwiederholung und lauschte. Wieder dieses Licht. Sie legte auf und drückte auf Wahlwiederholung. Sie machte das noch ein paarmal und hörte erst auf, als es elf Uhr in Mumbai war und sieben Uhr dreißig in Istanbul. Holle könnte nun aufwachen und ihr Handy einschalten. Das hätte Theresa nicht ertragen. Die Mailboxansage schien ihr etwas immer Vorrätiges, an dem man sich bedienen durfte. Dass sie inzwischen acht anonyme Anrufe hinterlassen hatte, die Holle irritieren mussten, nun ja. »Guten Tag, hier ist Holle Schulz«, sagte Theresa. Sie nahm die Einladungskarte der Witte Bau AG in die Hand. Hielt sie ins Licht, schaute auf die Büro-Telefonnummer, die Christoph Wanka notiert hatte. Ging nicht. Sie legte die Karte wieder zurück.

Am Mittag, in der Zeit der größten Hitze, trat sie auf den Balkon. Von allen Seiten spießte die Sonne die Oberflächen auf, leuchtete sie aus wie ein Fahnder einen Tatort. Man wartete auf eine Antwort, die sich zu dieser Tageszeit auftat, eine Enthüllung.
Im Hof entdeckte sie den Fotografen. Er war zu früh. Inzwischen stand er beim Verschlag für die Chauffeure. Sie schaute auf einen großen goldblonden Mann, der Bilder machte von Männern in Unterhemden, die, statt schlaff auf ihren Pritschen liegen zu bleiben, sich aufsetzten und einander die Arme um die Schultern legten. Er gestikulierte und schien sie überreden zu wollen, wieder in ihre normalen Abläufe zurückzukehren. Damit es nicht gestellt aussah. Und bitte nicht in die Kamera gucken.
Sie legte eine Flasche Wasser in eine Umhängetasche, ihr Diktiergerät, setzte einen Sonnenhut auf und verließ die Wohnung.
Der Liftboy schaute ihr auf die Brüste. »Problem?«, fragte sie. Er sagte sparsam: »No«, und wandte sich den Türen zu. Er war leicht verwachsen. Ein hochgezogener wulstiger Nacken. Die Hitze und trübe Tätigkeit schienen ihn verformt zu haben, als wäre er geschmolzen wie Wachs durch jahrelanges Bedienen des Aufzugs, diesem Schicksal, Madams und Sirs rauf- und runterzufahren.

Der Fotograf trat seine Zigarette aus und ging mit ausgestreckter Hand auf sie zu. Die Kamera, die um seinen Hals hing, war auf sie gerichtet. »Chris«, sagte er, sein Blick fuhr kurz an ihr herunter und wieder hoch zu ihren Augen, sein Strahlen verstärkte sich, dahinter versteckte er

seine Erkenntnis, dass sie zu alt war für ihn, dass sie nicht in Frage käme. Er war, schätzte sie, Ende zwanzig. Der abcheckende Blick des Fotografen kränkte sie. Noch dazu schien er gar nicht enttäuscht, sondern erleichtert, dass sie sich jenseits eines Flirtverhältnisses befanden und alle Energie in die Arbeit stecken konnten. Er fing auch gleich damit an. Auf dem Weg zur Bucht von Mahim lehnte Chris sich aus dem Fenster und gab sich Mühe, jene Bilder zu schießen, die das verbreitete Indienbild nicht in Frage stellten. Wobei auch Indien sein Versprechen hielt, bizarr zu sein, bunt und widersprüchlich. Er fand einen Bettler ohne Arme und Beine, der, als er die auf sich gerichtete Kamera bemerkte, fröhlich lachte. Vor einer Sargmacherei einen Handwerker, der mit herausbaumelnden Beinen in einem Sarg schlief, hinter ihm ein plärrender Fernseher. Rikschas zischelten neben ihnen her wie über den Boden jagende Silvesterböller. »Dieses Chaos«, strahlte Chris.
»Was meinst du?«
»Wie trotzdem alles funktioniert!«
»Aber es funktioniert doch gar nicht.«
»Und doch sind die alle so freundlich, obwohl die gar nichts besitzen, das finde ich so faszinierend!«
»Sie verehren dich. Deine Hautfarbe steht für Macht und Geld. Deshalb sind sie freundlich, Chris.«
Sie sah, dass sie ihn erschreckte. Aber das war in Ordnung. Er würde nächste Woche nach Haiti, einen Monat später nach Miami fliegen. Er würde alles fotografieren, was man von ihm verlangte. Es machte keinen Unterschied für ihn, wo er war. Es machte auch keinen Unterschied, was irgendjemand zu ihm sagte.

Chris fotografierte weiter. Eine Greisin mit lederhafter Haut, die neben einem Müllhaufen hockte und an einer Zigarette saugte; eine blanke vertrocknete Brust hing aus dem Sari heraus. Ein Speiseeiswägelchen auf altmodischen verrosteten Fahrradrädern. Marktfrauen, breitbeinig vor ihren trüben Fischen hockend, Köpfe abschlagend, die in die Gasse herabrollten und zerplatzten unter den Rikschas. Aus einer Koranschule trat eine Schar weißgekleideter Knaben. Dunkle Stille im Hintergrund. Eine merkwürdig vertraute Welt aus Lernen, Behutsamkeit, Andacht. Eine Truppe Schulmädchen mit geflochtenen Zöpfen lief durch die Gruppe hindurch. Blaue Schürzenkleider und weiße Kniestrümpfe. Ein anderes Jahrhundert schob sich unter sie. Handgemalte Schilder, rote Buchstaben auf weißem Untergrund, in Zirkusästhetik, wie Kinderspiele, winkten von allen Seiten. Armut. Es war alles ganz idyllisch. Es funktionierte. Aber es hielt nur von Stunde zu Stunde.

Karzai Hard Beat Boys Band. Band for all ocasions. Umbracha Pani. Weddings Party etc. Funeral Band available. Contact: Collen.

Smile Dental Clinic.

Dr. Himanshu A. Barve. Family Physician & Surgeon.

Neben einem Hanumantempel hing Jesus in eierschalenfarbener Haut am Kreuz.

Moonlight laundry.

Mahavir Hardware Store.

Zusammengehängt, zusammengedrängt. Nähe von Disparatem, in Freundschaft und vereint durch das Kleid aus Staub. Formen, die ineinanderrasselten, schwer zu sagen, wo etwas anfing und aufhörte, es selbst zu sein. Mit Platzmangel war es nicht zu erklären. Es war so etwas wie Freude. Eigentlich hatte Chris recht. Aber er war aus den falschen Gründen begeistert.

»Was ist eigentlich die Story?«

»Es gibt keine«, behauptete sie, und das stimmte ja auch. Sie schrieb keine *Story*.

»Aber ich muss doch wissen, auf was es ankommt.«

Für einen Fotojournalisten ungewöhnlich. Die taten während der Recherche gern so, als richte sich alles nach ihnen. Später wählte die Redaktion die Bilder nach dem aus, was der Text vorgab. Wenn Theresa von einem Känguru in Mumbai schreiben würde, hatte Chris gefälligst ein Känguru zu liefern.

»Es gibt dieses westliche Bedürfnis nach indischem Wahnsinn. Das ist unsere Story.«

Er nickte. Er hatte diese helle Haut, die sich schnell rötete, und auch das Blond ging ins Rötliche. Er hatte sich mit Sunblocker eingecremt, und der Schweiß lief in die weiße Creme hinein, über sie hinweg und tropfte von seinem Kinn herab.

Die Küste von Mahim war wie tot. Eine betäubte Siedlung. Läden und Werkstätten mit herabgelassenen Stahlrollos, der Weg war ungepflastert und holprig, der Wagen vibrierte und rappelte. Ödnis, beharrliche, ausdauernde Ödnis sich selbst überlassener Materie, eine tote Straße aus Schutt, Ziegelsteinhaufen, Mauerwerk, zerrüttet wie nach einem Bombenanschlag. Irgendwo schliefen immer Menschen, sie suchten sich Kuhlen und kühle Böden wie die

Tiere, die Hunde, sie lagen manchmal nebeneinander, Mensch und Tier, und der Mittagshitze den Rücken zukehrend. Undefinierte Gegend. Hier lebten Fischer einst, die Kolis, die ersten Siedler, aber der Fischfang war durch steigende Benzinpreise zu kostspielig geworden, und man musste zu weit ins Meer, um noch etwas zu finden. Überfischung. Das Geschäft ging langsam ein. Chris schaute seine E-Mails durch und fotografierte nicht mehr. Was sie sahen, ähnelte nichts Bekanntem. Nichts Folkloristisches, nichts Durchgeknalltes. Die Gegend war abstrakt, eine Zusammenhäufung von Nichtmeinendem. Botschaftslosigkeit. Abwesenheit. Vielleicht eine Gegend für Holle. Vielleicht eine Gegend für Theresa. Atempause. Hitze und Stadtgeröll.

Am Ende einer staubigen Schotterstraße stieg ein roter Fleck auf. Es war ein Festzelt, über das Blumengirlanden hingen.

Ein glatzköpfiger Inder hob sich aus der Menschenansammlung heraus. Er trug eine Phantasierobe aus rotem Stoff und war wie sein eigenes Festzelt behangen mit bunten Perlenketten. An den Fingern steckten Ringe mit klobigen Steinen. Er entdeckte Theresa und winkte. Er war ihr peinlich vor Chris.

Sie hatte Arun auf einer Party kennengelernt. Er arbeitete für Bollywood, er entwarf Kostüme, und in seiner Freizeit klapperte er die diversen religiösen Festivals in Indien ab, mit der Leidenschaft eines Sammlers. Nachdem Theresa die Zusage des Hamburger Reisemagazins erhalten hatte, besorgte er beim Oberhaupt der tamilischen Gemeinde eine Erlaubnis für Theresa plus Fotografen. Bislang hatte niemand im Westen darüber berichtet. Niemand wusste überhaupt von diesem Ritual, das ohnehin gesetzlich verboten war.

»Wer ist das?« Sie erkannte in Chris' Stimme etwas ihres eigenen Vorbehalts wieder. Arun wirkte wie ein Westler, dem Indien geschadet hat, ihn ins Exzentrische hatte abdrehen lassen.

»Arun. Wir verdanken ihm, dass wir hier sein dürfen.«

Chris nickte, er hatte ihre Information verstanden.

Arun tänzelte vor ihnen auf und ab, an der Kante zu etwas Irrem, und wirbelte die Gerüche der Umgebung auf; Schweiß, feuchte Blüten, Masala.

»Siehst du das? Schau dir das an!« Er zeigte auf etwa zwanzig zwei Meter lange polierte Eisenstangen mit spitz zulaufendem Ende, wie Grillspieße, an die Wand des Festzelts gelehnt, einige wurden an den Spitzen noch mit Schleifpapier bearbeitet. Die Eisenstangen fingen das gleißende Sonnenlicht auf und schlugen es in Theresas Blick hinein.

Etwa fünfzig Erwachsene und Kinder warteten im Staub. Der Rhythmus einer Handtrommel umfasste die Versammlung. Einige Frauen trugen zitronengelbe Saris, Arun bestätigte, dass diese Frauen ausgewählt waren für das Ritual.

Eine Blutspur führte wie ein roter Teppich ins Innere des Tempels. Es waren Tiere geopfert worden.

»Gleich gibt es Kebab!« Sie erwiderten Aruns Lächeln höflich, und er lotste sie durch das Festzelt hindurch, eine dralle Inderin in rotem Sari wartete in einem blauen

Plastikstuhl auf sie. »Das ist Laxmi, das Oberhaupt«, erklärte Arun. Laxmi hatte fast schwarze Haut und ein beeindruckendes Gesicht, gnädig, erhaben, jemand, der alles gesehen hatte, alles kannte. Etwas drängte Theresa, sich von ihr zu entfernen, vielleicht auch war es der Eindruck, der Blick dieser Frau spielte sich außerhalb der Zeit ab, und ein paar Sekunden länger würden sie darin verheddern, lahmlegen, unfähig machen zur Arbeit. Theresa spürte ihre Anwesenheit noch, als sie Laxmi den Rücken gekehrt hatten und zu dem kleinen Tempel gingen, durch Blutlachen und Federn, über denen Fliegen kreisten. Ein Hahn ging auf und ab. Er hatte überlebt.

»Das hättest du nicht sehen wollen«, sagte Arun.

»Nein«, sagte sie.

»Es wird gleich noch schlimm genug, auch wenn kein Blut fließen wird. Das ist das große Wunder. Kein Blut!«

»Sie benutzen Alaunkristalle«, wandte sich Theresa wie eine Spielverderberin an Chris. »Alaun ist blutstillend, wird auch zur Rasur benutzt.«

»Ja«, sagte Arun. »Das ist blutstillend. Und dennoch. Wenn man dir eine Stange durch die Wangen stoßen würde, gäbe es ein Blutbad. Bei dir! Weil du nicht an die Gottheit Mariamman glaubst! Ihre Gnade!«

Chris und Theresa tauschten Blicke; unerwartet Verbündete. Theresa überlegte, ob Arun die Macht des Glaubens unter Beweis gestellt sah oder die Macht der Gottheit Mariamman. Wahrscheinlich hätte er diese Unterscheidung, oder Theresas Interesse daran, nicht verstanden.

»Im letzten Jahr war ein junger polnischer Wissenschaftler hier. Er war so fasziniert, dass er am Ende mitmachen

wollte, obwohl ihm alle davon abrieten, besonders die Priester. Aber er wollte unbedingt.«
»Und?«, fragte Chris.
»Lilavati-Hospital. Das Ende des Abenteuers. Der Wissenschaftler schrie wie am Spieß. Nun, er *war* am Spieß.«

Sie musste vergessen, dass sie mit einem Auftrag hier war. Sie hatte über die Jahre gelernt, während der Recherche ihren Auftrag auszublenden. Später am Schreibtisch ging sie zurück in die Erinnerung. Sie wurde ein Ich, für das das Leben tatsächlich aus Geschichten bestand, sich zu Sinn verbindenden Punkten, ähnlich den Linien, die man auf völlig selbstbezogene Weise zwischen den Sternen zog, die irdische Perspektive absolut setzend.
Mariamman war eine Form von Kali, der Göttin mit der Halskette aus Schädeln. Sechs bis zehn Arme. Theresa betrachtete eine Statue aus Marmor, die in einer kleinen Grotte, gefliest mit weißen Badezimmerkacheln, ein kindergroßes Versteck gefunden hatte. Der Blick, *drshti*, galt als Verbindung. Man konnte ihn auch von Statuen empfangen. Es war jener Blick, den sie zuvor von Laxmi erhalten hatte. Er hielt sich an nichts. Er war wie etwas, auf das ein Leben zuführen konnte, insgeheim, auf das man sein Leben heimlich, ohne es sich einzugestehen, hinlotste. Er brach mit allem.

Es war eine trostlose von Licht zerfressene Straße, immer wieder verschwand sie in Luftspiegelungen. Mori Road. Kein Wind. Sie hatte Chris aus den Augen verloren, dann entdeckte sie ihn bei einem der Priester. Er hielt die Kamera auf ihn gerichtet und wartete, dass für die Leute in Deutschland etwas Interessantes geschehen würde. Ein Auto fuhr voran, an der Kühlerhaube ein Bild der Göttin befestigt. Auf der Karosserie eine Partitur aus Zeichen, gemischt aus Sandelholzpaste und Kumkumpulver, sie lösten es aus seiner Bedeutung als Fahrzeug und fügten es in eine andere ein, es war kein Fahrzeug mehr. Die Straße war keine Straße mehr. Theresa fiel in den langsamen Trott der kleinen Prozession, ein von zwei Trommeln angetriebenes Schreiten. Die Leute trugen die Eisenstangen mit beiden Händen vor sich her, sie stiegen senkrecht in den Himmel auf wie Lanzen.

Die Straße endete an der St. Michael's Church, ein unscheinbarer heller Kasten, der auf den Fundamenten der einst ältesten portugiesischen Kirche Mumbais stand (eine Notiz für den Reiseartikel). Dann die Küstenstraße. Zwei Männer zwangen die vorbeidonnernden Autos mit ausgebreiteten Armen zum Anhalten, und die kleine Fußarmee schaffte es hinüber, der Trommelschlag mit ihnen. Es war eine merkwürdig zeitlose Szene, ein Refugium für Gefühle und Gedanken, die über die unsichtbare Grenze ihrer Blase hinaus keine Kraft hätten. Die riesigen Billboards entlang der Küstenstraße wirkten wie eine ferne Zukunftsvision; moderne Wohnküchen, lange Beine in knallengen Jeans, ein Männerduft in schwarzem Flakon.

Der Weg über den Strand führte an Hütten entlang und durch Gestrüpp. Theresa hatte Durst und trank Wasser.

Sie hätten tagelang gefastet, sagte Arun, sie hätten sich vorbereitet durch Fasten und Gebete. »Sie werden zu Mariamman«, sagte Arun, »sie werden von der Gottheit erfüllt. Die Gottheit ist alles. Kali ist alles. Versuch nicht, es zu verstehen.« Theresa stolperte über einen Schuh, der aus dem Sand ragte. Ein Schlappen. Einzeln, wertlos. »Es gibt nichts zu verstehen«, erwiderte sie. »Nein. Es gibt nichts zu verstehen. Es ist eine Erfahrung. Sobald die Leute nachdenken über das, was sie tun, so wie du, entsteht ein Riss.«

Auf der anderen Seite der Bucht lag die Upperclass-Vorstadt Bandra, aus der sie gerade kamen. Das braune Meer setzte einen schäumenden Saum ab aus Treibholz, Plastikflaschen, abgeschabten Knochen, Verpackungsmüll. Am Meeressaum jagte ein Polizist einigen Kindern nach. Sie liefen durch die Brandung und kreischten. Es war nicht klar, ob er sie aus dem Wasser vertreiben wollte, ob das der Auslöser war für seine Empörung, oder sie dort Schutz suchten vor ihm. Sie blieben hüfttief im dunklen Wasser stehen und lachten, er schwang den Schlagstock und brüllte. Es sah aus wie ein Comic.

Ein Zittern ging von der Stelle aus, wo die zitronengelb gekleideten Gestalten standen und warteten. Der Strand wurde Altarraum, und der Priester in seinem schweißglänzenden Oberkörper, wie ein Kleidungsstück trug er diese nasse dunkle Haut, ordnete Kultgegenstände an, setzte Limonen auf die spitzen Klingen des Dreizacks, hängte Blumen um das Mariammanbild, spaltete Kokosnüsse mit einer Machete. Sie spürte, wie ihr Gesicht mehr und mehr seine Mimik verlor. Sie schaltete das Diktiergerät aus.
Chris machte plötzlich ein Foto von ihr, das Workshop-

bild, das im Heft ihr tatsächliches Hiersein unter Beweis stellte. Im Vordergrund der Priester, der im Tanz die Arme von sich streckte. Chris' Bewegungen schienen sich anzupassen, sie wurden elastischer, in eine Tarnung zu gehen; als sei das Fotografieren selber Bestandteil der sakralen Handlung, als sei die Gottheit nun in ihn gedrungen und fotografiere durch ihn das Ausmaß ihrer eigenen Macht.
Die Kinder im Müllmeer standen nun still. Sie sprangen nicht mehr, sie hatten verstanden, sie saßen in der Falle. Sie standen dort, wo sie noch den Grund berührten, der Polizist mit seinem Schlagstock sie aber nicht erwischen konnte. Gelegentlich machte er einen Versuch und schrie etwas. Niemand schaute hin, nur Theresa.
Die Leute traten nun vor den Priester, einer nach dem anderen. Man hielt ihnen den Kopf fest, sie öffneten den Mund, der Priester öffnete seinen Mund. Er spuckte eine Ladung Milch in die Mundhöhle, ein weißer Flatschen explodierte zwischen den beiden Mündern, ein Kuss aus Milch, zwei Fabelwesen aus einem Science-Fiction-Film. »Zur Vorbereitung«, half Arun neben ihr sachkundig, »die Milch macht es leichter«, er beobachtete interessiert Theresas Gesicht. Der Priester führte die Eisenstange mit der scharfen Klinge voraus in die Wange des Mannes, weich, widerstandslos, ließ sie aus der anderen Wange wieder hervorkommen, rasch, aber mit einer kontrollierten Spannung, als könne, schwanke sie nur einen Augenblick, die Erde in zwei Hälften brechen. Dann eine Frau. Dann ein Kind. Es ging sehr schnell. Es ging so schnell, als sehe man ständig dasselbe noch einmal. Nichts änderte sich für irgendwen, kein Gespräch, kein Zögern, kein Innehalten.

Durchdolchung. Die harte Eisenspitze, die auf die weiche verletzliche Wange trifft, nicht respektvoll haltmacht, sondern sich weiterschiebt, das Gewebe zerreißt, in die Mundhöhle dringt und über die wegduckende Zunge hinweg die gegenüberliegende Wange durchstößt. Frauen, Männer, Kinder. Sie standen reglos im Sand. Die vielen einzelnen Stäbe summierten sich zu Schnurrbarthaaren einer Katze.

Sie verstand nicht, was sie sah. Sie wusste, sie blieb irgendwo hängen, bekam nicht zu fassen, was hier geschah.

Es hatte auch mit Chris zu tun.

Er stand mit hochgezogenen Schultern, die Kamera ans Auge gepresst und das andere zugekniffen in der Abenddämmerung. Die Ausschnitte, die er wählte, überredeten das Disparate zu einem dramaturgisch interessanten Miteinander, verwandelten die Welt in eine erzählerische, eine komponierte, ein versöhnliches Ganzes. Theresas Blick, wenn sie bei ihm stand und der Richtungsachse seines Objektives folgte, wurde von diesem Weltversöhnungsgestus der stimmigen Bilder angesaugt, es schien sich wie ein ansteckendes Lachen auf sie zu übertragen, das schmerzhaft war, zwanghaft, aufhören musste, das Abweisende und Ausschließende, das Wollen, die Unterstellungen, die mit jedem geschossenen Bild einhergingen. Es war die eigene Herkunft, die er ablichtete. Bilder von ihnen selbst, den eigenen ästhetischen Bedürfnissen, ihren Weltauslegungsbedürfnissen. Der hochgereckte Arm des Priesters im Tanz, das zur Fratze entglittene Gesicht, das abstieß und anzog, die entrückten Blicke der Durchdolchten, an christliche Ikonografie erinnernd, zumindest auf Chris'

Bildern. In Wahrheit wirkten die Gesichter ermattet und starr. Offenbar tat jede kleinste Bewegung unendlich weh.

Sie spürte jetzt die Stadt um sich herum, ihr Drängen, die heitere Brutalität. Sie hörte das Hupen von der Hauptstraße herüberkippen, sie schaute auf die Menschen, die starr vor sich hinblickten, Kurzzeitheilige, wäre das ein brauchbares Wort?

Die Stadt schlug über ihr zusammen. Die schreienden Kinder am Meeressaum, die verzerrten unheimlichen Gesichter, die Unendlichkeit der Eindrücke (könnte sie *das* schreiben?) und die lächerlich gläubige Fotografiererei von Chris, die Gläubigkeit des Fotografen. Die Kinder hatten es plötzlich aus dem Wasser geschafft. Der Polizist stolperte ihnen nach, wieder mit dem Schlagstock, den er wie ein Höhlenmensch durch die Luft schwang, er war schnell, er würde sie bald einholen, und Theresa begann jetzt, mitzurennen. »Don't beat them!« schrie sie. »They are kids! Don't beat them!«

Sie schaffte es, den Polizisten zu überholen, und sie schaffte es, kurz bevor er sie erreichte, sie alle einzufangen, die Kinder, und als hätte sie jetzt sechs Arme wie Kali, umschlang sie sechs Kinder, die triefend nass und aufgeweicht waren vom Dreckwasser, und sie schirmte sie vor dem sausenden Knüppel ab.

»They are kids! What the hell are you doing?«

Es war ganz leicht, fast langweilig leicht. Er ließ den Knüppel sinken und schaute sie abwartend an, beeindruckt von ihrem Gebrüll, aber auch, sie ahnte es schon, seinen Vorteil daraus schnell überschlagend.

»Go«, zischte sie den Kindern zu, wedelte mit der Hand, »go, run!«, und sie fixierte den Polizisten mit ihrem Blick, während die Kinder wegrannten. Sie hätte ihn in Brand setzen können. Sie war eine Göttin, eine Kali, sie verstand, warum die Göttinnen so herrschsüchtig waren und so blutrünstig.

»They are gone«, sagte der Polizist. »Are you happy, madam? I am not happy, madam.«

Sie kramte in ihrer Tasche und reichte ihm Geld. Geld Geld Geld. Dann stapfte sie zur Hauptstraße hoch, hielt ein Taxi an und fuhr zurück nach Bandra. In einer kurzen Nachricht teilte sie das Chris ohne weitere Erklärung mit.

15
MUMBAI

WIR GEBEN ALLEN EIN ZUHAUSE

Am frühen Nachmittag rief August an. Fragte sehr freundlich, wie der Ausflug nach Mahim gewesen sei. In ihrer Antwort behandelte sie ihn wie einen Vertrauten; das war er doch nach wie vor, nun, sie verlangte, dass er sich so verhielt. Sie klagte, dass sie wieder einmal aufliefe, dass es so nicht weitergehe.
»Diese Reportagen sind Betrug«, sprach sie in den Hörer, »aber ich kann nichts anderes, und eine Weile war es richtig, und ich redete mir ein, ich bringe anderen die Welt näher. August?«
»Ja«, sagte er.
»Fremde Welten, aber die fremden Welten sind gleich hier und bei uns, sie sind in deinem nächsten Gedanken, der nicht Anschluss findet an den vorherigen, nur oberflächlich, ist dir das nie aufgefallen? Was zu erzählen wäre, das ist genau das, was den Worten nicht gleichkommt.«
»Es ist ein Job, schreib den Mist einfach.«
Sie war enttäuscht. Sie schwieg.
»Sieh es als Kunstform, Theresa. Kein Text wird jemals dem gerecht, was wirklich ist. Aber wer glaubt das schon?«
»Wer das glaubt? Alle. Alle verfallen der Illusion des Bescheidwissens. Statt ihr Nichtwissen zu akzeptieren und dieses«, sie suchte nach einem Wort, »Ausgeliefertsein.«

»Ausgeliefertsein«, wiederholte er. Das machte sie rasend. Er wiederholte es einfach nur, als würde es dadurch schon seine Lächerlichkeit preisgegeben.
»Sagt dir Witte Bau AG etwas?«, wechselte sie das Thema.
»Ja, wieso?«
»OK, klar kennst du die. Die haben ja kürzlich noch ganz schön Mist gebaut.«
»Was meinst du?«
»Das Desaster in Istanbul. Bauen ein Einkaufszentrum in einem Istanbuler Vorort, die Arbeiter werden in billigen Stoffzelten untergebracht, die Zelte fangen Feuer, neun Leute verbrennen. Nichts davon mitgekriegt? War ein Subunternehmen, deshalb ist Witte juristisch nicht zu belangen. Beauftragen irgendeine Firma, die nehmen ungelernte Wanderarbeiter. Kosten weniger, und an den Unterkünften wird auch noch mal gespart. Witte guckt sich das nicht genauer an. Nicht einmal das Subunternehmen ist zu belangen. Die Zelte standen außerhalb des Baustellengeländes.«
Theresa lauschte. Als nichts kam, fuhr sie fort: »Dann gibt es in Deutschland eine fünfzeilige Meldung, weiter nichts, ach, und ein kurzes glattes Statement von diesem Wanka. Teilt sein Bedauern mit, sagt was von großzügiger Entschädigung für die Hinterbliebenen. Weil sie in der moralischen Verantwortung seien. Klasse, was?«
Sie schwieg. Falls August nun doch etwas sagen wollte. Er sagte aber nichts.
»Ich kann diesen Wanka kennenlernen. Er ist in der Stadt, die Firma treibt auch hier ihr Unwesen. Er wird auf einer Ausstellungseröffnung nächste Woche sein, von der Witte

Bau AG, exklusiver Kreis und so, und ich kann mich da einschleichen. Was meinst du?«

»Und dann? Glaubst du, er gibt dir andere Antworten?«

»Das kann ich vorher nicht wissen, das ist doch immer so, August.«

»Klingt planlos.«

»Du lässt an nichts ein gutes Haar. Was ist los?«

»Ich bin auch auf dieser Ausstellungseröffnung, Theresa.«

»So?«, fragte sie bemüht beiläufig, um die Aufregung, die sie sofort spürte, noch zurückzuhalten. August sollte erst mal reden.

»Ich arbeite für die Witte Bau AG als Berater. Das Nomadenzelt im siebten Stock war meine Entdeckung. Darum wollte ich nicht, dass du darüber berichtest. So, nun weißt du alles.«

»Also fandest du das gut, über das Nomadenzelt zu schreiben?«, tat sie sachlich.

»Normalerweise fände ich das gut, aber du machst uns die PR-Aktion dadurch kaputt. Das ist ja was Exklusives, niemand weiß bislang davon. *Wir geben allen ein Zuhause*, so sollte der Slogan heißen.«

»Wir geben allen ein Zuhause?«, fragte sie ungläubig.

»Es sollte lustig sein. Wir wollten von der Moralisierung weg. Wir wollten das Thema Armut einmal leicht angehen.«

»Ach so«, sagte sie ironisch.

»Übrigens habe ich ein paar Informationen eingeholt. Es stimmt, man hat tatsächlich deine Vermieterin beauftragt. Holle Schulz. Und sie hat abgelehnt.«

»Holle ist Künstlerin. Ihr war das wohl zu blöd. Werbefotografie, und dann noch etwas so Geschmackloses.«

»Und deshalb gibt sie die Sache an eine Journalistin weiter? Sie hatte nicht das Recht dazu.«
»Vergiss die Künstlerin«, sagte Theresa. »Du machst Fehler. Lass uns lieber darüber reden.«
»Wo ist sie? Ist sie nicht mehr in Mumbai?«, ignorierte er sie.
»Keine Ahnung.« Sie wollte ihm nicht behilflich sein.
August gab sich nun nachdenklich, Theresas Kritik scheinbar aufnehmend und so, als wären sie ein Team: »Wir hatten selber ein bisschen Abstand genommen, nachdem das in Istanbul passiert ist. Zweimal Zelte!«
»Oh! Ihr denkt mit!«
Er schwieg. In der Pause, die entstand, sah sie plötzlich sich selbst. Oder vielleicht, wie August sie sehen würde; ein plötzlich ungnädiger fremder Blick: von der Hitze geschwollene Finger, rotes, aufgedunsenes Gesicht. Sie saß in Unterwäsche auf dem Bett und blickte an sich herab, betrachtete den Wasserfall aus drei kleinen Speckrollen zwischen Brust und Slip. Sie schlug einen verächtlichen Ton an: »Ich verstehe jetzt, warum du nicht über Lorenz reden willst. Ich hab nichts gegen Geld, und ich verdiene gerne Geld und auch ganz OK, aber doch irgendwie mit einer Arbeit, die schön ist, wichtig, die ...«
»Vor zwei Tagen klangst du anders.«
»Weil ich glaubte, in dir einen Verbündeten zu haben. Dem ich mich anvertrauen kann. Ein paar Zweifel gibt es, das stimmt, und die hätte ich gerne durch kluge Argumente ausgeräumt. Im Grunde tust du das nun. Du zeigst, wie alles noch falscher sein könnte. Man kann also zwi-

schen dem Falschen und noch Falscheren wählen. Das ist das Fazit, ja?«

»Theresa«, setzte er an, aber sie unterbrach ihn wieder: »Und es ist besonders falsch bei denen, die es besser wissen. Du hast keine Entschuldigung. Niemand wird dir vergeben. Du selbst wirst dir nicht vergeben.«

»Ich mache das erst seit Anfang des Jahres. Ich schaue es mir erst mal nur an. Sie suchten einen Experten für Mumbai. Sie kamen auf mich zu. Ich bin der ideale Berater, bereits in Rente und Jahrzehnte Erfahrung mit dem Land.«

»Ich hoffe, du bist stolz auf dich.«

Jetzt änderte auch er seinen Ton. Sie hörte nur halb hin, sie hörte weg, aber erfuhr, dass sie, Theresa, die letzten Jahre mit harmlosen Berichtchen vergeudet hätte und nun plötzlich alles besser wisse und alle pauschal beschuldige. Und ob das nicht mit ihr selbst zu tun habe. Versäumen und Übertreiben im Wechsel. Selten auf den Punkt.

»Probleme«, schrie sie. »Du bist das Problem. Genau du!«

Arschloch, fiel ihr noch ein, sie wollte Arschloch brüllen, aber dann besann sie sich. Wut ließ dem, auf den man wütend war, die Ehre der Anerkennung zuteilwerden. Man nahm ihn ernst genug, um wütend sein zu können. Man befestigte das Problem. Doch stillhalten, dulden, schien auch falsch.

»Hast du der Witte Bau AG schon gemeldet, dass Holle Schulz die PR-Sache weitergegeben hat an Dritte?«

»Nein, noch nicht.«

»Noch nicht?«

Er schwieg.

»Gut. Tu es nicht. Ich verzichte darauf, über das Zeltlager zu schreiben. Ihr könnt die Aktion machen.«

»In Ordnung«, sagte er.

Sie waren vernünftig. Beide so vernünftig. Und August fügte ein weiteres Vernünftigsein an:

»Noch mal zu neulich: Die ganze Situation hat mich verwirrt. Mit dir dort zu stehen. Dein Eifer, dein Ehrgeiz, und ich musste es dir ausreden.«

Dein Eifer. Das tat weh.

Er sagte: »Man kann nicht unschuldig bleiben, indem man darauf achtet, nur Unschuldiges zu tun. Ringsum die Schuld, das genügt. Die Wirklichkeit ist die, die das alles überrollen kann wie eines Tages die Bulldozer den Slum.«

»Idealismus versus Realismus«, seufzte sie, »das ist ein uralter Streit. Ich kann mich nicht entsinnen, dass er entschieden worden ist.«

Sie hielt inne. Nichts ist entschieden, wiederholte sich in ihr, und dann hörte sie ihre Worte verlorengehen, sie blieben unerwidert. Von der Straße drang der mit sich selbst beschäftigte Lärm, blechern, unbeirrt, ein ständig laufendes Geräuschband.

»Sag was«, sagte sie.

»Das andere ist stärker. Es ist nicht im Recht, aber stärker.«

Sie stellte sich ans Fenster und blickte hinaus auf die Straße. Der Schuhmacher lag im Schatten seines hundehüttengroßen Unternehmens, einer Art Kommodenschrank aus speckig glänzendem Holz. Sie hörte August leise »Tschüss« sagen. »Tschüss dann«, sagte sie.

16
ISTANBUL

LÜCKE IM UNIVERSUM

Sie liegen in einem Zimmer, das sie nicht kennt, in einer Wohnung, die sie nicht kennt und die auch er nicht kennt. Celal weiß nicht, von wem sie ist. Er bekommt die Kette der Bekanntschaften, Verwandtschaften nicht memoriert, oder er tut so, weil er Holle damit zum Lachen bringt. Es sind immer so viele, stöhnt er, wer kann das noch überschauen, und wir alle fangen mit C an, Cem, Cüneyd, Cagdas, Can. Es sind Brüder, es sind Cousins ersten und zweiten Grades, Onkel, Großonkel, Großväter.

»Why did you leave?«

»Leave Mumbai?«

»Yes«, sagt Celal, »why did you leave Mumbai?«

»To be with you.«

Er lacht. »Really?« Er nimmt ihr Kinn zwischen Daumen und Zeigefinger und prüft ihr Gesicht wie etwas, das auf dem Marktplatz seines Schwarzmeerdorfes feilgeboten wird. Eine Kuh, eine Ziege.

»You were anapi there?«

»Unhappy?«, korrigiert sie ihn sanft.

Er nickt. »Yes, anapi.«

»Yes, I was unhappy in Mumbai.«

Sie hatte in Mumbai nicht arbeiten können. Da waren Wankas Nachrichten, nicht viele, aber ein bisschen so, als gehöre sie nun zu seinem Mitarbeiterstab. Eigentlich ganz vernünftige Nachrichten. Informationen, wann die Ausstellungseröffnung sei, wie der Ablauf des Abends, wann er, Wanka, nach Mumbai komme, was sie, Holle und er, vielleicht gemeinsam unternehmen könnten, *natürlich nur, falls du Lust hast*. Und eben die Zeltlagersache, das Jobangebot. *Ich bin doch keine Werbefotografin*, schrieb sie. *Ich bin Künstlerin.*

Ich weiß, schrieb er zurück. *Aber ob wir nun dir oder irgendwem fünftausend Euro für zwei Bilder bezahlen, ich gebe es lieber dir. Stellst du dich nicht ein bisschen an?*

Darauf hatte sie nicht mehr geantwortet.

Und da war die Stadt. Wenn sie Bilder machte, liefen da immer Menschen durchs Bild. Mit viel Glück hatte sie lediglich Arme und Beine drauf, Hinterköpfe in wegfahrenden Autos oder ganz in der Ferne bei den Bahngleisen einsame Gestalten, die im Sonnenaufgang eine Stelle zum Scheißen suchten. Einmal sah sie im Vorbeifahren eine hellbraune Wurst aus dem Hintern eines hockenden Mannes herauskriechen. Er hielt sich dabei sein Handy ans Ohr.

Einsame Gebiete gab es in der Stadt nicht. Öffentliche Toiletten nicht. Frauen verzichteten auf Flüssigkeitsaufnahme, bis es dunkel wurde.

Männer benutzten Hausmauern, Bäume. Alles. Sie wandten sich von der vorbeiströmenden Fußgängermasse nur ein wenig ab, ein kleiner gestischer Unterschied zum Hund. Man sah ihr Geschlecht. Es lag in ihren Händen. Braune Fleischrollen, die abgeschüttelt und wieder verstaut wurden. Gelegentlich einer, der daran rieb, sofern er geschützt war durch einen Verschlag, eine Mauer, die Kapsel einer Rikscha. Der seinen Schwanz sich aufbäumen ließ, ihn groß machte und den Frauen zeigte, die mit Blick auf den Boden geheftet vorbeirannten. Es war kein Land für Frauen. Es war kein Land für Männer.

Sie hatte Wanka gemalt. Sie hatte Bilder angefertigt für sich selbst, für ein vielleicht privates Selbst. Therapeutisch. Sie erlegte sich keine Regeln auf. Sie erlaubte sich, alles zu tun. Es waren schlechte Bilder. Richtig schlechte Bilder, und die brauche ich, sagte sie sich, um gute machen zu können.
Kurz vor ihrer Abreise verpackte sie die Bilder in Luftpolsterfolie, als Schutz vor Blicken und um jemanden beauftragen zu können, vielleicht die Untermieterin, sie ihr nach Berlin zu schicken. Falls sie nicht mehr nach Mumbai zurückkehrte.

Am nächsten Tag, nach einem üppigen, bis in die Mittagsstunden reichenden türkischen Frühstück, das die Schwester ihnen serviert, darf sie mit Celal die Wohnung verlassen.
Und dann, als sie die ersten Schritte gehen und wie schon vor einem Jahr dieses magische Ineinanderklicken ihrer gehenden Körper passiert, kommen ihr alle Debatten blass vor und unwichtig, fast kann sie sich schon nicht

mehr erinnern, worum es ging; kleinlicher Ärger, ihre Gereiztheit, sie spürt stattdessen: Körper, Gehen, Stadt, Mann und Frau, seine Finger, die sie manchmal erwischt, die er ihr kurz überlässt einige Schritte lang, und in einem Hauseingang sogar, plötzlich, verschwindet er mit ihr wie in eine Lücke im Universum und küsst sie, es ist der erste richtige Kuss seit sieben Monaten, und sie denkt plötzlich, dass alles an Verheißungen und Hoffnungen im Leben eigentlich nur auf einen Kuss wie diesen hinauslaufen kann, dieser das innere Zentrum aller Gedanken und Tätigkeiten und Sätze ist. Sie gehen Hand in Hand weiter, er lässig und ausladenden Schrittes, die Stadt fließt aus ihnen heraus wie ein verlängerter gemeinsamer Körper, sogar auf der Istiklal Caddesi, der großen von prachtvollen Stadthäusern eingerahmten Fußgängerzone, ist das Gedränge um sie herum lediglich ein am Bewusstseinsrand kaum merkliches Wabern, beulen sich die Menschengruppen aus und ziehen sich zusammen wie etwas Vernachlässigbares im Traum, die Stimmen, die Straßenmusiker, das Auftrumpfen von Warenauslagen und Werbung, die Opulenz, das Gemisch aus Aufdrängen, Andrängen, Versprechungen kommt nicht gegen sie an.

Sie laufen die engen Gassen Beyoğlus herab bis zum Fähranleger, sie steigen aufs Boot. Vor einem Jahr hatte sie an der Art, wie er vor ihr aufs Boot gestiegen war, mit einer Heiterkeit, als gäbe es ihn nicht – weil man nur derart heiter sein kann, wenn nichts auf dem Spiel steht –, erkannt, warum er schön war. Es war eine Schönheit, die sich selbst nicht wusste, zwar sagten es ihm die Leute andauernd, hatten es sicher auch die vielen ausländischen Geliebten ihm gesagt, aber er lächelte darüber höflich hinweg. Vielleicht sieht er sich nicht. Vielleicht hat er, so wie er kein Verhältnis zu Geld hat, auch zu sich selbst keins?

Er lacht viel. Er redet albernes Zeug (es ist seine Aufgabe, die Menschheit zu unterhalten). »I make joke«, erklärt er dann. Er spricht *jok* mit einem deutschen j und o. Mehrmals hat Holle im letzten Jahr versucht, ihm die Aussprache beizubringen. Sie sagt nun selber jok.

Die Fähre setzt nach Kadiköy über. Nach Asien. Der Bosporus schwappt in türkisgrünen Wellen gegen den Bug. Sie haben Sesamringe gekauft und füttern die Möwen, die mit ihnen fliegen.

Manchmal berühren sie einander leicht, dann gehen sie wieder auseinander, sie setzen sich auf die glänzenden honigbraunen Holzbänke, und sie schmiegt sich an ihn.

»I love you«, sagt er, da gehen sie an Land. Sie spazieren durch die Gassen Kadiköys, es wird Abend, sie kehren in eine Gaststube ein, sie essen gegrillten Fisch, Salat und Weißbrot, sie trinken Efes-Bier, sie berühren einander unter dem Tisch, sie schweigen, sie sehen einander an. Sie hat keinen Drang, über ihr Leben zu reden oder über sich selbst. Was immer er versteht, wäre nicht das, was sie gesagt hat. Und auch: Es bedeutet nichts. Es zählt, was jetzt ist, was sie jetzt in diesem Augenblick ist, gemeinsam mit ihm.

Ihr käme Erzählen vor wie Erfinden.

Dieses Vergessen geschieht ihr. Als könne sie bei null anfangen mit einem Mann, der selber nichts ist. Nichts darstellt, nichts darstellen will, in merkwürdiger Unschuld sich bewegt und doch erfahren wirkt. Warum ist er derart unbeschwert? Ist er das wirklich?

»Celal, I am tired.«
»Tamam, canım«, sagt er und nimmt über den Tisch hinweg ihre Hand, streichelt sie und winkt dem Kellner. Sie teilen die Rechnung. Sie stehen auf, sie gehen noch einmal ein Stück weiter durch die Gassen und suchen doch nur sich selbst, suchen einen Ort, an dem sie allein sein können. Er telefoniert irgendwann, er fasst sich kurz, ungewöhnlich für ihn, sie hört ihn auf Türkisch ein paar Fragen stellen, mit einem Ernst, den sie an ihm selten erlebt. Evet, tamam. Teşekkürler. »We go somewhere«, teilt er ihr mit. »Somewhere?« »Yes, there is a place we can go«, sagt er, immer noch sachlich und ernst. Sie gehen an den Fischverkäufern und den Rosenverkäufern vorbei zurück zum Fähranleger, sie fahren über das nun dunkle Wasser, umgeben von den sanften Silhouetten der Moscheen. Wenn ich immer so mit ihm bleiben könnte, denkt sie.

Sie fahren mit dem Taxi nach Beyoğlu. Bei einer Imbissbude, Holle, nein, soll nicht mit, kehrt Celal ein, und nach nur einer Minute sitzt er bereits wieder im Taxi, in der Hand einen Schlüssel.
Sie fahren durch steil ansteigende schmale Straßen, durch Lichter, durch Pracht; sie sitzt hinten auf der Rückbank, Celal in Großwesir-Würde sitzt vorne und palavert mit dem Fahrer, als existiere Holle eigentlich nicht mehr. Das kennt sie. Das ist irgendwie sexy, denkt sie. Die hinten auf der Bank verschwindende Frau, die sie jetzt ist, vertrauens-

voll und blind, bis sie wieder hervorgekramt wird, als der Fahrer vor der nächsten Gasse anhält; zu steil, zu eng, oben kann er nicht wenden, klagt er.
Sie spazieren Hand in Hand unter einem Dach aus herabhängender Wäsche. Warme, dunkle Luft. Kinder, die Fußball spielen, schwatzende Frauen auf den Stufen zu ihren Wohnungen, Celal zählt die Häuser ab, drückt plötzlich eine Tür zu einem schmalen dunklen Treppenhaus auf, in dem kein Licht angeht. Er nimmt ihre Hand. In jeder Etage fällt Licht von draußen durch die stumpfen Fenster, sie erkennt den Dreck auf den Stufen, Staub, Müll, Haare.
Vor der Wohnungstür bleiben sie stehen. Von überall Stimmen; aus den Wohnungen, von der Straße. Es summt, es schnarrt und knarrt, Kinder schreien und weinen, Händler rufen. Sie bleiben stehen, und die Geräusche umkreisen sie.
»Du hast doch den Schlüssel?«, fragt sie.
»Ja«, sagt er.
»Aber was?«
»Da ist Licht.«
Ja, nun sieht sie es auch, unter der Tür.
»Ist es die falsche Wohnung?«
»Nein.«
»Lass uns umkehren«, sie berührt kurz seine Hand. Aber da geht die Tür plötzlich auf, und ein junger Mann schaut sie an.
Er scheint auf sie gewartet zu haben.
»Hoş geldiniz.«
»Hoş bulduk«, erwidern sie den Willkommensgruß und treten ein. Er lotst sie ins Wohnzimmer, im Augenwinkel

nimmt sie eine Küchenzeile wahr, die Herdplatte mit schwarzen Ringen von Übergekochtem, auf den Kacheln braune Fettspritzer. Sie nehmen auf einer verschlissenen Couch Platz und schauen direkt auf den Fernseher. Ein Fußballspiel läuft. Der Mann bringt ihnen Bier.

»Wir gucken nun Fernsehen?«, fragt Holle leise.

»Ja«, sagt Celal.

»Wer ist das?«, fragt sie, aber auch Celal weiß es nicht.

»Irgendein Kumpel eines Kumpels eines Verwandten«, versucht er es schließlich.

»Tamam«, sagt Holle, als wäre nun alles erklärt. Im Wohnzimmer brennt kein Licht. Nur das Grün des Fußballrasens, das alles um sie herum gespenstisch fahl macht und flackern lässt. Der Teppich unter ihnen ist voller Flecken; Brandflecken, Verschüttetes. An der Wand ein Poster von Efes-Bier mit einer großbusigen blonden Frau in blauem Bikini. Eine Schrankwand, Buchenachbildung. Leere Wodkaflaschen in einem Bücherregal ohne Bücher. Ein Paar schwarzer Hanteln unter dem Tisch.

»Er muss noch ein bisschen bleiben«, flüstert Celal, »noch zehn Minuten etwa.«

»Warum?«

»Aus Höflichkeit.«

»Es wäre höflicher, wenn er ginge«, flüstert sie.

Celal lacht und drückt ihre Hand.

Auf der Sofalehne liegt ein Stoß Kleidung. Es ist die zurückgelassene Kleidung einer Frau; eine Jeans mit goldenem Flechtgürtel, ein weißes Baumwollkleid. Auf dem Boden weiße Ballerinas. Sie denkt an die Kleidung, die sie in Mumbai zurückgelassen hat, und überhaupt ihre

Dinge, die sie zurückgelassen hat, und an die Frau, die dort nun wohnt und ihre Dinge betrachten kann.
Eine Journalistin. Holle hat ihre Artikel gelesen, nein, angelesen, überflogen, sich einen Überblick verschafft. Das Übliche. Sozialkritischer Kram, Reiseberichte, Portraits von halbwichtigen Leuten.
Sie nimmt, während die Männer gebannt auf den Fernseher schauen, ihr Handy und schreibt eine Nachricht an die Journalistin. Sie teilt ihr eine Adresse im Slum mit, es ist das Zeltlager im siebten Stock. Davon schreibt sie nichts. Die Journalistin muss es sehen. Sie muss es selber sehen, sie muss, wie Holle, überrascht werden und es gleich verstehen. Verstehen, was daran so schlimm ist. Keine Vorbereitung.
Dann soll sie darüber schreiben. Die Sache kaputtmachen, durchs Veröffentlichen unbrauchbar machen für eine Werbeaktion der Witte Bau AG.
Ein Tor ist gefallen. Der Mann steht auf. Er verabschiedet sich, als wären sie die Gastgeber, ja, jetzt sind sie die Gastgeber.

Sie tasten sich vor zum nächsten Zimmer. Die Gardinen sind an einer Seite aus der Halterung gerissen und hängen schräg herunter wie eine Fahne.
Das Bett ohne Laken, nur die Matratze. Sie finden eine Fleecedecke mit Leopardenmuster und breiten sie über die Matratze.
Ein stummes Zimmer. Alles nur abgestellt, liegen gelassen, hingeworfen. Jeder Gegenstand verrät Eile, Eile und Nachlässigkeit. Sie sieht noch die Bewegung der Hand, die den

Staubsauger am Bettende stehen ließ, der Schlauch formt ein dunkles Oval vor der Wand. Eine rote Duftkerze mit im Wachs eingesunkenem Docht und toter Motte.
Der Schlaf zwischendurch trägt sie weit weg, es ist kein Schlaf, sondern die Seile zu ihr selbst werden gelöst wie die Taue der Bosporusfähren.
Oder wie die Kinderstimmen über ihnen. Sie fliegen.
Stimmen, vor Vergnügen kreischende Kinderstimmen, die von der Zimmerdecke herabsinken und in sie hinein. Sie entdeckt in ihnen eine Ausgelassenheit, die sie zurückwirft in die eigene Kindheit, die Auflösung von Zeit beim Spielen, die roten brennenden Wangen, das Entzücken, die Atemlosigkeit, Rotz in der Nase, Husten, an die Grenze geraten sein. Vertrauen. Sie hört es an den Stimmen, alles, sie hat solche Stimmen lange nicht vernommen oder vernehmen können.
Das merkwürdige Schweben, ortlos sein und doch tief in ihr selbst sein.
Eine Wohnung, in der keine Regeln herrschen. Die einzigen intakten Vorkommnisse in dieser Wohnung sind Celal und sie. Als wäre ihr gesamtes Leben eine Vorbereitung auf dieses Zimmer gewesen.

17
MUMBAI

FUSSGLÖCKCHEN

Die Kartoffelchips im Mund krachten so laut, dass Theresa das Klopfen erst nicht bemerkte, den Fremdrhythmus großzügig als eine Art Echophänomen des Kaurhythmus deutete. Sie hatte große Lust, ungestört das Anschwellen ihres Bauches zu fühlen und die langsam einsetzende Betäubung. Ohnehin galten jeder Besuch und jede Nachricht Holle, zugleich schien niemand zu wissen, dass sie weg war.

Sie ging auf Zehenspitzen zur Wohnungstür. Durch den Spion sah sie ein Mädchen. Sie öffnete. »Hello«, sagte das Mädchen, ging an Theresa vorbei in die Küche und ließ ihre Handtasche aus blauem Kunstleder auf einen Stuhl fallen. Sie schaute sich um, krempelte die Hosenbeine ihres Punjabis auf. Schlanke Arme, ein immens langer Rücken, nicht unterernährt, bloß von einer fast unglaubwürdigen Gezogenheit der Glieder, ohne dass das Mädchen groß war, vielleicht eins sechzig. Offensichtlich kannte sie die Wohnung. Sie holte einen Besen und begann fegend sich vom Wohnzimmer ins Schlafzimmer vorzuarbeiten. Sie trug den Geruch ihres Zuhauses mit sich, Rauch, Nahrung, etwas Dunkles und Erdiges auch. Darüber das Klimpern der Fußglöckchen, damit man wusste, wo in der Wohnung sich das Personal gerade aufhielt. Sie arbeitete rasch und konzentriert. Ihre Konzentration war ihr Schutz, sie ließ sich nichts zuschulden kommen. Zugleich das Auffächern ihrer zweiten Gegenwart, das Geklimper, der Geruch.

»Tum kaisi ho? Wie geht's?«, ließ Theresa auf sie herabsinken. Bot ihr, als das Mädchen die Tüte in ihrer Hand bemerkte, Kartoffelchips an, aber das Mädchen schüttelte den Kopf, lächelnd auf die Arbeit zeigend.

»Hast du Kinder?«, fuhr Theresa fort.

»Zwei Jungen.«

»Wie alt?«

»Zwei und drei.«

»Wie alt bist du?«

»Zwanzig.«

»Wer passt auf deine Jungs auf, während du arbeitest?«

»Meine Schwiegermutter.«

»Was macht dein Mann?«

»Er arbeitet in einem Restaurant.«

»Als Kellner?«

»Nein, er räumt die Tische ab.«

Das waren die Untersten. Sie sprachen nicht mit den Gästen, sie trugen sträflingshafte schlackernde Pyjamas und griffen mit fünf Fingern fünf Gläser und verschwanden immer wieder so gründlich, als würde eine Luke im Erdboden eigens für sie aufgehen.

Das Mädchen war schön. Dass Schönheit nicht beschützte. Dass Schönheit nicht berechtigte zu einem schönen Leben. Womöglich setzte es sie den Anzüglichkeiten der Männer aus, ihren Blicken, Worten, Händen.

»You are beautiful«, sagte Theresa.
»My sister is beautiful. Not like me. She is really beautiful.«
»More beautiful than you?«
»She has more weight. She earns good money. She gives massages.«
Theresa nickte. Massagen waren hier oft etwas anderes.
»Husband left«, fügte das Mädchen hinzu. »She has one baby girl and she has to feed baby.«
»Ja«, sagte Theresa, und sie drehten beide im selben Moment den Kopf und schauten ins Wohnzimmer.
»Madam?«
»Yes«, sagte Theresa, »I hear it too.«
Das Telefon klingelte. Es klingelte zum ersten Mal. Theresa hatte es ausgestöpselt, wahrscheinlich hatte die Maid, als sie das Wohnzimmer fegte, es wieder in die Dose gesteckt. Unter dem erwartungsvollen, beinah fordernden Blick der Maid ging sie zum Telefon. Sie meldete sich mit »Hello«, und am anderen Ende war eine Stimme, die »Hallo« sagte, zögerte, dann fragte: »Frau Schulz?«
Theresa schwieg. Die Stimme lachte: »Hier ist Jana Gregor, Witte Bau AG!«
»Hallo«, sagte Theresa und versuchte, sich an Holles Stimme zu erinnern.
»Wir haben es schon oft bei Ihnen probiert! Ich hoffe, es ist alles in Ordnung?«
»Das Telefon war versehentlich ausgestöpselt, das Mädchen hat es vorhin erst wieder eingestöpselt.«
»Dann hätten wir ja eine Erklärung. Wir haben uns Sorgen gemacht. Sie gehen auch nicht ans Handy, sagt Herr Wanka.«

Wieder schwieg Theresa. Sprach sie mit jemandem, der Holle Schulz persönlich kannte, aber kein Stimmengedächtnis hatte?

»Herr Wanka hat Ihnen auch eine E-Mail geschrieben. Haben Sie die nicht erhalten?«

»Ich bin sehr beschäftigt, ich schaue manchmal tagelang nicht in mein Postfach.«

»Gut, das werde ich Herrn Wanka sagen. Er war ja auch schon persönlich bei Ihnen, weil er Sie nicht erreichen konnte, aber er hat Sie nicht angetroffen.«

»Ich bin viel unterwegs.«

»Das freut uns natürlich, dass Sie fleißig sind!«

»Ja.«

Eine Pause entstand. Theresa überlegte, ob sie sich offenbaren sollte. Richtig gelogen hatte sie bislang nicht. Ihr war, als ahne die Frau ohnehin, dass sie nicht Holle Schulz war. In diesem Moment stellte Jana Gregor eine Frage zur Hitze, ob Holle auch so leide. Theresa bejahte das, und sie waren sich einig, dass sie sich auf den herannahenden Monsun freuten, und Theresa war, als schöbe jemand sie in eine andere Gestalt hinein, die bereits da war, wartete. »Wann kann ich denn die Bilder aufhängen kommen?«

»Jederzeit. Die Räume sind angemietet und Ihre Kollegen bereits bei der Arbeit. Einige machen ja auch Installationen, nicht wahr«, und so redete Jana Gregor weiter und beschrieb Theresa die großartige Installation von Samir Gupta, wie grandios er indische mythologische Motive in eine zeitgenössische Formensprache übersetze, und Theresa lauschte dieser geübten Frauenstimme, ihren geschmeidigen Modulationen, bis diese Stimme sagte: »Wie schön, dass wir uns dann einmal wiedersehen!«

Eine kurze Lücke entstand, und wie eine Erwachsene, die dem verstummten Kind genug Zeit gelassen hat, fragte Jana Gregor sanft: »Wie wäre es morgen um fünfzehn Uhr? Wir schicken Ihnen einen Wagen, auch für die Bilder, die hier vor Ort entstanden sind.«

»Drei Uhr passt gut.« Theresa überlegte, welche Bilder Jana Gregor meinte und ob sie sich später noch Ausreden einfallen lassen könnte, warum diese neuen Bilder fehlten.

»Wie viele Bilder sind es denn? Und wie groß? Wegen des Fahrzeugs.«

»Madam, I am leaving«, rief das Mädchen, und Theresa war dankbar für den Zeitgewinn.

»Kann ich Sie zurückrufen? Ich muss die Maid verabschieden.«

»Natürlich, bis später dann!« Jana Gregor legte auf, bevor Theresa auflegen konnte.

Einen Moment lang war sie versucht, ihre Sachen zu packen, das alles hier einfach zu verlassen, hinter sich zu lassen. Lorenz hatte vor einigen Tagen sein Angebot, sie könne nun zu ihm ziehen, erneuert. Sie hatte nicht geantwortet. Vielleicht sollte sie von hier verschwinden.

Das Mädchen stand vor der Wohnungstür, die schicke flache Handtasche unter die Achsel geklemmt, in jeder Hand einen Müllbeutel, aus dem es roch. Theresa öffnete ihr, und das Mädchen glitt geräuschlos an ihr vorbei.

Eine Weile stand sie vor der verbotenen Ateliertür. Die Tür sprang auf, als sie den Schlüssel einmal umdrehte.

Es war ein weiteres Gästezimmer mit Bett und Kleiderschrank. Eher klein und stickig. Ein Tapeziertisch füllte den Raum fast aus. Gegen die Wand lehnten vier in Luftpolsterfolie verpackte Leinwände, vor denen wie Opfergaben zerknüllte Vorzeichnungen und Farbtuben lagen. Die Bilder standen hier offensichtlich zum Abtransport. Sie könnte Holle das genau so erklären: Die Witte Bau AG hat die Bilder abgeholt, die du ihnen versprochen hattest. Ich bin mitgefahren, ja. Ich habe dann, weil mir langweilig war, deine Bilder aufgehängt. Ja. So ist das. Journalisten sind halt ein spezielles Völkchen.
Holle, das waren ein paar E-Mails, ein Vertrag, eine Wohnung mit ihren Spuren. Kleidung, Krimskrams, Bilder, Gedanken. Das sagte sie sich und hatte bereits Jana Gregor wieder am Telefon und kündigte ihr vier Bilder von je 120 mal 100 Zentimeter an.
»Wunderbar! Soll ich Ihnen beim Tragen helfen? Oder beim Aufhängen?«
»Danke, das schaffe ich allein«, sagte Theresa hastig, und Jana Gregor erwähnte noch die Boys, die ja in der Galerie seien und helfen könnten, und damit meinte sie nicht die Künstler, sondern die indischen Laufburschen, die Handlanger, die Mädchenfürallesboys, die wie in großem Vorrat immer überall anwesend waren, dünne schlaksige Kinder, irgendetwas zwischen fügsam und versagend fern zugleich.
»So ist es«, sagte Theresa, »ich kann dann einen Boy um Hilfe bitten.« Sie konnte als Nicht-Theresa alles sagen. Morgen also um drei.

Warum war Holle nicht hier, und warum servierte sie diesen Wanka ab? Ob Holle sich für die Idee erwärmen könnte, dass Theresa sich als Holle ausgab, vielleicht im Rahmen einer Kunstperformance? So was gab es doch, oder? Vielleicht konnte man ihr das schmackhaft machen. Vielleicht in dem Sinn, dass Theresa sich von Holle beseelen ließ, wie beim Mariammanritual die Kurzzeitheiligen am Strand von Mahim, in denen sich die Gottheit Mariamman niederließ. Die Idee war Theresa ohnehin von Holle eingegeben worden, Holle musste es nur zugeben oder für möglich halten. Sie könnten das Mariammanritual als archetypisches Grundmodell anführen, auf das beide sich bezogen, dann hätte man einen regionalen Bezug, war ja gern gesehen. Theresa ließe sich also am Abend der Ausstellung von Holle beseelen, das dürfe man glauben oder auch nicht. Es klang gut, das war die Hauptsache.
Sie könnte Holle diesen Vorschlag machen.
Zunächst einmal Kontakt herstellen. Vertrauen gewinnen. Sich als jemand zu erkennen geben, der am selben Strang zieht, eine Art Verbündete.
Sie schrieb eine SMS an Holle:
Liebe Holle, habe das Zeltlager gesehen. Schrecklich! Könnte man viel mit machen: Warum hast du es an mich abgetreten? Willst du wirklich, dass ich darüber schreibe? Herzliche Grüße nach Istanbul, Theresa
Sie hoffte, Holle zum Reden zu bringen: über die PR-Aktion, über Witte, vielleicht sogar über Wanka. Dann hätten sie bereits eine Basis. Holle musste dann zugeben, dass sie Theresa benutzte. Theresa konnte dann zugeben, dass sie Holle benutzte.

18
ISTANBUL

SENI SEVIYORUM

Ihr Kopf liegt in seinem Schoß. Öffnet sie die Augen, kann sie seinen vom Tee verfärbten Eckzahn sehen. Hinter seinem Kopf ein Loch an der Decke, aus dem ein kurzes verstaubtes Kabel hängt, für den Fall, dass hier jemand eines Tages eine Lampe anbringen möchte.
»Here no place. No good place.«
It is good, denkt Holle, es ist der beste Ort seit langem. Ein Negativort. Hier zwischen die Dinge der anderen gehört ihre Liebe. Der Ort hat nichts mit ihnen zu tun.
Sie haben keine Ansprüche daran anzumelden. Ein Ort, der mit sich selbst beschäftigt ist, eine reine Ablage, wie ein zugestopfter, stumm gemachter Mülleimer, der Ort hat also nichts mit ihnen zu tun, und darum alles.
»So einen Ort musst du erst einmal finden«, sagt sie, »so einen Ort wie diesen, alles treibt um uns herum, nichts gehört uns, die Leopardenmusterdecke nicht, die Klamotten, er schleudert uns einander in die Arme, dieser Ort.«
»Das siehst du so, weil du Künstlerin bist. Ich aber bin normal, ja?«
Sie nickt nachdenklich, nicht ganz zufrieden mit Celals Bemerkung. Sie vertritt ja die Meinung, dass Celal zwar kein Künstler ist, aber selber Kunst. Und das ist noch viel mehr.

Sie betrachtet die mit weißem Staub überzogene Glühbirne unter einem schief sitzenden Lampenschirm. Die Glühbirnen sind alle kaputt. Der Fernseher im anderen Zimmer läuft ohne Ton und schickt wechselndes Licht hinüber. Die Wohnung flackert und flimmert.

»Did you meet the rich guy again?«

Sie haben nie über Wanka geredet. Und doch weiß Holle sofort, wen Celal meint. Sie nimmt seine Hände von ihren nackten Brüsten, bevor sie antwortet.

»Ja.«

»Hast du ihn in Deutschland getroffen?«

»Ja. Es war langweilig.«

»Hat er noch mehr Bilder gekauft?«

»Nein.«

Sie schließt die Augen. Sie will ihm nicht verraten, dass Wanka stattdessen Mumbai finanziert hat. Sie will nicht über Wanka reden.

»You like him?«

Ob ihr etwas gefällt. Celals Kommunikations-Grundbaustein. *You like this food? You like Istanbul? You like me?*

»Ich mag ihn nicht.«

»Warum nicht?«, lässt er nicht locker.

»Lass uns bitte nicht von ihm reden.«

»Du liebst ihn!«

Sie dreht den Kopf zu ihm hoch, um sein Gesicht besser sehen zu können.

»Wie bitte?«, fragt sie.

»Du sagst, du magst ihn nicht. Also liebst du ihn!«

»Bullshit. You don't know what you are saying.«

»Doch, weiß ich«, sagt er und kneift ihr verzeihend in die

Wange, als wäre es kein Problem, wenn seine Vermutung stimmte. Er macht also mal wieder Witze. Besser, sie regt sich nicht auf. »Du liebst ihn«, ruft er, »du liebst den reichen Mann, ja? Ich bin ein armer Junge. Du liebst mich nicht!«

Sie setzt sich auf und lehnt sich an die Wand, neben Celal. Im Rücken spürt sie die alte, sonnenverschossene Tapete und das Haus an ihr hochsteigen, die Vibrationen, Erschütterungen. Die Zeiten. Und dann versteht sie. Celal will hören, wie sehr sie ihn liebt. *Seni seviyorum*. Das hat sie schon oft gesagt. Es klingt auf Türkisch ja auch gar nicht schlecht. Besser als ein Ich liebe dich, besser als ein I love you. Seni seviyorum.

»Du bist kein armer Junge. Das Döner Paradise ist dreihunderttausend Euro wert.«

»Das stimmt«, sagt er nachdenklich. »Und ich werde demnächst verkaufen.«

»Was?«

»Vielleicht verkaufe ich an den reichen Typ. Er ist dann auch mein Kunde. Wir verkaufen beide an ihn. Du deine Bilder, ich meinen Laden. Wir verkaufen ihm alles! Aber wir verkaufen nicht unser Leben.«

Er schließt diese Ungeheuerlichkeiten mit einem Lachen ab.

»Du wolltest doch nicht verkaufen, warum jetzt auf einmal?«

»Er bietet viel Geld.«

»Was machst du dann stattdessen?«

»Ich kann wieder in großen Hotels arbeiten, ich kann gut Cocktails mixen. Ich bin ein ziemlich guter Barkeeper.«

Das ist ihr keine Antwort wert. In der Stille hört sie Hus-

ten, Schritte. Ziehen das Treppenhaus weiter nach oben. Sie hat manchmal Angst, dass plötzlich ein Fremder in der Wohnung steht, ein weiterer fremder Verwandter mit Schlüssel. Sie hat manchmal Angst, dass alles auseinanderfällt, so wie das Wasser, auf dem die Stadt hockt, alles mitreißen kann. Sie weiß nicht, wie tief das Wasser ist, auf dem ihr Leben aufliegt. Kann sie hier stehen? Das Treiben ist schön, aber welchen Gefahren setzt sie sich aus?
»He is nice guy, he made really good price for me. He is nice, innocent person. I like him.«
Er stößt Holle mit dem Ellbogen an. Sie reagiert nicht.
»Er war immer nett zu mir«, legt er nach.
»Ja«, sagt sie.
»Ich mag ihn. Warum magst du ihn nicht?«
»I don't like him«, sagt sie redundant, ähnlich wie Celal manchmal.
»Why not, baby? Tell me!«
Da packt sie ihn am Arm, einen schwitzigen behaarten Arm, und zieht daran: »You don't sell! Er wird dein Lokal nicht kriegen! Niemals!«
Celal lacht. Er lacht laut und hemmungslos. Sie wird wütend und will vom Bett runter, aber er hält sie an ihrem Slip fest und schnappt ihr Handgelenk.
»No, baby, no. I don't sell. I just make jok.«
»Joke«, verbessert sie.
»Yes, jok.«
Er schafft es, sie zu sich zu ziehen. Er streichelt ihr über den nackten Bauch.
»You like Döner Paradise?«
»I like Döner Paradise«, sagt sie matt, erschöpft von den

Verständigungsproblemen. Sie sind auch eine Frage des Humors.
»Yes, I like my shop, too«, sagt er nachdenklich.

Und es ist wahr. Im Tageslicht ist die Wohnung kaum auszuhalten. Ein Gefühl des Scheiterns macht sich breit, wenn die festliche Junisonne durch die dünne Gardine bricht und die abgewetzten Polster und Brandflecken dem Blick ausliefert.
Sie fliehen nach draußen. Sie fahren zwischen den Kontinenten hin und her, verbringen viele Stunden auf dem Wasser. Paläste, Moscheen, Konake, sich ihnen nähernd und wieder davontreibend. Das lichtflirrende Wasser, die Gischt, Holle schaut über die Reling herab in die Tiefe, dann hebt sie den Blick hoch zu welthistorischem Gebiet. Üppig und pompös, elegant und abgeklärt. Das Gegenteil von Mumbai. Mumbai ist so krank. Schwelend. Kaputt.
Celal geht leichtfertig über Holles Erläuterungen hinweg, mit kurzem Nicken, wenn Holle versucht, ihm ihre Städtetheorie zu erläutern.
My artist baby nennt Celal sie liebevoll. Wäre sie Bundeskanzlerin, würde er sie umstandslos my president baby nennen. Er kennt keine Unterschiede, oder zumindest, so ihr Verdacht, ist Holle ihm ein Beweis, dass Unterschiede durch die Liebe weggestreichelt werden können, dass durch Haut an Haut die Gleichheit aller sich offenbart, ähnlich wie der Tod alles gleichmacht.

Sie ist auch sein *tourist baby*. Er gesteht ihr eine gewisse Vorherrschaft zu, wenn es um Wege durch die Stadt geht, und tatsächlich findet sie sich besser zurecht als Celal. Sie hat keine Scheu, Passanten anzusprechen. Auch scheint die Stadt für sie bereitzustehen, über die Stadt verläuft ein Netz aus Wegweisern, das nur Holle erkennen kann. Es scheint für so etwas ein Training zu geben, das Holle genossen hat, ohne zu wissen, wann und wo. Und sie misstraut den Informationen, die er ihr auftischt nach langem Hin und Her auf Türkisch. Schon zweimal haben sie sich daraufhin verlaufen. Und einmal, hätte Holle sich nicht bei Celal untergehakt und ihn weggezogen, drohte eine Einladung zum Tee.

Sie erkennt sofort, wo sie die nächsten Auskünfte erhält, wo die Taxistände sind, wo die nächsten Busse abfahren. Vielleicht auch, weil irgendwer ihr bereits entgegenwinkt. Weil sie das Forsche und Tölpelhafte des Touristen herauskehrt, und im Gesicht die höfliche Verwunderung über alles.

Bescheidenheit und Anmaßung in einem.

Celal läuft derweil die heiße Teerstraße herunter, einem ungewissen Schicksal entgegen. Holle blickt ihm hinterher, zwischen Rührung und Wut.

»Ich bin müde«, brüllt sie, »bleib stehen, so geht das nicht!«

Er bleibt stehen. Schaut Holle an. Holle, plötzlich selber unkalkulierbare fremde Welt für ihn. Was will sie? Sein Blick vorsichtig, abwartend.

Eine selbstverständliche Welt plötzlich. Eine zu bereisende Welt, eine sich hingebende Welt, eine sich Holle hinblätternde Welt.

In den Einkaufsstraßen von Kadiköy schleppt sie ihn in

zehn verschiedene Schuhgeschäfte, so geht der vierte Tag vorbei, und ohne Kauf; sie kann sich nicht entscheiden. Die ihr gefallen, sind zu teuer.
Was tun sie hier? Nur der Wohnung entfliehen? Dem Wissen, dass weder Celal noch sie eine wirkliche Bleibe haben, und keine Perspektive; wie lange werden sie es auf diese Weise hier aushalten? Und zu welchem Zweck?

Diese Fragen verlöschen, wenn abends die Wohnung sich mit Dunkelheit füllt. Minarette am Himmel pudern ein grünes Licht an den auberginenschwarzen Himmel.
Stimmen von überall. Aus den Wänden, von der Straße. Celal bewegt in stumpfem Rhythmus die Hanteln auf und ab. Sie hält ihre Zigarette aus dem Fenster und gibt acht, dass die Glut nicht herabfällt. Oft stehen dort Frauen, beleibte Frauen in geblümten Kitteln, die besockten Füße in Stoffballerinas gepresst. Etwas Privates umgibt sie, als erweiterten sie die Wohnung zur Straße hin, mit in die Hüfte gestemmten Händen stehen sie da und schwatzen. Am Balkon gegenüber hängt ein Bettlaken wie eine Brautschleppe, und dort schaut Holle immer wieder hin, wie der Wind sachte hineinfährt und es aufbläht, dann wieder davon ablässt.
Momente, in denen überhaupt nichts passiert. Keine Musik, die gehört werden müsste, keine Bilder betrachtet, keine Meinungen ausgetauscht. Kein Bedürfnis, irgendwas zu klären, anzutreiben, sich dem anderen mitzuteilen, die Welt- und Selbsterzählung in Gang zu halten.
Sie erinnert sich, dass sie in Wankas Gegenwart fürchtete, er könne merken, dass sie in Wahrheit anspruchslos ist.

Die Sorge, dass er das verachten würde. Oder sich über sie lustig machen. Dass Holle insgeheim ein Celal ist. Und vielleicht ist sie das ja?

Später klammert sie sich an Celal, wie jemand, der von der CIA in einem safe house versteckt wurde. Niemand kann sie hier finden. Die Zeit selbst kann sie nicht finden. Sie könnten schon Monate hier sein, Jahre, sie haben diesen Ort vielleicht sogar nie verlassen, die Ausflüge tagsüber sind Träume, und wach sind sie erst mit der Dunkelheit und in ihrem Versteck. »Es ist hier wie in der Wüste, oder so stelle ich es mir dort vor. So frei. Kannst du dein Handy bitte ausstellen?«
Celal stellt sein Handy aus.

Am ersten Tag klingelt Celals Handy noch sehr oft, und er drückt fast jeden Anruf weg. Celal hat sich freigenommen. Aber die Angestellten im Döner Paradise haben offenbar ständig Fragen. Jedes Mal hört sie die ersten Takte von *My heart will go on.* Wenn er Anrufe entgegennimmt, klingt seine Stimme nervös und wütend manchmal. So spricht er mit ihr nie. »Ne oldu?«, fragt sie besorgt. »What happened?«
»Just business.«
Sie selbst findet eines Morgens acht Anrufe aus der Nacht vor, die Nummer wird nicht angezeigt. Wanka? Ist das ein Trick, um Holle ans Telefon zu kriegen? Gegen fünf Uhr dreißig in der Früh der erste Anruf, immerhin schon neun Uhr in Mumbai, wo Wanka sich inzwischen aufhält und seinem Glauben nach auch Holle sich aufhalten müsste.

Aber schaut sie sich in der verlotterten Wohnung um, zweifelt sie, dass eine Nachricht überhaupt durchdringen, in dieser Antiwohnung landen könnte, wie man auch Zeitreisen nicht bewerkstelligen kann, physikalische Gesetze sprechen dagegen.
Einen Tag später erhält sie eine verplauderte SMS von ihrer Untermieterin Theresa. Ob es in Ordnung sei, wenn sie über das Zeltlager im Hochhaus berichte. Offenbar beißt diese Reporterin an. Aber warum bittet sie um Erlaubnis? Sucht sie Austausch, ist sie einsam? Meint sie in Holle eine Verbündete zu haben? Das wäre Holle unangenehm. Jemand, den man benutzt, mit dem kann man sich nicht verbünden, selbst wenn sie am selben Strang zögen. Man müsste alles erzählen, von Anfang an. Man könnte einer Freundin davon erzählen, aber nicht einer Fremden. Eine Freundin, die nicht verurteilt. Die ohnehin schon eingeweiht ist in alles Mögliche. Die vor- und zurückspulen kann im Leben der anderen, Zusammenhänge sehen.
Holle hat so eine Freundin nicht.
Sie schreibt lässig, als gehe sie das alles gar nichts an: *Das Thema gehört dir, viel Spaß!*
Spaß.
Sie stopft das Handy unters Kopfkissen, Ton ausgestellt.

Sie ahnt allmählich, dass die Sache nicht dadurch erledigt ist, dass sie das Weite gesucht hat. Und dass die Befriedigung, Wanka ordentlich vor den Kopf gestoßen zu haben, nicht für alle Zeiten vorhält. Auch hat sie ein schlechtes Gewissen. Die Fotos, die sie in Mumbai gemacht hat, die hat sie bereits ihrem Galeristen vorgesetzt. Und er will sie ausstellen. Eine Ausstellung nur mit deinen Bildern. Das machen wir, Holle, schrieb er. Dann rief er an, drei Minuten später, und sagte das Gleiche. Redete von großer malerischer Qualität, ungewöhnlichem Zusammenspiel von Form und Farben, dem Lauf der Zeit, der sich mitteile, eine Erwartung und Stille. Sie hat das beinah verdrängt, denn so viel Begeisterung hatte der Galerist noch nie für irgendetwas aufgebracht, das Holle ihm zeigte. »Es ist der einzige Ort«, sagte er, »an dem mir einleuchtet, warum du das machst. Warum du Menschen weglässt. Eine Stadt wird bedrängt von Menschen. Zerstört von Menschen. Und du zeigst die reine Materialität. Du erlöst beide, die Menschen und die Stadt.«

Sie konnte kaum ertragen, so gelobt zu werden. Celal, vom Bett aus, betrachtete sie fragend. »Good news«, sagte sie, wusste aber, es würde bei ihm nicht mehr an fröhlicher Zustimmung auslösen, als wenn sie mitteilte, sie habe endlich die richtigen Schuhe gefunden.

Das ist die Rettung. Und doch ist da ein Stachel, denn sie hatte sich andere Rettung versprochen. Sie hatte mit der Egozentrik der Schutzbedürftigen Wankas Rede vom Schutzengel auf sich bezogen.

Warum? Weil er sie bedürftig gemacht hatte? War sie überhaupt bedürftig? Sie hat doch alles. Sie spürt, hier in diesem Nichts mit Celal, dass sie alles hat. Ein Leben, das befreit ist von jeder Vorstellung, wie dieses Leben zu sein hat. Sie spürt sich fallen, immer weiter fallen in eine Weite und Größe, von der Menschen wie Wanka keine Ahnung haben. Da ist sie inzwischen ganz sicher. Außerdem hat sie in vier Monaten eine Einzelausstellung in Berlin.

19
HANNOVER III

DANN KOMM DOCH ZU MIR

Aufgekratzt und unter dem Eindruck von Fügung, angenehm befreit von der Bürde eigenen Wünschens, war Holle durch die Bahnhofshalle gelaufen und stehen geblieben unter dem Nachthimmel. Kurz ein Rückschlag, als sie die lange Warteschlange bei den Taxis entdeckte, ungläubig geradezu reihte sie sich ein. Sie schrieb: *Danke, bis gleich dann.* Neutral, nichts von ihrer Aufregung preisgebend; ein Ausrufezeichen löschte sie wieder. Es schien ihr plötzlich ratsam, der eigenen Euphorie einen Riegel vorzuschieben. Sie versuchte sich zu erinnern, welche Botschaften sie in der Bar ausgesandt hatte, im Glauben, demnächst abzureisen, und während Bilder aufstiegen, wie sie, entschuldigt vom Alkohol, sich lasziv gab, infantil auch, nicht die zurückhaltende stolze Person, die sie ihm monatelang präsentiert hatte, hörte sie wieder den dumpfen U-Boot-Signal-Ton.

Du musst aber neben mir in meinem Bett schlafen und früh mit mir aufstehen.

Im Taxi las sie seine Nachricht ein zweites und ein drittes Mal. Zog lächelnd die Mundwinkel breit, als säße Wanka neben ihr und prüfe den Erfolg seines Witzes. Zögerte. Dachte über eine Antwort nach, schob mehrere Sätze im Kopf hin und her, keiner passte, merkte endlich, dass auch

Wanka Schuld hatte, denn seine Nachricht gab sich im ersten Teil frivol – neben ihm im Bett schlafen –, im zweiten Teil diszipliniert: früh mit ihm aufstehen.
War es an ihr, sich davon eins auszusuchen? Wollte er, ohne seine Vorstellungen preiszugeben, zunächst herausfinden, was Holle im Sinn hatte?
Es war inzwischen zu spät für ein kurzes *OK*, mit dem sie lediglich den Empfang der Nachricht hätte quittieren können.
Schließt das einander nicht aus, neben dir schlafen und früh aufstehen?
Das löschte sie wieder.
Früh mit dir aufstehen – damit ich den Rothko nicht klaue?
Auch das löschte sie wieder.
Bin schrecklich müde, Hauptsache ein Bett, aber früh aufstehen nicht so gut ...
Und auch das löschte sie wieder.
Willst du Sex?
Sie löschte.
Ein Park aus Nadelbäumen, hoch und düster. Bald wären sie da.
Ob sie ihm schreiben sollte: *Zug fährt nun doch, danke noch mal und gute Nacht!* Sie könnte zurück zum Bahnhof, vier, fünf Stunden ausharren. Aber es war kalt. Um sich abzulenken, begann sie ein Gespräch mit dem Fahrer, er war Syrer und berichtete von der Zerstörung seines Landes, sie hörte gewissenhaft zu, höflich und besorgt, ein bisschen die Sorge hineinlegend, die sie um sich selbst hatte, um die bevorstehende Übernachtung. Er hielt ihr schließlich einen Vortrag über gute Menschen und schlechte Men-

schen, »aber Menschen sind nie nur gut oder nur schlecht«, widersprach sie, er redete weiter, bis sie vor Wankas Haus standen. Sie reichte ihm zwanzig Euro und sagte, behalten Sie den Rest, gab sich großzügig, passend zu dem Haus, vor dem sie standen.
Sie lief den Gartenweg hoch zum Eingangsportal und klingelte. Nur der Türsummer ging, Wankas Stimme fehlte, so wie ihre Antwort auf seine SMS ausgeblieben war. Sie stieg in den Fahrstuhl und ließ sich vier Stockwerke nach oben heben.

Sie sah seinen Rücken. Wanka bewegte sich wieder in seine Wohnung zurück, nachdem er für sie das Licht angeschaltet hatte. Sie hatte es nicht gefunden. Hatte sekundenlang in der Dunkelheit gestanden und seine vom Licht angestrahlte Silhouette betrachtet.
Er trug einen dicken weißen Bademantel und braune Lederpantoffeln. Keine Socken.
Er stand jetzt in uneinnehmbarer Haltung in der Tür und ließ Holle auf sich zukommen. Sie machte Anstalten, ihn zu umarmen, was er nur zögerlich beantwortete und sie den Schwung zurücknehmen ließ. Da legte sich sein Arm plötzlich um sie, woraufhin sie seinen Rücken tätschelte.
»Das geht ja schnell, unser Wiedersehen!«
»Ist das dein Ernst, früh aufstehen?«, sagte sie und gähnte übertrieben.
»Ja, ich muss nach München, der Flug geht um elf.« Er drehte sich zur Tür und machte sich an mehreren Sicherheitsschlössern zu schaffen.
»Das ist ja wie Fort Knox!«

»Na ja.«
»Ein Gästezimmer wird es doch wohl geben, oder?«
»Das Gästezimmer ist nicht hergerichtet.«
»Ach je! Und das Hausmädchen hat schon frei!«
Er schaute sich nun um und musterte sie. Sie lächelte leer. Sie war zu weit gegangen mit ihrem Spott.
»Mein Bett ist riesig, keine Sorge.«
»Keine Sorge?« Sie suchte in seinen Augen.
»Nein. Und ich schnarche nicht.«
»Dann ist ja gut«, sagte sie und bückte sich zu ihren Stiefeln, riss sie sich von den Füßen, sie musste nun jeden Verdacht, verführerisch wirken zu wollen, zerstreuen.
»Man muss hier keine Schuhe ausziehen«, sagte er, als korrigiere er Holles irrtümlichen Vorgriff auf eine nun anheimelnde Stimmung.
Sie hielt stur die hochhackigen Damenstiefel mit zwei Fingern hoch und wedelte damit in der Luft.
»Wohin?«
»Irgendwohin.«
Sie stellte sie sorgfältig nebeneinander ab, sie bildeten einen Knick und fielen um. Holle stellte sie noch einmal auf. Er beobachtete sie mit perfide neugierigem Interesse und mit einer Lässigkeit, in der er sich als Sieger empfand.
»Komm, ich zeig dir das Bad.«
Sie folgte ihm auf Strümpfen den langen Flur herab. Sie fühlte sich wie ein blinder Passagier. Die wertvollen Bilder, das teure Parkett wirkten jetzt streng, feindselig gar.
»Hier ist das Gästebadezimmer.« Er war stehen geblieben. Sie nickte. Er stieß über ihren Kopf hinweg eine Tür auf, damit Holle vor ihm eintrat, und schaltete die Lampen an.

Der Raum war groß. Karge weiße Sanatoriumsästhetik, Kupferbeschläge an den Schränken, eine freistehende Badewanne, viele Spiegel.
Sie schaute sich um und fragte in strengem Ton, wie einem problematischen Hotelangestellten gegenüber, nach einer Zahnbürste.
»Ja, im Unterschrank, und Handtücher dort, falls du duschen willst.« Er schloss die Tür hinter sich.
Sie setzte sich auf den Wannenrand und legte ihr Gesicht in die Hände. Hinter den Augenlidern drückte die Müdigkeit. Ihr Gesicht war schwer. Womöglich war seine SMS für seine Verhältnisse schon ein Exzess gewesen. Womöglich war Holle verantwortlich, eben weil das nicht sein Stil war, weil er sich von Holle hatte verleiten lassen, im Vertrauen, dass sie schon eine gute Antwort wisse, und nun, weil sie ihn im Stich gelassen hatte, zahlte er es ihr heim.
Sie stand auf. Sie benutzte das Klo, sie wusch sich das Make-up vom Gesicht, sie drückte eine Zahnbürste aus der Plastikverpackung, putzte sich die Zähne, und sie stellte sich vor, dass Wanka in einem anderen Badezimmer das Gleiche tat.
Als sie das Zahnpastawasser gurgelte, hörte sie seine Stimme plötzlich hinter der Tür. »Holle?«
Sie spuckte panisch aus. »Ja?«
»Noch einen Drink?«
Das war das Letzte, was sie wollte. Aber sie rief sofort: »Ja, gern!«
»Ich sitze im Wohnzimmer.«
Sie reinigte noch schnell mit der Hand das Waschbecken, entfernte das bläuliche Zahnpastarinnsal. Tapste den lan-

gen Flur hinunter Richtung Wohnzimmer und räusperte sich mehrmals, damit sie ihn nicht überraschte.

Wanka saß auf der hellen Couch, er saß männlich breit. Wo sollte sie Platz nehmen? Neben ihm? Gegenüber auf dem Einzelsitzer? Zwei Cognacgläser standen nebeneinander. Sie setzte sich also neben ihn. Er goss mit großspurigem Armschwung ein. Reichte ihr ein Glas, stieß mit ihr an, dann lehnte er sich zurück, winkelte das Bein an, die Fußsohle seines Pantoffels zeigte unschön auf sie.
Vor ihnen fand nichts statt, nur die Wand mit Bildern, aber beharrlich blickten sie beide dorthin. Zwischen ihnen fand nichts statt, kein Gespräch, und als das Schweigen, in dem man nur die Meerschweinchen fiepen und mit dem Stroh rascheln hörte, zu bedrückend wurde, gab sie dem Polster mit gespielter Lässigkeit einen Klaps: »Ich kann doch auch hier schlafen, auf dem Sofa, oder?«
»Du kannst auch in der Badewanne schlafen.«
»Ha ha.«
Sie stellte ihr Glas ab, beim Zurücklehnen spürte sie seinen Arm, der plötzlich auf der Lehne ruhte. Sie rückte ein klein wenig vor, leicht vorwurfsvoll, so wie im Flugzeug man dem Arm des Nachbarn auswich. Aber das hier war ja was anderes. Deshalb drehte sie sich kompensatorisch ihm ein bisschen zu. Er zog die Mundwinkel ironisch breit. Offenbar lief es nicht so, wie es seiner Meinung nach laufen sollte, und das kränkte Holle.
Sie zeigte auf eine Wand, an der zwei Bilder hingen, klein und wie verscheucht zu dicht bei der Tür. »Da hat wohl der Innenausstatter nicht ganz nachgedacht.«

Wanka wischte über sein Gesicht, beschirmte den Mund beim Gähnen. »Ich wollte es so. Ich wollte es genau so. Ich fand es langweilig, sie mittig zu hängen, so, wie man es erwarten würde.«

»Und warum nur bei denen?«

Er nahm einen Schluck und ließ den Cognac im Mund wandern, sie konnte sogar, so still war es, ein Geräusch hören.

»Ich finde es ja eigentlich gut, eine gute Idee«, sagte sie schnell, um ihm die Mühe einer Antwort zu ersparen.

»Du wolltest prüfen, ob ich weiß, was ich tue?«

Er stellte das Glas zurück und legte erneut seinen Arm hinter ihr auf der Lehne ab. Die Hand tauchte jetzt an ihrer Schulter auf. Klopfte leise in Holle hinein. Holles Arme pressten sich dicht an ihren Körper, und sogar ihre Füße spannten sich an, drückten sich in den Boden.

Er nutzte das Einschenken, um Holle wieder loszulassen. Sein Bademantel, als er sich vorbeugte, öffnete sich, er trug einen weiß-grau karierten Schlafanzug. Ein, zwei Minuten noch, dann würde etwas geschehen müssen, dieser Mensch machte sich nicht ewig zum Affen.

»Gut«, sagte sie.

»Was gut?«

Sie legte beide Hände auf seine Schultern. Die Überraschung gelang, Wanka stockte und schaute sie interessiert an. Holle genoss die Wirkung, die sie da hervorrief. Doch seine Mundwinkel zuckten. Er wollte etwas sagen. Sie bekam Angst und ließ die Hände sinken.

»Ich bin müde. Ich glaube, ich muss schlafen.«

»Und ich dachte gerade, du wolltest mich küssen, Holle.«
Sie lachte auf, sprang zur Tür und spürte, dass ihr Gesicht rot war. Die Hand auf der Klinke, drehte sie sich um und sprach über die Schulter: »Nein, ich will nur noch schlafen.«
Er schaute sie an, nickte und stand auf.

Ein großes Bett, das mit dem Kopfende die Wand berührte, ein Bild mit feinen ineinander verschlungenen grauen Schriftzeichen. Wanka zog den Bademantel aus, lässig und doch darauf bedacht, ihr zugewandt zu bleiben. Er stieg ins Bett und klopfte da, wo sie nun liegen sollte, auf die leere Hälfte. Es gab nur eine Bettdecke. Er würde jede ihrer Bewegungen spüren. Und umgekehrt. Die Decke würde sie miteinander verbinden, sie übereinander informieren. Holle würde keinen Schlaf finden.
Sie trug noch immer das Kleid. Sie könnte es ausziehen, dann wäre sie aber nur in Unterhose, sie trug ja nichts drunter. Sie könnte es anbehalten. Sie könnte Wanka fragen, ob er einen Schlafanzug hat.
Sie zog das Kleid nicht aus. Sie tat, als sei das normal, sich angezogen ins Bett zu legen. Wanka, der den Alarm einstellte und kurz aufschaute, spielte mit, sie hatte den Eindruck, aus Mitgefühl.
»In sechs Stunden dann«, sagte Wanka und schaltete das Licht aus. Sechs Stunden, das schien ihr zu lang. »Gute Nacht«, sagte sie. Seine Erwiderung, »Gute Nacht«, schien exakt ihren Tonfall zu kopieren, unbeteiligt.
Bestimmte bereute er, dass er ihr kein Gästezimmer gegeben hatte. Er schien mit einem gewissen Verdruss die

gemeinsame Bettdecke unter sich zu stopfen, sie spannte nun stramm über ihre Körper. Holle ließ auf ihrer Seite ein bisschen Stoff frei, wie die Leine eines Hundes, und behielt die Augen auf. Die Möbel hoben sich aus der Dunkelheit. Sie hörte Wanka atmen. Er schien zu warten.
Das Bild, wie er an sie herankroch und sie diesem Körper dort in der Dunkelheit antwortete. Und es waren nicht mehr er und sie, sondern zwei Körper in der Dunkelheit. Holle versuchte, dieses Bild abzuschalten durch Willenskraft, damit es nicht zu ihm schwappte, wie zwei synchronisierte Bildschirme.
Schien nicht nötig. Er atmete einmal tief aus und drehte sich auf die Seite. Er wandte ihr den Rücken zu und zog die Bettdecke mit. Holle zog zurück. Die Decke spannte erneut stramm über ihre Körper. Er schien das zu merken und rollte sich auf die andere Seite, ihr nun zugewandt, und sie, auf dem Rücken liegend, überlegte, ob er sie tatsächlich anschaute. Was sie überhaupt wollte, das wusste sie schon lange nicht mehr. Musste sie den ersten Schritt tun, durfte er nicht? Wollte sie denn? Wenn sie diesen Moment vorüberziehen ließ, würde das Konsequenzen haben? Oder, genau umgekehrt: Wenn sie ihm nun auf die Pelle rücken würde? Sie hörte die Bettdecke rascheln. Er schien seine Arme zu befreien, sie auf die Bettdecke zu legen.
»Christoph?«
Ein »Ja« von ganz nah. Neben ihr. Schrecklich weich und nah, ein bisschen schon vom Schlaf berührt.
»Ja?«, wiederholte er nun nachdrücklich.
»Was für ein Spiel ist das?«

»Spiel? Was meinst du?«
»Nichts«, sagte sie.
»Spiel«, wiederholte er wissenschaftlich forschend. Sie schwieg.
»Du bist ziemlich fertig, oder?«, fragte er.
»Ich kann nicht mehr.« Das war noch allgemein genug.
»Ja, das beobachte ich schon eine ganze Weile. Dein Leben steht auf dem Spiel. Darum bist du auch so wütend auf Engel.«
»Das Leben steht doch immer auf dem Spiel«, wehrte sie sich.
»Aber du weißt schon, was ich meine.«
»Nein.«
»Du brauchst einfach ein bisschen Hilfe. Wenn du in Mumbai bist, da können wir gewiss auch noch was für dich tun.«
»Danke.«
Kurz darauf schnarchte er.
Sie blieb wach. Später im Morgengrauen lauschte sie einem Vogel, der in immer neue Singschübe fiel, von denen keine Koloratur der vorherigen glich. Sie fürchtete sich vor der Fortsetzung im Tageslicht, sie fürchtete sich vor Wanka, jetzt umso mehr, nachdem heraus war, dass sie die Armut und Bedürftigkeit schlechthin war. Sie lag in seinem Bett wie in einem großen Einverständnis mit dieser Deutung.
Von ihrer Betthälfte aus war sein Gesicht nicht zu erkennen. Sie schlich leise ums Bett herum und ging auf die Knie. Sein Gesicht, als sie auf den Auslöser ihrer Handykamera drückte, leuchtete geisterhaft auf. Sie zitterte, aber

sie wusste, würde ihre Aktion ihn wecken, würde ihr geradezu ein Stein vom Herzen fallen.
Sie tat bloß ihre Arbeit. Sie klickte noch einmal. Sein Gesicht bewegte sich nicht. Er war hinter seinen Lidern abgetaucht, weit weg.

20
ISTANBUL

SANAT VE YIYECEK

Celal sagt etwas auf Türkisch und lächelt ein tiefes, privates Lächeln. Er hat in letzter Zeit die Gewohnheit angenommen, Sprichwörter auf Türkisch zu sagen, und wenn sie ihn um die Übersetzung bittet, sagt er: »Das kann man nicht übersetzen. Dafür musst du Türkisch können.«
Er geht voraus und bahnt ihnen den Weg durch Korbmöbel und Pflanzenkübel. Doch Holle löst sich von ihm und sucht nach einem geeigneten Platz unter den großen blauen Sonnenschirmen. Sie übernimmt auch das Gespräch mit dem Kellner, denn wenn Celal das tut, entstehen merkwürdige Verlegenheiten, das hat sie jetzt schon öfter beobachtet. Zwei Jungs, die einander erkennen, auf die Knochen erkennen als Haselnusspflückerkinder, und der eine bedient nun den anderen? Stattdessen versinken sie in Geplauder, als zögerten sie den Moment hinaus, an dem die Hierarchie sich offenbaren muss, die ja nur zeitweilig existiert, die auch Holle ins Straucheln bringt, denn sie sitzt hier schließlich mit Celal und bekennt sich zu ihm. Ihre verschränkten Hände in der Mitte des Tisches. Der Pakt beweist, dass alles gut ist, in Ordnung, *tamam*. Diese Hand in seiner ist ganz wichtig. Solange sie das zulässt, kann Celal nicht an ihr zweifeln.

Doch dann löst er seine Hand, denn wieder erhält er einen Anruf, und wieder klingt er gereizt.
»Kommen deine Angestellten nicht ohne dich aus? Warum rufen sie so oft an?«
»Das Geschäft läuft nicht gut.« Er isst eine Olive. Schwarz, ölig.
»Warum nicht?«
»Der Hühnerfleischpreis ist gestiegen. Mein Cousin will den Dönerpreis beim Alten lassen, um keine Kunden zu verlieren. Ich will erhöhen.« Er spuckt den Kern in den Aschenbecher und leckt sich die Finger ab.
»Du bist der Chef.«
»Aber ich will Cem nicht verärgern.«
»Willst du lieber selber geärgert werden?«, sagt sie und denkt, dass das unfair ist, diese Sätze einer westlichen Therapiekultur. Selbstachtung als Bedingung für Fremdachtung.
»He will be angry«, sagt er unfair redundant.
»So what?«
Er schüttelt den Kopf. Sie weiß, sie kommt jetzt nicht mehr weiter. Cem mit dem unansehnlichen roten Zottelbart und dem trüben Blick, eher Grund für die ausbleibenden Kunden als ein Preisanstieg des Chicken-Döner.
»Cem ist nicht freundlich zu den Kunden, deshalb bleiben sie weg.«
»Du hast recht.«
»Wirst du also mit ihm reden?«
»Nein.«
Celal schaufelt das Essen hastig in sich hinein. Immer. Als wären sie auf der Flucht, das tut er immer so. Es ist nie ein

romantisches Essen. Als er dem Kellner die leeren Teller anreicht, dann noch mit der Serviette über den Tisch wischt, stöhnt sie:
»Geh doch noch in die Küche und mach den Abwasch!«
»Nein, ich habe frei.« Er schaut ihr fest in die Augen.

Später an diesem Tag stehen sie auf der Brücke über dem Goldenen Horn, da, wo die Angler auch stehen, breitbeinig und geduldig. Sie schauen auf das tintenblaue, sich ins Weiß umblätternde Wasser. Immer wirkt es, als zerberste gleich etwas vor Glück und Rausch. Diese Stadt hat nicht das Verletzliche und Schwelende von Mumbai, nicht das Finstere und Abgestorbene. Man fühlt in jeder Stadt sich selber anders, sinniert sie weiter. Jede Stadt ruft eine Gestalt deiner selbst wach. Schreibt sie auf die Rechnung aus dem Restaurant.
Die Angler stehen neben ihren Plastikeimern, kleine Fische schwimmen im Kreis. Sie schaut flüchtig, heimlich zu Celal. Er hat die Hände in die Hosentaschen vergraben und imitiert das breitbeinige Stehen der Angler. Wie kann das sein, dass ein Mensch so nah und so fremd zugleich ist?
Vielleicht hält sie Celal nur aus im Stil eines großzügigen Total-Absegnens. Jede auch nur kleine Kritik an ihm lässt ihn gleich als im Ganzen zu ihr unpassend erscheinen. Er wirkt nicht mehr so sexy, wie er das eigentlich kann und sollte.
Die Angler stehen ruhig und gelassen, und nichts tut sich, kein Fisch beißt an in den letzten Minuten.
»You will leave me.«

Ein Satz, auf den sie nicht vorbereitet ist, den sie ihm nicht zugetraut hat und den sie ihm übelnimmt.
Sie blinzelt. »What's wrong with you?«, herrscht sie ihn an. Fragen über Fragen. Plötzlich, in einem Augenblick, kippen die Stadthälften auseinander, die Welthälften, die Liebeshälften. Diese Macht hat sie Celal nicht zugetraut. Wütend schaut sie ihm in die Augen und wartet auf eine Antwort.
Er sagt: »You no good with me.«
»You no good with me!«, höhnt sie und hält zweifelnd inne. Vielleicht versteht sie ihn falsch. Will er sagen, im Kontakt mit ihm wird sie ungut, entwertet? Sie kann seinem ruhigen Blick nichts entnehmen. Das macht sie noch wütender.
»Das ist wichtig«, sagt sie schrill, »ich muss verstehen, was du sagst!«
»You treat me like shit.«
»Oh, really?«, höhnt sie ihren Ärger raus mit einer hochgeschraubten Stimme, dabei sprach er mit der Aufrichtigkeit eines Kindes, und die Angler drehen sich um. Ebenfalls nicht tadelnd, sondern ehrerbietig fast.
»Yes«, sagt er.
Betäubung, Wut.
Die im Kreis schwimmenden Fische, die nirgends ankommen werden.
»Das tut weh.«
Sie erwartet eine Entschuldigung. Denn er hält sich nicht an die Regeln. Er macht sich Gedanken über sie, ohne Absprache mit ihr. Inhaltlich hat er natürlich recht. Er hat absolut recht mit seiner Kritik. Dennoch. Er hat es ja so

weit kommen lassen. Es haben doch immer zwei Schuld. Oder? Kann es auch sein, dass mal nur einer Schuld hat? Lag die Verantwortung von Anfang an nicht eher bei Holle, als Stärkere von beiden, und hätte sie zum Beispiel der Verbindung nicht komplett widerstehen müssen? Aber ist sie tatsächlich stärker? Stellt sie nicht lediglich das, wo sie gut drin ist, rangmäßig über das, wo Celal gut drin ist und sich auskennt? Etwa wie er das gesagt hat. *You treat me like shit.* Eine ruhige Diagnose. Etwas, womit er sich abfinden wird, auch das deutet sich an. Seine Großzügigkeit. Sein Verständnis. Da ist er gut drin.
»Ich werde dich nicht verlassen.«
Sie sagt es ein bisschen früh, noch bevor die letztendliche Überzeugung in ihrer Stimme ist. Er antwortet nicht.

Sie schwanken durch die Gegend, beide erschrocken von diesem Gefühl einer klaffenden Wunde in jenem Körper, den sie teilen, der, wenn sie nun getrennte Wege gingen, vollends auseinanderreißen könnte für immer.
Sie wissen, dass sie jetzt nicht in ihre ärmliche Bude zurückdürfen, sondern weitergehen müssen, immer weitergehen, bis vielleicht die Stadt anfängt, sie wieder in sich aufzunehmen.
Sie laufen den steilen Hügel Beyoğlus hoch. Um sie herum lärmen Schleif- und Sägemaschinen. Überall wird gebaut. In den Pausen hört man die Schiffshupen der Bosporusfähren.
Sie schweigt. Sie lässt sich Zeit. Auch Celal schweigt und lässt sich Zeit.
Weißer Rauch dringt aus einem Schuppen, treibt über die

Straße, Geruch nach verbranntem Plastik, Celal hustet, sie selbst hält die Luft an.
Ein Fleischer mit glänzenden Keulen im Fenster.
Ein sterbender Mann in einem Bett beim nächsten Fenster.
In Cihangir, dem Künstler- und Ausländerviertel, nimmt Celal ihre Hand. Drückt sie und steckt sie zusammen mit seiner in seine Hosentasche. Holle zieht sie lachend wieder heraus.
Sie stehen auf einem Platz. Ringsum Dachterrassen, Balkone, Fenster. Zuschauertribünen für die da unten. Junge, schicke Menschen mit ihren iPads. Aus aller Welt. Jungs mit Bärten und Wuschelfrisuren. *Soups. Bagels. Salads.* Sexspielzeug aus buntem Silikon liegt dekorativ zwischen Brownies und Moleskinheften. Ein bisschen wie Berlin.
Holle fühlt sich merkwürdig enttarnt mit Celal an ihrer Seite, noch dazu zeigt Celal nun in die Gasse, in der das Stipendiatenhaus liegt. Er will ihr eine Freude machen, er will anknüpfen an etwas. Die Vergangenheit.
Sie schüttelt den Kopf. »Da sind nun andere Stipendiaten. Die kenne ich nicht.«
Mumbai. Die fast leeren Straßen in Mumbai, frühmorgens in der Dämmerung. Die Stadt war weich und warm, schmiegte sich an und war doch uneinnehmbar von den eigenen Gedanken. Welcher Wochentag ist eigentlich, und wann ist die Ausstellungseröffnung?
Celal zieht an ihr. Und küsst sie. Winkt ein Taxi heran und nennt die Adresse ihres Unterschlupfs.

Palmstrandposter. Efes-Bier-Frau. Eine klebrige Hitze. Das Marode wirkt seltsam lebendig, als würde es hier bald keimen und sprießen, würde hier etwas ausgebrütet.

Celal verschwindet ins Bad. Sie hört die Dusche. Holle betritt die hässliche kleine Küche. Auf der Ablage über der Spüle eine lächerliche Vasensammlung, womöglich aus Restaurants geklaut. Mehrere verkrustete Aschenbecher und eine auf Antik gemachte Bronzegestalt, ein Amor. Sie nimmt alles mit spitzen Fingern und verstaut es unter der Spüle.

Soll sie sich ein Herz fassen und putzen? Das Bad hat sie bereits geputzt, und nun könnte sie mit der Küche weitermachen, vor der sie sich am meisten ekelt. Putzen würde bedeuten, dass alles wieder gut ist. Da ist sie aber nicht sicher. Sie haben lediglich den unmittelbaren Schmerz gezähmt, eine blutende Wunde verarztet.

Da steht er plötzlich vor ihr. Sie spürt seine Fremdheit und wird verlegen. »This place is worse than Mumbai!«, stöhnt sie.

»How is Mumbai? Is it no good?«

Sie starrt ihn wütend an. Sie könnte behaupten, sie sei in Tokio gewesen, er würde Tokio als anderes Wort für Mumbai gelten lassen.

»I am teasing you«, sagt er da. »Joke. Joke. Joke. I know you don't like Mumbai.«

»Haha. Very funny.«

»Yes. I am funny guy.«

Er trägt ein Handtuch um die Hüften gewickelt und zieht es nun ein bisschen strammer. Es ist Holles Handtuch. Er benutzt einfach ihr Handtuch, dabei hat er sein eigenes.

Sie hat ihres aus Mumbai mitgebracht. Es ist aus wunderschönem lindgrünem Waffelpiqué, fast ein bisschen rau, sie hat es bei der indischen Kette FabIndia gekauft. Dieses Handtuch ist ihr heilig. Sie kann kaum erklären, wieso, nein, es ist ihr Handtuch, verdammt, ihr ihr ihr Handtuch, nicht seins. Er soll sein blödes Frotteehandtuch mit den weißen und lila Streifen benutzen.

»Das ist mein Handtuch.«

Er wickelt es ab und reicht es ihr.

»Hier. Hier ist dein Handtuch.«

Jetzt ist er nackt, bis auf die Badelatschen. Er dreht sich um und geht zum Fenster. Er steht dort leicht vorgebeugt, die Hände am Fensterrahmen abgestützt, und schaut nach draußen. Gleich wird er die Flügel ausbreiten und wegfliegen.

Aber er dreht sich um und bietet ihr von ihren Zigaretten an. Sie geht zu ihm und lässt sich eine anzünden. Sie fühlt die Wärme seines Körpers auf sie abstrahlen. Und dann sagt er etwas, das sie erst nicht versteht, sein Akzent ist stärker als sonst, sie lässt ihn wiederholen. Zuerst versteht sie Sex. Sex Inspection?

»Tax. Tax inspection. Problems. I am in trouble, baby.«

Holle drückt die Zigarette aus und wirft sie aus dem Fenster, diesmal ohne zu gucken, ob da jemand steht.

»Erzähl mir«, sagt sie. »Erzähl mir alles!« Sie nimmt seine Hand und führt ihn zu der abgewetzten Couch. Den Fernseher schaltet sie direkt am Gerät mit dem großen Zeh aus. Sie sitzen im huschenden wenigen Licht, das von draußen gespendet wird, sie führen ein ernstes Gespräch. Ein Gespräch, in dem sie immer wieder nachfragen muss.

»Ich habe eine Steuerprüfung am Hals. Die wollen Belege aus den letzten vier Jahren. Ich habe keine.«
»Warum hast du keine Belege?«
»Not complete. So I gave present to him.«
»To whom?«
»The guy from income tax office.«
»Present?«, fragt sie nach.
»Geld«, sagt er barsch. »Das ist einfacher. Ich habe keine Zeit, mich um Belege zu kümmern.«
Sie weiß, es ist nicht Zeit, die ihm fehlt, es sind Buchhalterkenntnisse.
»Du könntest jemanden dafür anstellen«, sagt sie und fühlt die Schäbigkeit des Vernünftigseins. Trotzdem oder gerade deshalb legt sie nach: »Warum hast du niemanden, der die Buchhaltung macht?«
»Die möchten Belege aus den letzten vier Jahren«, ignoriert er das.
»Und jetzt?«
»Sie werden eine Summe schätzen. Es wird eine hohe Summe sein. Ich werde sie nicht zahlen können.«
»Warum nimmst du keinen Kredit auf?«
»Ich bin bereits verschuldet.«
Wie ist das möglich? Diese Dönerbude im Zentrum Istanbuls, und sie ist doch immer gut besucht. Lässt er jeden umsonst essen? Kauft er zu teuer ein?
»Meine Familie hat alles probiert.«
Deshalb die vielen Anrufe? Deshalb die merkwürdige Versammlung am ersten Tag der Ankunft, die Schwester, die Celal festhielt, damit er sich den Problemen widmet?
»Ja«, bestätigt er.

»Warum hast du mir das nicht früher erzählt?«
Das weiß er nicht.
Seine Verwandten überlegen nun sogar, die Mafia einzuschalten.
Sie stöhnt.
»Just threat, baby, they put gun in his mouth, just threat! Don't worry.« Er rüttelt an Holles Arm, wie um sie zur Vernunft zu bringen.
»Das ist keine gute Idee.«
»No, maybe not. I think I should sell shop. Then I can pay the fine.«
Er schaut sie an, zuversichtlich, dass auch Holle das nun als Lösung begreift, wenn die Alternative eine Pistole im Mund des Steuerbeamten wäre.
»We had many problems lately.«
»I know«, sagt Holle.
Die Dönerbuden, die rund um den Galataturm nach und nach ersetzt werden durch schicke Lokale. Das Verbot der Außenbestuhlung, das Verbot von Alkohol. Vor einem Jahr kam das Ordnungsamt und entfernte ringsum alles, was aus den Lokalen herausragte, Kühlschränke, Tische, Stühle. Immer neue Schikanen, die ihnen das Überleben schwermachen.
Ob Wanka dahintersteckt, denkt sie, oder hat sie zu viele Filme gesehen, haben Wanka und Konsorten unbestechliche Steuerprüfer mobilgemacht? Wenn überhaupt, dann sollte ein Mafiafreund Wanka eine Pistole in den Mund stecken, nicht dem Steuerprüfer. *Just threat, you know.*
»Ich helfe dir.«
»Aber du bist keine Buchhalterin.«

»Ich kann das. Schließlich habe ich selber ein Geschäft zu führen.«
Celal nickt. Eher ein Nicken hin zu ihrem Elan, ihrem guten Willen, ihrer Verbindlichkeit plötzlich.
»Wo sind die Unterlagen, im Döner Paradise?«
»Nein, bei mir zu Hause.«

Vor einigen Tagen begannen Unruhen in Istanbul. Ein Park am Taksim-Platz, an dem sie nun im Bus vorbeifahren, ist besetzt von Umweltschützern. Holle hat die Nachrichten nicht genau verfolgt; Celal sagt, der Park soll abgeholzt werden, für ein Einkaufszentrum. Menschen hocken friedlich im Gras, Transparente leuchten durch das Grün hindurch.
»Big fish eats small fish«, sagt Celal. Sie weiß, dass er damit auch sich selbst meint. Aber sie ist nicht einverstanden mit seiner Selbsteinschätzung. Immerhin besitzt er diese Immobilie im Zentrum Istanbuls. Er besitzt sie. Er hat sie gekauft, als der Preis noch erschwinglich war. Er ist ein reicher Mann. Es besteht kein Grund, beunruhigt zu sein, nicht wirklich.

Die Schwester ist gottlob nicht da. Celal lässt die Tür zu seinem Zimmer sperrangelweit offen. Wer in die Wohnung eintritt, sieht als Erstes das Bett und Holle auf dem Bett sitzen.
Er beginnt, den Einbauschrank leerzuräumen, er legt Bücher, Hefte, Schachteln, CDs neben Holle ab. Er scheint etwas zu suchen. Sie hält sich da heraus. Ein paar Zweifel, ob sie ihm wirklich helfen kann, sind ihr längst gekom-

men. Er räumt jetzt so viele Dinge aufs Bett, dass sie auf Holle landen, die sich zurückgelehnt hat. Schreibhefte aus Celals Jugend schlittern auf ihren Bauch, rutschen zwischen ihre Beine, Musikkassetten, Papiere, sein ganzes Leben scheint dort in diesem Schrank aufbewahrt zu werden. Celal macht weiter mit der in sich gekehrten Vernunft eines Verrückten. Holle hat ihr Augenverdrehen eingestellt. Ein Heft landet auf ihrer Stirn. Eine Postkarte fliegt ihr scharf an die Wange, schließlich, und das ist der Höhepunkt, der gesamte Zettelinhalt eines Schuhkartons, lauter kleine Papiere fliegen über ihr auf, und jetzt erst wird Celal langsamer und ruhiger. Er setzt sich neben sie aufs Bett und sucht ihre vergrabene Hand.
»Sind das die Belege für die Steuererklärung?« Sie hält ein paar Schnipsel hoch.
»Ja.«
»Das ist aber nicht vollständig, oder?«
»Nein.«
Sie seufzt. Buchhaltung. In einem kleinen Schlafzimmer. In einem Karton. Offenbar fehlen Grundkenntnisse in Sachen Aufbewahrungspflicht, in Sachen Aktenführung und Aktenordnung.

Sie geht in der Wohnung umher. Dann kann sie besser nachdenken. Es gibt eine Lösung, sie spürt das ähnlich körperlich wie ein Kunstwerk, das sich ihr nähert. Eine Durchlässigkeit beginnt, ein Pulsieren sucht die Schulter auf, den Arm, den Bauch, die Hände, die Füße, dort überall kann Holle spüren, wie sich etwas anbahnt, und sie bedeutet Celal zu warten, sie ist, wie immer in solchen

Situationen, extrem entspannt und zugleich ängstlich, ein falscher Blick, ein Geräusch könnte sofort alles beenden; wenn jetzt das Handy klingeln oder wenn Celal sie berühren würde. Sie geht in die Küche, steht zwischen Kacheln mit Blümchenmuster und dem Reh, das vom Kalender aus sie anschaut. Ihre Haut spannt sich. Ihre Haut fühlt sich an wie Gedanken, die sich intensivieren, ihre Haut als Gedanken. Da gab es doch mal die Idee, sich von den endlosen Dönerbuden abzuheben durch vegetarische anatolische Küche. Celal war auf ihren Vorschlag nicht eingegangen, aber nur, weil er natürlich nicht weiß, wie man diese andere Kundschaft, eine gesundheitsbewusste Reisekundschaft, gewinnt, aber Holle weiß das, sie wüsste auch, wie man das Lokal umzugestalten hätte, da müsste man natürlich ein bisschen Geld reinstecken. Zusammen würden sie ein unschlagbares Team abgeben: Celal mit dem, was man für Orienttemperament, Orientcharme hält, und Holle die beruhigend wirkende Abgesandte westeuropäischer Kultur, sie könnten zusammenlegen, ihre Stärken, so macht man doch Business, oder, und das ist doch auch eine Form von Kunst, ein kitschiges Verständnis natürlich, Kunst als Lebensweise, aber why not. Kunst. Essen. So was wie Art & Food, ein Café mit vergessenen anatolischen Speisen, und dazu Kunst an den Wänden, auch zum Verkauf, und in den beiden Ladenlokalen nebenan, die bereits der Witte Bau AG gehören und die, da Celal nicht verkauft, für die Witte Bau AG nutzlos sind, da könnte man Ausstellungen machen. Sie geht zu Celal, sie rüttelt an Celals Arm: »Du wirst nicht kleiner, du wirst größer, verstehst du? Du machst genau das Gegenteil dessen, was jeder nun von dir erwartet, du verkaufst nicht und wirst nicht Barkeeper, sondern du vergrößerst dich, und ich helfe dir. Wir machen gemeinsam ein Lokal auf, Art & Food. Was heißt Art & Food auf Türkisch?«

»Sanat ve yiyecek.«

»Wunderbar!«, sagt sie in begeistertem Expertenton.

»Wirst du mich heiraten?«

»Ja.«

Plötzlich kann sie das sagen, muss sie das sagen, denn sonst würde er das andere nicht ernst nehmen. Er nimmt sie aber nicht in den Arm, küsst sie nicht ab, sondern betrachtet sie aufmerksam.

»Wo kommt das Geld her?«

»Von Wanka. Ich kann ihm das schmackhaft machen. Ich bin ganz sicher.«

Das ist sie wirklich. Sie lässt sich am Familien-Laptop nieder und schreibt Wanka eine Mail. Sie benutzt als Vorlage seine letzte Mail, in der er etwas von Enttäuschtsein schreibt, vergeblichen Versuchen, Holle zu erreichen. Höchste Zeit, die Reißleine zu ziehen, das Verhältnis zu Wanka schnell noch zu reparieren, sich zu entschuldigen, es ist noch nicht zu spät. Celals berufliche Probleme liefern ihr eine gute Erklärung, warum sie Hals über Kopf aus Mumbai wegmusste und bislang weder links noch rechts hat schauen können, es tut ihr leid, und ja, sie hätte sich melden müssen, wenigstens per Mail Kontakt halten, nein, das schreibt sie besser nicht. Nach vorne schauen. Auf Augenhöhe sich begegnen, indem sie ihm eine phantastische Geschäftsidee unterbreitet. Für Wanka die einzige Möglichkeit, die beiden bereits erworbenen Ladenlokale doch noch zu nutzen, und außerdem ein guter Zeitpunkt, sich als gesellschaftlich und kulturell engagierte Firma zu profilieren. Sie hat Wanka noch schnell durch die Suchmaschine geschickt und seine Sätze gefunden zu einem schrecklichen Vorfall in Istanbul, zum Tod mehrerer Arbeiter auf einer Baustelle der Witte Bau AG. Das kommt wie gerufen. Sie ekelt sich ein bisschen vor sich selbst, dass sie das als Glücksfall empfindet.

Sie schickt die Mail mit einem Gefühl großer Befriedigung und Sinnstiftung ab. Achtzehn Uhr Istanbul, einundzwanzig Uhr dreißig Mumbai. Wanka sitzt in einer noblen Hotelbar mit Geschäftspartnern bei einem Drink. Er wird entspannt sein und sich freuen über die guten Ideen, die da von etwas weiter westlich zu ihm kommen, und auch froh, dass Holle lebt und ihm eine akzeptable Begründung für ihr Verschwinden liefert.

Sie klickt das Mailfenster weg, 38 ungelesene Mails aus aller Welt. Sie ist müde. Durch die Haustür bewegt sich ein Schlüsselgeklimper, aus dem die Stimme der Schwester aufsteigt und sich verzweigt in mehrere Tonlagen und Richtungen; ein Netz aus Stimme sinkt auf die Wohnung herab und über ihr Leben.

Sie bleiben zum Essen. Auch das kommt wie gerufen. Es gewährt ihr einen Blick auf ihre gemeinsame Lage. Die Schwester holt alles nach, was sie in den vergangenen Tagen hat entbehren müssen, redet ununterbrochen auf Celal ein.

Man muss ihn befreien. Sie müssen sich gegenseitig befreien. In Mumbai geht es auf Mitternacht zu. Sie hat noch keine Antwort. Wanka schläft vielleicht schon. Sie sieht ihn in einem *king-size bed*; sie weiß ja sogar, wie das aussieht, so ein liegender Wanka. Eine leise rauschende Klimaanlage sorgt für zwanzig Grad. Lilienduft, ganz zart. Celal gießt ihr Raki ein.

Plötzlich sehnt sie sich nach Wanka. Genauer, was er in ihr hervorruft. Ins Straucheln gebracht werden. An sich festhalten müssen. In Gefahr geraten. Die Bilder, die sie in ihrer selbsttherapeutischen Racheaktion gemalt hat, die greifen zu kurz, so wie überhaupt alles zu kurz greift, was ihr *gegen* Wanka einfällt. Was immer sie seither tut, das ist zwangsläufig ein Unterstreichen seiner Macht, noch im Angriff und im Weglaufen bestätigt sie die Macht. Hat sie das also ernst gemeint, Wanka als *business angel* für ein Art & Food, *Sanat ve yiyecek*, oder wollte sie Wanka auf die Nerven gehen? Wollte sie ihn ärgern, indem sie sich auf eine Stufe mit ihm stellt? Indem sie so tut, als könne sie das. Als hätte sie keinen Blick für die Lücke.

Besser könnte sie ihn nicht ärgern.

Mit den plakativen Bildern, die ihn karikieren, würde sie sich lediglich blamieren.

Holle trinkt viel an diesem Abend. Während die Schwester ihre Dringlichkeiten mit schnatternder Stimme über Celal auskippt, kippt sie Raki in sich hinein. Dann legt die Schwester eine CD ein, die Stimme der Schwester kommt nun auch noch von einer CD, leidenschaftlich, triefend, und die Schwester singt obendrein mit. Celal bewegt die Arme in orientalischen Arabesken und klatscht manchmal in die Hände. Holle trinkt den Raki aus. Sie schaut auf ihrem Smartphone nach, ob Wanka geantwortet hat. Alle zwei Minuten drückt sie auf Aktualisieren und hofft, dass ihr Posteingang sich füllt. Sie versteht nicht, wie sie sich so intensiv mit Wanka beschäftigen und er das ignorieren kann.

Sie träumt von ihm. Sie wacht am nächsten Morgen neben Celal auf und spürt, obschon es ihr erst schwerfällt, das zuzugeben, tiefes Glück: Wanka und sie, zwei Seelen, zwei, die sich in einem geläuterten Zustand plötzlich finden; im Traum war der Ort eine Baustelle, auf der Wanka zu tun hatte, in welchem Land, das war nicht klar, da standen Zementmischmaschinen, Bauarbeiter spurteten herum, in einer Abstraktheit ihrer Arbeit. Wanka und sie waren ebenfalls abstrakt, reine Seelen, Wanka, als er Holle entdeckt, scheint sein eigenes Leben wiederzufinden in diesem Moment, seine Augen strahlen, er dankt ihr, er sagt, er habe sich so sehr gewünscht, dass sie ihm verzeiht und wiederkommt, und sie schauen einander an und verstehen einander, plötzlich und tief.
Sie spürt noch immer die Befriedigung, ja doch, das Glück, das dieser Traum in ihr hinterlassen hat, sie war so glücklich in diesem Moment. Als wäre dieses Zusammenfinden das Ersehnte, das Passende, das, was in Holles Leben fehlt. Eine uneingestandene Sehnsucht auf beiden Seiten, nun eingestanden, und es ist nicht sexuell, es geht um Anerkennung, um etwas Großes.

Obschon sie durchschaut, dass dieser Traum ein Traum ist und gerade in seiner Reinheit niemals annähernd in der Wirklichkeit stattfinden kann, ist sie erstaunt, wie präzise ihr Gefühl für Wanka war und wie dieses Gefühl auch

jetzt nach dem Aufwachen noch bestehen kann; ihr Unbewusstes hatte im Traum den Weg freigeräumt zu seinem Wesenskern.
Sie bleibt eine Weile liegen. Diese Träume, die sich anders anfühlen als die anderen Träume, denkt sie. Ihn anrufen. Ihn einfach anrufen. Sie wird traurig, sie weiß, dass sie so einen Anruf nicht riskieren wird. Nach allem, was jetzt war. Da ist etwas Unübersetzbares in dieser reinen Seelensprache, die in der Nacht im Traum angehoben hat, und den aussprechbaren Worten, die Wanka in irgendeiner Situation antreffen werden, die ungünstig sein kann.
Dennoch, sie möchte das geradebiegen.

Sie beobachtet ihr Handy und ihren Mailboxeingang den ganzen Tag über; wäre es nicht logisch, wenn Wanka ebenfalls von ihr geträumt hat oder sie ihm in den Sinn kam, anders als sonst, ebenso klar plötzlich wie er ihr.
Aber nichts geschieht. Nur eine Mailboxnachricht gestern von ihrer Untermieterin, die sie entnervt löscht, ohne sie anzuhören.

Auf einem mobilen Nachrichten-Dienst, den auch Wanka benutzt, kann sie erkennen, ob er online ist, und es treibt sie in den Wahnsinn, wenn sie bemerkt, er war vor drei Minuten noch online, zuletzt bildet sie sich ein, er war online, um nachzusehen, ob sie online ist, und einmal sogar sind sie gleichzeitig online, und Holle zittert. Auf seine drei Nachrichten aus den letzten Wochen hatte sie nicht geantwortet.

21
MUMBAI

BOYS

Die Frauen trugen hautenge Glitzerhöschen und kippten ihr Becken mit der kalten Präzision einer Maschine vor und zurück. Ein Tänzer zog einen Kreis um die Frauen und riss dabei im Rhythmus der Musik einen Hemdzipfel hoch und runter. Nahaufnahme auf seine in Hosenstallhöhe zuckende Hand. Schnitt. In der nächsten Szene beugten sich revuehaft aufgereihte Frauen nach vorne und richteten ihren Hintern auf eine Horde Männer aus. Die Männer schienen davon angelockt und tanzten sich näher. Sie tanzten mit vor- und zurückschnellendem Becken, sie vögelten die Luft. Die Frauen strichen in zehn Zentimeter Abstand über ihren Schoß. Die Musik folgte dem stets gleichen Prinzip, antreibende Trommel, verächtlich simple Melodie- und Harmonieführung, ethnische Anklänge von Flöte und Sitar. Der Frauengesang war stets hoch und kindlich püppchenhaft, wie im Horrorfilm, und, durch die pornografische Aufladung der Choreografie, ein bisschen pädophil auch.
Während die Trikots der Frauen aus feinen prinzessinnenhaften Elementen – Tüll, Pailletten, Seide – gebastelt waren, steckten die Männer in lässiger Freizeitkleidung, als müssten sie sich keine Mühe geben: Sie waren schließlich die Genießer, Konsumenten, sie tanzten zwar auf-

stachelnd mit, aber wie in einer Phantasie, die sie am heimischen PC pflegten, die Jeans auf den Knien hängend vor sich hin onanierend. Schnitt. Landschaft, Regen. Banyanbäume, zwei sich jagende Gestalten, Frau und Mann, die Frau versteckte sich mit halbherziger Bemühung hinter einem Baum, lachend und schmollend, als er sie fand, eigentlich durfte er das wohl nicht, sie finden, wohl aus Prinzip, diese Reserviertheit, die Tugend. Es war ein älterer Bollywoodfilm, siebziger, achtziger vielleicht. Der Regen strömte silbern auf das Paar herab, sprang von ihren Silhouetten, die im Gegenlicht der plötzlich durch die Wolken brechenden Sonne weiß aufstrahlten. Die Saribluse der Frau war völlig durchnässt. Körnig gekräuselte Brustwarzen zeichneten sich ab, zwischen den Brüsten klebten schwarze Haarsträhnen, die sich abwärtsschlängelten. Schnitt.

Wieder eine Massentanzszene. Fordernde weibliche Beckenstöße, wie eine Schuld beim Mann eintreibend. Es ging um Tempo, Effizienz, ganz anders als die verschnörkelte Romantik des älteren Films; es ging jetzt um Arterhaltung, daher vielleicht das nach Rollenklischee unweiblich Aggressive, es ging schließlich ums Überleben. Reine Biologie. Sie schoben die angewinkelten Arme vor und zurück und pumpten sich ein dämonisches Betonlächeln ins Gesicht. Sie stampften mit den Füßen auf, es blieb keine Zeit für die feineren Stufen der Verführung, das Spiel des Sichentziehens, Anlockens, des dramaturgisch Ungewissen. Das Drama schien dahin verlagert, dass die Menschheit starb und rasche Fortpflanzung jetzt an erster Stelle stand. Die Frauen machten weite Ausfall-

schritte, nahmen Raum ein und simulierten mit ihren zuckenden Becken eine Kopulationsbewegung, die von einer um sie herumtanzenden Gruppe Männer mit synchronen Beckenstößen beantwortet wurde.
Man begriff sich als soziale Einheit. Der Beischlaf gehörte der Gemeinschaft. Die Trommeln dröhnten und trieben unerbittlich an, wie um keinen falschen Gedanken aufkommen zu lassen, kein Zögern, kein Innehalten. Es herrschte stets Vervielfachung, wie die mitgelieferte Rechtfertigung, dass schließlich alle ja mitmachten.
Es waren ganz reguläre und legale Bollywoodmusikvideos. Sie liefen rund um die Uhr im indischen Fernsehen. Aber hier war etwas anders. Der indische Künstler hatte etwas Alltägliches aus seinem Kontext entfernt und in einer neutralen Ausstellungshalle verortet. Der Rahmen verlangte, dass man es als Kunst ansah. Er schnitt die Videos so zusammen, dass sie den rein pornografischen Gehalt hochspülten.
Die Boys schien das nicht zu kümmern. Ihnen war egal, ob das eine aufklärerische Kunstaktion war, das waren schließlich immer noch hüpfende Hintern und Brüste.

Theresa war erst vor wenigen Minuten in der Galerie angekommen. Der Fahrer der Witte Bau AG hatte sie durch ein vornehmes Stadtviertel manövriert, durch Straßen grau umwölbt von den Luftwurzeln alter Banyanbäume, dahinter viktorianische Stadtvillen. Theresa war schon einmal hier gewesen. Sie wusste schnell, was das Ziel der Fahrt war. Tatsächlich das Gebäude, in das sie ein Jahr zuvor mit August eingekehrt war und in dem sich eine der

berühmtesten Kunstgalerien des Landes befand und auf dem Dach der vielleicht schönste Slum des Landes. Natürlich steckte August dahinter. Er war ja nun der Berater.
Der Fahrer winkte drei Boys heran. Sie luden die Bilder aus dem Transporter, Holles Bilder. Theresa suchte mit den Augen den Treppenaufgang für die Slumbewohner, den sie damals mit August betreten hatte. Sie fand ihn versteckt an der Seite des Gebäudes, unter einer dekorativen Schutzhülle aus violetter Bougainvillea.
Sie stiegen alle gemeinsam die breite Empfangstreppe hoch in ein helles Reich aus Kronleuchtern, Stuck, weißlackiertem Holz. Der Fahrer wehrte die Boys ab, als sie mit Theresa in den Aufzug steigen wollten. Der Platz wäre ausreichend, aber eng gewesen, für die Boys kein Problem, sie kannten ihr Leben nicht anders. Der Fahrer verabschiedete sich, sein Job war erledigt.
Oben im vierten Stock trat sie in eine abgeschlossene, opake Welt ohne Fenster. Die feinen Spotlights schienen die Luft zu kämmen. Sie wirkte gestriegelt, rein, und sie war weder kühl noch warm, sondern wie verschwunden.
Der riesige, mit dunklem Parkett ausgelegte Saal war durch graue Raumteiler in Abteilungen zerlegt worden. Fast alle Wände waren bereits mit Bildern bestückt, in einigen Nischen sah sie so etwas wie Installationen, ein aus silbernen Tupperdosen gebautes Gebilde, die Dabbawallas wurden hier zitiert, die das frisch zubereitete Mittagessen quer durch die Stadt an die arbeitenden Ehemänner lieferten, diese irre logistische Leistung, touristisches Mumbaiwunder Nummer eins.
Die Boys zogen ihre Schlappen vor dem Eingang aus und

trugen barfuß die Bilder durch den Saal. Sie nahmen keinen Augenkontakt mit Theresa auf. Ihre Bewegungen wurden von Impulsen gesteuert, die nicht in Beziehung zu Theresa standen, wohl aber untereinander in subtilen Codes teilnahmsloser Schlaksigkeit. Ein kurzes Kratzen am Kopf, schlenkernde Arme, energielose Schritte, ein entschiedenes Nichtsein. Sie blieben vor einer leeren Wand stehen und lehnten die Bilder dagegen.

War das Holles Wand? Theresa zeigte darauf, die Boys verstanden und sagten: »Yes, madam, here.« Sie trugen daraufhin weitere Bilder herein. Sie waren unverpackt, das mussten die sein, die aus Deutschland kamen. Theresa trat näher heran. Sie spürte die Blicke der Boys auf sich, sie verhielt sich seltsam, wenn sie ihre eigenen Bilder inspizierte, aber die Boys, wusste sie, würden keine Fragen stellen. Das stand ihnen nicht zu.

Die Bilder waren aus Zetteln und Farbe zusammengemischt. Fahrkarten, Restaurantrechnungen, Servietten, in Stücke geschnitten, und sie bildeten geometrische Muster, die sich mit den darunterliegenden Motiven in die Quere kamen, auf den ersten Blick erkannte man rein gar nichts. Es wirkte wie das Austoben im Laienmalkurs, aber sie unterstellte Holle, dass das gewollt war. Vielleicht ein Kokettieren mit jugendlicher Unbedarftheit. Sie erkannte allmählich etwas. Es waren stereotyp romantische Settings in unterschiedlichen Umgebungen. Eine Flusslandschaft, ein Hafen, Mann und Frau. Die Figuren verblassten immer auf der Hälfte oder waren von Zetteln überklebt. Auch die Wörter dünnten aus, wie eine Andeu-

tung nur. Die Serie nannte sich: *Wie beim Folterer sich richtig verhalten?*
Die Boys hatten angefangen zu tuscheln. Sie drehte sich zu ihnen um und betrachtete sie so lange, bis sie still waren. Sie bat um eine Schere, ein Messer, am besten beides. Man brachte es ihr.
Sie begann, die Verpackung von Holles Bildern vorsichtig aufzuschneiden. Die Boys lehnten sich lässig gegen grüne Metallfässer. Auch die gehörten zu einem Kunstwerk, aber das wussten sie nicht. Sie hefteten ihre Blicke kindlich ungeniert auf Theresa, nur wenn sie aufschaute und zurückblickte, schauten sie blitzschnell woandershin. Das wiederholte sich, wurde zu einem aggressiven Spiel, und dann hatten die Boys wohl genug und schlurften eine Wand weiter. Und da war das Video angesprungen. Sie hatte die Bilder noch zu Ende ausgepackt, aber dann gemerkt, dass sie eine Pause brauchte. Was die Bilder zeigten, war verstörend. Der Mann auf den Bildern hatte Ähnlichkeit mit dem Mann, der im Netz unter Christoph Wanka zu finden war.
Sollte sie weitermachen? Vielleicht gehörten die Bilder doch nicht hierhin. Sie rief kurzerhand Holle in Istanbul an und hinterließ zum ersten Mal eine Nachricht. Eine Bitte, zurückzurufen, es sei wichtig.
Sie drehte die Bilder mit der Vorderseite zur Wand und wollte warten, bis Holle sich meldete. Sie folgte dem Geplärre der Musik, entdeckte die Boys vor einem Monitor, der zu der Installation eines indischen Künstlers gehörte: *Pain is not a warning.*
Die Boys wurden unruhig, als Theresa sich mit ihnen die

Videosequenzen ansah, einer entfernte sich unauffällig, die anderen blieben stoisch an ihrem Platz. Das Video saugte Theresa an. Sie hatte vorher etwas Drastisches gesehen; Holles Bilder, aber das hier schien noch drastischer, vielleicht war alles halb so wild? Kunst halt. Künstler. Großes Mysterium. Sie schaute auf ihr Handy, sie stellte es so laut wie möglich, damit die hämmernde Musik Holles Rückruf nicht übertönte.
Sie bemerkte Christoph Wanka erst, als er etwas herüberrief. Die Boys liefen gehorsam zu ihm. Er betrachtete die Bilder, die an Holles Wand gelehnt standen; er hatte sie einzeln wieder umgedreht. Er sagte etwas, das Theresa nicht verstehen konnte. Er sprach zu den Boys, die keine Reaktion zeigten, aus Vorsicht und aus Nichtbegreifen.
Die Musik knallte und dudelte unbeirrt weiter. Die indischen Frauen tanzten. Sie hielten ihre Pobacken in die Kamera und kraulten die Luft über ihren Glitzerslips.
Christoph Wanka war groß, er wirkte vor den schmächtigen Boys wie ein Riese. Auf den Internetseiten hatte sie ihn nur abgeschnitten hinter Rednerpulten gesehen. Er trug jetzt dunkle Anzughosen und ein himbeerfarbenes Polohemd.
»Can someone stop this music?« Er schaute Theresa an, aber sprach zu den Boys. Er hatte nicht verstanden, dass die Musik zu einem Video gehörte, und er schaute auch Theresa nicht wirklich an, er vergaß seinen Blick nur bei ihr. Er hatte Sekunden zuvor sich selbst gesehen, er hatte jetzt nur noch, Theresa verstand das, sich selbst vor Augen. Sich und vielleicht Holle, und Holle musste ganz in der Nähe sein, seinen Berechnungen nach.

Jemand schlurfte zum Monitor und drehte den Ton leiser.
»Turn it off«, rief Christoph Wanka. Der Ton verschwand.
»Holle?« Er schaute sich im Raum um. »Have you seen a young woman, small, slim, dark hair?« Er zögerte und fügte hinzu: »Western.«
»No«, sagte Theresa wahrheitsgemäß.
Er konnte nun die Boys fragen, aber die würden zu allem das sagen, was er sich wünschte. Würde er sagen: »Have you seen her?« und dabei vermitteln, dass ihm das helfen würde, würden sie »yes« sagen. Würde er daraufhin wütend werden und sagen: »Wo ist sie?«, dann würden sie zurückrudern und sagen: »Nein, sie war nicht hier.« Würde er wütend werden, weil sie nicht hier war, würden sie sagen: »Maybe tomorrow, sir«, um ihn zu besänftigen.
Seinem Blick, seinem abfälligen Blick auf die kleine Mannschaft junger Männer, die wiederum nicht wusste, wo sie hinblicken sollte, das Video lief ohne Ton weiter, war das alles zu entnehmen. Da war zugleich etwas Würdevolles an diesem Mann, etwas, das die Bilder als umso größeres Unrecht dastehen ließ.
»Wer hat die Bilder gebracht?«
Die Boys drehten sich um und suchten Theresa. Sie hatte sich bereits hinter einen der Raumteiler zurückgezogen. Da war eine Tür. Sie öffnete die Tür, trat auf einen dunklen, muffigen Korridor, der zurück zum Treppenhaus führte. Sie lief die Stufen herab und stieg unten den engen Treppenaufstieg hoch zum Dachterrassenslum.
Oben behielt sie den Parkplatz im Blick, sie wartete darauf, dass Christoph Wanka verschwand.

Auf einem Bild hatte Holle die Nomadenzelte im siebten Stock abgemalt, sehr genau, fast wie eine Fotografie. Die Familie hockt um die Feuerstelle. Sie blicken den Betrachter an, ernst und abwartend. Ein bisschen starr, wie eine uralte Studioaufnahme, als hätten sie lange ausharren müssen und sich nicht bewegen dürfen. Vielleicht sind sie einfach bloß gelähmt vor Überraschung, dass man sie dort ausgesetzt hat. So hoch oben. Das Bild heißt: *Entscheide, sonst entscheiden andere für dich.*

Das nächste Bild zeigte einen Weißen im Slum. Er trägt ein kariertes Jackett und eine auffällige Brille und kauert in derselben traditionellen Hockhaltung vor einem Haufen Elektroschrott. Das Bild heißt: *Payment Pleasure Prestige.*

Holle hatte das Spiegelprinzip des Zeltlagers weitergedacht, sie nahm einen Europäer und versetzte ihn in die Situation des Slumbewohners.

Im nächsten Bild steht der Mann, wahrscheinlich derselbe, mit einer Gruppe indischer Arbeiter vor einem Ofen, die indischen Männer mit glänzenden nackten Oberkörpern, der Europäer trägt wieder das auffällige Jackett. Mit gedrehtem Körper wie beim Golf wirft er eine Ladung Aluminiumschrott in die Glut. Sein Gesicht glänzt und scheint fast zu platzen, er sieht aus wie ein Spanferkel über dem Rost.

Hinter dem Mann erkennt man Schemen einer Figur, die mit den Konturen des Rauches verschmilzt. Es ist ein Engel. Er breitet seine Schwingen schützend über die arbeitenden Männer.

Das vierte Bild zeigt einen zwischen Müllverwehungen

embryohaft eingerollten Mann. Das zur Seite gedrehte Gesicht, dem Betrachter zugewandt, ist aus der Form geraten: passiv, unkontrolliert, kaulquappenartig. Möglicherweise derselbe Mann.
Holle zeigte die Stationen eines touristischen Besuches in der Welt der Armut, endend mit dem für alle immer gleichen Schlaf, ob auf der Straße oder in einem Bett.
Schön gedacht.
Aber der Mann war Christoph Wanka. Er war deutlich zu erkennen.

Sie wartete schon eine Stunde. Der Himmel war verhangen von grauen Wolken. Holle meldete sich nicht. Moskitos bildeten mit der Dämmerung nervöse Mobiles um ihre Fußfesseln, um das Stück freie Haut zwischen Socken und Hose. Sie stachen zu, im Wechsel mit Theresas regelmäßig zuschlagender Hand. Ein Mercedes bewegte sich schließlich alligatorenhaft aus der Ausfahrt heraus. Sie meinte, auf der Rückbank Christoph Wanka zu erkennen. Er hatte über eine Stunde in der Galerie verbracht. Er hatte auf Holle gewartet. Er wusste immer noch nicht, dass Holle in Istanbul war. Theresa hätte mit ihm reden können, vorhin, ja. Aber es ging ihr nicht mehr um Christoph Wanka.
Sie stieg den engen Treppenweg wieder hinunter und fuhr dann mit dem Aufzug hoch in die Galerie. Da waren jetzt nur noch die Boys.
Sie fühlte sich leer, wachsam. Sie bohrte ein Loch in die Wand, produzierte einen kreischenden Lärm, der irgendetwas in ihr beruhigte. Der Bohrer fraß sich in etwas hinein. Er frisst, er frisst Wand. Eine kleine graue Mondland-

schaft zu Füßen. Das musste bleiben. Das ist wie das da draußen. Don't clean. Sie nahm einen Stift aus der Tasche und schrieb das unterhalb des aufgehängten Bildes an die Wand: *Don't clean*. Sie malte einen Pfeil abwärts zu dem kleinen Haufen Staub.
Sie richtete sich auf und betrachtete ihr Werk.

22
ISTANBUL

AUFLÖSUNG

Es ist später Nachmittag, und alle Versuche, Celal zu einem Spaziergang zu überreden, prallen an ihm ab. Schon gestern. Da war er müde, sagte, er habe keine Lust. Jetzt ist er krank. Was hast du denn? Kopfschmerzen. Sie löst ihm eine Schmerztablette auf, und er trinkt. Sie hat, wenn sie ihm Dinge reicht, plötzlich das Gefühl von Muttersein, es ist die Art, wie er, fast weinerlich, zu ihr aufsieht. Gehätschelt werden. Gepflegt. Das ist nicht sehr sexy.
Im Internet findet sie noch immer nichts Neues unter Theresa Maunder. Keinen Artikel über ein Zeltlager in einer Sozialwohnung, gern mit Foto bitte. Einen Blog besitzt diese Theresa auch nicht, und auf Facebook hat sie zwar ein Profil, aber sich mit ihr befreunden, das möchte Holle nicht. Es ist ja ziemlich egal, wo sie das veröffentlicht, Hauptsache, sie veröffentlicht es. *Morning Glory Apartments.* Das dürfte genügen, um bei der Witte Bau AG Alarm auszulösen. Vielleicht hätte sie auf Theresas SMS doch ein bisschen mehr reagieren sollen?
Sie trudelt durchs Licht. Staublicht. Glitzer. Celal hat die Hand in der Hose, gedankenverloren. Sie schläft mit ihm, mehr um zu testen, wie krank er wirklich ist, und er wirkt kein bisschen krank. Sie geht in die Küche und kocht Tee. Der Nachmittag färbt sich in den Abend um. Sie sitzen

und warten, und Holle weiß nicht, auf was. Es ist ein Warten, ja, sie kann das fühlen.

»Was machen die Kopfschmerzen? Besser?«

Er antwortet nicht, er schaut erstaunt auf, dann sagt er: Nein, immer noch. Und verzieht das Gesicht zum Schmerz.

Sie versucht, ihn zum Abendessen zu überreden: »Da gibt es doch die Gaststätte um die Ecke, bitte, oder soll ich etwa allein gehen? Ich geh jetzt, ich mag nicht den ganzen Tag in der Wohnung sein.«

»Bring Brot mit.«

»Du hast den ganzen Tag nichts Richtiges gegessen.« Sie sagt es fürsorglich. Ihre Stirn an seiner, die Hände in seinem langen Haar. Sie probiert aus. Tonfälle. Sie sucht den Schlüssel zu ihm, zur Situation.

»Bring Brot und Käse«, sagt er. »Und Bier.«

Sie steht schon in der Tür. Da fragt er:

»Hast du von rich guy gehört?«

»Nein, noch nicht.«

Sie ist verärgert. Als würde sie bei einem Fehler erwischt. Celal soll gefälligst den Mund halten und einfach warten, bis sie ihm von sich aus etwas dazu mitteilt. Aber sie will nicht im Unfrieden aus der Wohnung. Nie, das darf man nie. Diesen Gedanken hat sie plötzlich. Sie dreht sich um und küsst ihn auf den Mund, spürt seine weichen, vollen Lippen, warm, zart. »Ich bin in einer Stunde zurück.«

Sie läuft vorbei an Imbissbuden in weißem, alles ausleuchtendem Halogenlicht, an vollbesetzten Tischen auf dem Gehsteig, Teller überbordend mit Grillfleisch, dazwischen

Zitronenspalten, Rettich, bunte Peperoni, Brotkörbe, grüner Salat. Sie hört das werbende *Buyurun Buyurun* der Dönerverkäufer, bitte schön, bitte schön!, ein Dauergeräusch aus ihren Mündern, nur Celal macht das nicht, »it is stupid«, sagte er mit einem Anflug von Scham, »they make lot of noise, but I am more quiet guy«, und sie fragt sich, ob das eigentlich wahr ist. Sie steckt im Menschenstrom, spürt die Kraft der fremden Körper mit der eigenen sich vermengen, Menschen fließen an ihr vorbei und treiben sie an. Wenn sie sich umdreht, schaut sie in fünfhundert Gesichter, in kopftuchumrahmte Gesichter, hinter denen höckrige Stoffaufbauten anschwellen, darunter die langen, auf Figur geschnittenen Mäntel aus dünnen, glänzenden Materialien, in Bordeaux, Tannengrün, Grau und Schwarz. Männer mit ultrakurzem Haar, schwarzen Lederjacken und jener zügigen und ausladenden Gehweise, die jedem Zweifel zuvorkommt, die stets etwas auszuräumen scheint, dass man noch nicht einmal im Ansatz gedacht hat. Babys, eingewickelt in Wolldecken, bleu und rosé, sie werden geschoben, sie werden getragen, immer wieder diese kleinen Bündel, diese schlafenden Gesichter, mit ihnen das Gefühl angehaltener Zeit.
Im Rücken spürt sie jetzt jemanden, der ihr folgt, was normal ist, sagt sie sich, auch sie folgt anderen, aber es ist nicht dasselbe, es folgt ihr jemand. Wer geht da hinter ihr, so, dass sie ihn spürt? Ist Celal ihr gefolgt? Warum sollte er? Sie hat keinen Geliebten in der Stadt, sie hat keine Geheimnisse vor ihm. Sie hat nur ihn. Sie ist auf ihn angewiesen. Er weiß das doch.
Sie spürt etwas und kann es nicht fassen. Bleibt stehen.

Bleibt vor einem Schaufenster stehen mit nackten Puppen und im abgeschalteten Licht, nur von den Reflexionen der Straße belebt, in erstarrter Geste. Sie überlegt, ob sie umkehren soll. Jemand streift ihre Schulter, entschuldigt sich, es sind dreißig Minuten vergangen, seit sie die Wohnung verlassen hat. Sie meint plötzlich, Celal zu sehen, sie sieht ihn zehn Meter hinten in der Menge und dann in ihr versinken wie in einem Sumpf. Sie spürt etwas ihre Kehle zuschnüren, die allergrößte Traurigkeit, zu der sie fähig ist, diese Traurigkeit, die jemand um ihre Kehle legt und dann daran zieht, enger, immer enger, sie sagt, ich habe Luft, ich habe noch immer Luft, und sie versteht vollständig, was sie da sagt. Ich. Und was ist mit ihm? Er ist verschwunden in der Menge, und er hat sie nicht bemerkt. Sie nimmt ihr Handy, sie ruft ihn an. »Holle?«, meldet er sich. Sie hört, was er hört, was aus seinem Handy kommt, ein türkischer Popsong, der aus dem Geschäft gegenüber fällt, und jetzt sieht sie, dass Celal auf der anderen Straßenseite steht und sie anschaut.
Sie rennt zu ihm, sie rennt durch die Autos, und sie greift nach seinen Händen, hält sie, drückt sie. »Ne oldu? What happened?« Er kann kaum sprechen, er bekommt kein Wort heraus. Das ist immer so, wenn er aufgeregt ist. Wenn er Angst hat. Wenn Holle ihn nervös macht. Dieses Zögernde, Vorsichtige, jedes Wort etwas Fremdes, ein Stolperstein, und sein nervöser Blick nach rechts und nach links.
»Police. Police came. I just escape.«
»Why? Why police?«
»I got phone call. Yesterday. My sister told me police was

coming. I say I am safe. I am far away.« Er lächelt. »Far away. With you.«
»Sie suchen dich? Jetzt? Was hast du getan?«
Er zieht sie in einen Hauseingang. Er erzählt ihr von den Antiquitäten, die er mit einer Gruppe ausgräbt und verkauft, er erzählt, dass die Polizei bei der Schwester alles durchsucht habe, kurz bevor sie dann hier bei ihm auftauchten. Seine Schwester konnte ihn noch warnen.
Er schaut auf einen Punkt hinter ihr. »Yesterday stolen things were still there. Today not.«
»Diebesgut. Bei uns? Wo war das Versteck?«
»Kein Versteck. Auf dem Regalbrett in der Küche.«
»Vasen, eine Statuette?«
Er sieht sie enttäuscht an, als ginge etwas zu schnell vorbei. Wo sie es hingetan habe.
»Unter die Spüle. Außer Sicht, ich wollte es außer Sicht schaffen, ja? Es waren kaputte Vasen und ein hässlicher Götze, ich wollte nicht immer auf diesen Mist gucken, wenn ich den Abwasch mache, ich habe alles unter die Spüle getan.«
Sie senkt den Blick, bemerkt den Glanz auf Celals plastikglatter schwarzer Lederjacke.
»Tell me again: What did you do? Baby, I am stupid guy and my English is bad. So you tell me again.«
Darauf hat sie nur gewartet. Sie schaut ihn wütend an: »Das hättest du mir sagen müssen! Es war dein Fehler, nicht meiner, das Zeug in einer Wohnung zu verstecken! Und du bringst auch mich in Gefahr mit deinen krummen Geschäften. Ich bin keine Kriminelle! Du bist der Kriminelle!«

Criminal.
Das letzte Wort, das zwischen ihnen fällt. Er dreht sich um, der Passantenstrom schließt sich hinter ihm. Auf ihrer Wange entfaltet sich ein Feuer, da, wo seine Hand hinschlug.

Sie geht zurück. Was sonst bleibt ihr. Es ist das, was nun ansteht, und sie macht sich auf alles gefasst, dort in der Wohnung, dem Versteck. Dem Versteck vor der Welt, wie sie geglaubt hatte. Sie steigt das dunkle Treppenhaus hoch, kennt inzwischen die Zahl der Stufen auswendig, sie hört, die Wohnungstür ist offen, Stimmen, Männerstimmen, die sich Sachen zurufen, wie man sich schwere Gegenstände zuwerfen würde, mit Muskelanspannung, und jeder Wurf muss sitzen, Profis. Sie werden kein Englisch können, vermutet sie, aber da täuscht sie sich, man empfängt sie bereits mit Fragen, wer sie sei, wie sie heiße, in welchem Verhältnis sie zu Celal stehe. Sie antwortet auf jede Frage. Holle Schulz. Deutsche. Celals Freundin. Es sind drei Beamte in Dienstkleidung, ein untersetzter Mann mit starkem Schnurrbart, zwei unauffällige, und die Wohnung, vom stöbernden harten Taschenlampenlicht durchrüttelt, ist auseinandergepflückt, die Schubladen stehen offen, der Plunder liegt auf dem Teppich verstreut, Töpfe, leere Bierflaschen, Prospekte. Das Regal im Wohnzimmer ist umgefallen. Das Moscheebild liegt auf dem Boden. Es liegt in zwei gleich großen Hälften. Holle will es aufheben, aber da wird ihr bewusst, dass sie beobachtet wird und dass alles, was sie tut, eine Bedeutung haben kann.
»Was suchen Sie hier?«, fragt sie. Die Beamten schließen

die Tür und bedeuten ihr, zu warten. Sie denkt an Anwalt, ob sie einen Anwalt braucht, in Filmen braucht man an dieser Stelle einen Anwalt. Aber das hier ist doch ihr Leben, und das hier kann ihr nicht passieren, diese Szene aus wühlenden, Möbel verrückenden Männern, die jetzt den Schrank von der Wand zerren, die Efes-Bier-Frau von der Wand reißen, gegen Wände klopfen, die staubige Matratze vom Bett zerren und mit großen Armschwüngen aufschlitzen. In einer Plastiktüte, die der eine nicht loslässt, drücken sich Umrisse durch, vermutlich die Vasen.

»Ich habe nichts damit zu tun«, sagt sie.

Keine Antwort.

»Ich weiß nicht, was Sie hier suchen«, sagt sie.

Es dauert einige Minuten, oder vielleicht eine Stunde, oder zwei, das weiß sie nicht. Sie kann nicht denken. Sie spürt ihren Körper kaum vor Angst, bis auf das Brennen unter dem Auge, da, wo Celals Hand hinschlug, und sie konzentriert sich auf diesen leichten Schmerz, als könne sie dadurch Kontakt zu Celal aufnehmen. Wo ist er nun? Wo geht er hin? Die ganze Stadt kennt ihn. Das ist gut, das ist schlecht. Sie hat einen Gedanken, aber sie schiebt ihn beiseite, sie will ihn später denken, wenn sie mehr Informationen hat, nicht jetzt, der Gedanke hat aber mit Wanka zu tun.

»Please come with us.« Sie sagt nichts von Anwalt, das scheint ihr zu konfrontativ. »Ich möchte meine Sachen mitnehmen.« Die starren sie an, und sie sagt: »Ich wohne hier doch gar nicht, ich bin zu Besuch.« Der Untersetzte begleitet sie ins Schlafzimmer. Er leuchtet mit der Taschenlampe über die Zerstörung, eine Zerstörung, die schon vorher da war, aber jetzt nicht mehr ihre ist, ihre und Celals, sondern eine der Welt. Der ganzen Welt. Sie bückt sich nach ihrer Reisetasche, die man durchwühlt hat, sie wirft hinein, was nach ihren Dingen aussieht, Jeans, Pullover, ein Buch, sie entdeckt unter der Kommode ihren Laptop, zögert, greift nach dem Gerät, doch wandert es geradewegs in die ausgestreckte Hand des Beamten.

»Das ist mein Computer.«

Sie bekomme ihn zurück, sofern er kein Beweismaterial enthalte. Sie wird wütend, sie wird so wütend wie zuletzt, als Celal einfach ihr Handtuch benutzt hat, aber sie schließt kommentarlos die Tasche und steht auf.

Der Untersetzte geht vor. Auf der Türschwelle dreht sie sich noch einmal um. Sie weiß, sie wird in diese Wohnung nicht zurückkehren.

23
MUMBAI

PROTESTE

Theresa wollte keine Spuren zurücklassen. Sie entdeckte auf den cremeweißen Kacheln eine feine Staubschicht und einzelne Haare. Sie krempelte die Jogginghose hoch, hockte sich wie die Maid auf den Boden, den Eimer zwischen den Beinen, bewegte sie sich rückwärts von der gesäuberten Fläche weg. Sie erneuerte zweimal das Wasser, sie war penibel, wischte jeden Zehenabdruck, wie eine Intimität, sorgfältig weg. Der Schweiß tropfte vom Kinn herab auf die Brust, ihre Haut brannte von der Hitze, ihr Gesicht war knallrot, als sie während des Putzens in den Spiegel sah und *white woman cleaning* zu sich sagte. Das Putzen war ungemein befriedigend. Es war immer klar, auf welchen Punkt es als Nächstes zuging, sie überließ sich diesem Mechanismus mit einer manischen Hingabe, es kam kein Leerlauf auf, keine Frage.

Während sie putzte, stellte sie sich ein Gespräch mit Lorenz vor. Es würde nicht stattfinden, denn Lorenz war nicht der, der solche Sätze sagen konnte wie: »Mein Vater. Er sieht mich an und sieht sich selbst nicht in mir, und das stört ihn.« Und sie könnte dann sagen: »Aus diesem Grund versucht dein Vater, dir ähnlicher zu werden. Er macht nun Dinge, die ihm nicht ähnlich sehen. Um dich zu verstehen.«

»Ist das so?«
»Es ist Liebe. Es ist Verzweiflung.«
Und er würde verstehen, wie nah beides ist.
Sie sagte zu Lorenz, dem imaginierten Lorenz: »Ich finde nichts demütigender, als eine Variante zu sein. Alles ist immer nur eine Version. Auch hier. Es funktioniert. Aber ich sehne mich nach etwas anderem.«
Im fiktiven Gespräch antwortete Lorenz, der ideale Lorenz, der zwischen den Zeilen lesen konnte und der verstand: »Du redest von uns, nicht wahr?«
Und sie sagte halblaut in das leere Zimmer: »Ich rede von dir, und ich rede von Vertrauen. Vertrauen ist dann erst Vertrauen, wenn ich vertraue, obwohl ich keinen Grund dazu habe. Eben weil ich nicht alles weiß. Wenn der andere mir alles erzählt, dann habe ich es mit einer Beichte zu tun. Und deshalb hatte ich dir vertraut.«
Manchmal wählte man Menschen danach aus, was man zu ihnen nicht sagen konnte.

In der Küche wischte sie über die Ablagen, scheuerte das Spülbecken, zog ihre Einkäufe aus den Regalen heraus, Müsli, Nudeln, Obst, legte alles in eine Tragetasche. *Wann wird etwas persönlich?*
So sollte die Rede beginnen.
Wann sind wir gemeint?
Sie wusste es selber nicht. Sie wusste nicht einmal, ob sie sich für Holle verantwortlich fühlen musste.
Seit ihrer Rückkehr aus der Galerie wartete Theresa darauf, dass etwas geschehen würde. Dass jemand sie hier in der Wohnung aufsuchte und ausfragte zu Holle Schulz.

Sie hatte Holle eine E-Mail geschrieben, zwei Tage gewartet, dann noch einmal auf Holles Mailbox gesprochen. Keine Antwort.
In den Nachrichten tauchte Istanbul auf. Aus Demonstrationen, die einen kleinen Park vor dem Abholzen schützen sollten, war eine landesweite Protestbewegung gegen die repressive Regierung geworden. Junge Menschen hockten zwischen bunten Zelten im Grünen, malten Transparente, improvisierten Imbisse und Bühnen, es war wie ein friedliches Open Air Festival, das schließlich von Wasserwerfern, Reizgaswolken und einer Sicherheitsarmee zerschlagen wurde.
War Holle in die Proteste geraten?
Sie waren Fremde. Theresa sagte sich das nun auf. Wir haben keine Berührung. Es gibt nur diesen Strom der Menschendaten, in dem wir uns überschnitten haben. Auf einer Wohnungsbörse. Ein Ort, an dem man sich eine Minute später schon wieder umentscheiden kann. Ich will die Wohnung lieber doch nicht. Man nahm die Verletzung vorab schon in Kauf, willigte ein, nicht gemeint zu sein. Man lebte in einem Wischen und Entwischen, einem Hier und Nicht-Hier.
Sie würde über das Gebäude sprechen, vom Slum auf dem Dach und von ihnen hier unten, und falls es gut lief, würde sie den Mut aufbringen, das Galeriepublikum zu einem Experiment einzuladen, man könnte doch einige Slumbewohner in die Galerie holen und umgekehrt dem Slum einen Besuch abstatten, eine Art Kultur-Austausch, unvorbereitet, echt. War das Kunst? War das eine Kunstaktion? Spielte das eine Rolle?

Sie wurde von der Türglocke aus ihren Gedanken gerissen. Sie bat Lorenz herein und ließ ihn in der Vorhalle allein. »Ich muss noch den Koffer packen.« Während sie im Schlafzimmer Kleidung zusammenfaltete, konnte sie hören, wie Lorenz sich in den Räumen umschaute. Er streute sorgfältig hier und da Geräusche ein, als bezahle er sein Herumschnüffeln mit dem Spenden einer akustischen Kulisse beziehungsweise lege jeden Schritt ehrlich offen, er ging hustend Richtung Küche und dann räuspernd zurück in den großen Raum, er ließ das Schiebefenster geräuschvoll aufsurren, beugte sich in die blütenduftdurchtränkte Nacht. Sie sah ihn nicht, sie war in das Zusammenfalten ihrer Kleidung vertieft, aber spürte, wie sein Verhalten Zärtlichkeit in ihr auslöste. Sie hatte Lorenz vor zwei Stunden angerufen. Von diesem Moment an war ihre Zeit in dieser Wohnung abgelaufen.

Sie kniete vor dem geöffneten Koffer, legte ihre Kleidung zu ordentlichen flachen Schichten.
»Hat deine Vermieterin keinen Wäscheständer?«
Lorenz lehnte in der Tür und schaute zum Fenster. Im Gitter hing noch Kleidung. Ein eigenwilliges Patchwork aus Milchglas und verknäulten Textilien.
»Kannst du mir die Sachen bitte geben?«
Er pflückte ein Teil nach dem anderen heraus, das erste reichte er ihr noch an, das nächste warf er ihr zu.
Es war, als tappte sie im Dunkeln durch einen Raum. Ihr war, als läge die Lösung hinter einer Tür, aber jedes Mal, wenn sie davorstand, schien irgendetwas sie abzulenken,

schien sie sich zu kratzen, nach irgendwas zu bücken, und so lief sie im Kreis.
Er reichte ihr einen Rock. Es war Holles Rock, beige Seide, knielang, und sie legte ihn beiseite.
Sie schloss den Koffer, betrachtete Lorenz. Sie streckte die Hand zu ihm aus und ließ sich aufhelfen, dann sagte sie: »Meine Beine sind eingeschlafen.« Sie stand bewegungslos und mit verzogenem Gesicht auf einem Bein. Sie standen reglos nebeneinander und warteten.

24
ISTANBUL

YILDIZ PARK

Leer und dunkel, leer und müde. Wenn die Vögel singen, davon wird Holle jeden Morgen wach, ist der Himmel noch schwarz, aber dann dauert es nicht lange, und die undurchdringliche Schicht öffnet sich. Holle hält die Augen auf, während die Lähmung aus dem Körper weicht, unter ihrem Körper die Gummimatte spürbar wird und Empfindungen in ihn eindringen. Zum Glück sind die Nächte warm, die Fleecedecke, die sie eingepackt hatte, ohne es zu merken, sie hatte mitnichten diese Fleecedecke klauen wollen, hält sie warm. Sie wartet und beobachtet den Himmel, der von zwei Eschen begrenzt wird. Die Zweige bewegen sich von einem Wind, der vom Bosporus kommt. Die Stadt hält still. Ihr Körper ist still. Er ist in der größten, tiefsten Stille, die ihr bekannt ist, die sie, womöglich hat es damit zu tun, aushalten kann, vielleicht gibt es noch tiefere Arten der Stille. Die Decke ist leicht feucht vom Tau, der weiterwandert über die Grashalme und in der Luft hängt, der aus der Dunkelheit eine bewegliche, leicht sprühende Sache macht, etwas, das sie allmählich erst wahrnimmt. Sie ist mutiger geworden in den letzten Tagen, sie hat ihr Lager nachts ins Offene gezogen, nachdem sie die ersten Stunden der Nacht unter einem Strauch verbracht hat, von dort den kleinen Abhang im

Blick, der von einem Spalier Rosen gesäumt ist und auf einen Springbrunnen zuführt. Dahinter sind die Drehtüren zum Parkeingang und das Pförtnerhäuschen und die zwei, manchmal drei Wächter, die nach der Schließung des Parks noch einmal eine Runde drehen. Was sie dann machen, weiß Holle nicht, ob sie sich noch eine Weile irgendwo in der Nähe aufhalten, aber sie ist sicher, dass in der Nacht niemand mehr im Park ist.
Sie hat Celals Schwester von einem Münztelefon aus angerufen. Natürlich war das eine dumme Idee, vielleicht tat sie das auch nur, um zu verdrängen, was sie eigentlich sofort hätte tun müssen: zur Schwester fahren und dort mit Händen und Füßen der Verständigung auf die Sprünge helfen, um das nun gewissermaßen als erledigt abhaken zu können; Kontaktaufnahme, das hat sie getan. Die Schwester schwieg, sie kann ja kein Englisch, Holle sagte mit den wenigen Brocken Türkisch, wo ist Celal, ist Celal bei dir? Wenn sie das Schweigen richtig verstanden hat, ist er nicht bei ihr, und es wäre ja auch unwahrscheinlich. Das Schweigen der Schwester, das nun so anders war als das übliche Geplapper der Schwester, hatte sich wie ein Finger auf ihre Brust gesetzt. Sie spürte diesen Finger. Es war nicht mehr die Hand, die sich seelenvoll ans Herz griff, sondern ein Finger, und er stach in Holle hinein, in etwas an Holle, das eigentlich niemanden etwas angeht, aber doch plötzlich zur Diskussion steht, sogar ohne Worte. Ohne Worte, nur dieses Schweigen, ein kurzes *Bye* am Ende, auf Englisch, und es wirkte so knapp und aus dem Mund der Schwester wie ein Wegnehmen von Sprache.

Man hatte Holle den Laptop und das Handy nicht zurückgegeben. Das Handy wolle man benutzen, um Celal auf die Spur zu kommen. Es war ja wahrscheinlich, dass er Kontakt mit Holle aufnehmen würde. Es ist ein Smartphone, ein teures Gerät. Sie bekam eine Quittung für Handy und Computer. Sie solle sich in einer Woche melden.

Sie hat sechs Nächte in diesem Park verbracht. Sie ist in einem Alleinsein, das sich gegenüber der Welt gar nicht mehr erklären, in Kategorien fassen lässt; der Gedanke, dass sie es versuchen sollte, streift sie kurz und fällt dann schnell wieder ab, wie ein altes, kraftloses Pflaster. Sie rollt die Gummimatte jeden Morgen in der Frühe ein und versteckt sie unter dem Gebüsch, da, wo auch ihre Reisetasche versteckt ist, und dann wartet sie die ersten Menschen ab, Touristen meist, bis die bunten, kleidungsbunten Tropfen regelmäßig werden, und dann, in einer Lücke, kommt sie hinter dem Busch hervor. Ihre Notdurft muss sie vorher erledigen, also ist jetzt, in der Dunkelheit und dem anhebenden Vogelgesang, die letzte Möglichkeit. Sie zieht ihre Knie an, rollt ein bisschen auf der Gummimatte, so dass sie die Wirbelsäule spürt, dann steht sie auf und bewegt sich auf leisen Schritten wie ein Indianer zu einem Nachbarstrauch. Etwas hat sich eingespielt in kurzer Zeit. Die benutzten Papiertaschentücher sammelt sie in einer Tüte; sie will keine Hunde oder andere Tiere anlocken. Es leben Hunde in diesem Park. Helle schafgroße Mischlinge, die tagsüber auf den Wiesen ruhen oder direkt auf den Picknickbänken und -tischen. Die Hunde interessieren sich nicht für sie, und sie versucht nicht, Freundschaft mit

ihnen zu schließen; generell vermeidet sie alles, was Aufmerksamkeit erregen könnte.
Sie befindet sich in Beşiktaş, angrenzend an den Ortsteil Ortaköy, im Yildiz Park, es gibt im Zentrum Istanbuls kaum Parks, den kleinen Gezipark etwa am Taksim-Platz, um den jetzt gekämpft wird. Sie kennt nur diesen hier, Yildiz Park, hier war sie mit Celal letztes Jahr einmal, als schon der Herbst kam und die Blätter färbte. Sie hofft, aber weiß, dass es unwahrscheinlich ist, dass auch Celal hier Unterschlupf sucht. Sie würde gerne die Fleecedecke wie ein Segel aufspannen, um ihm ein Zeichen zu geben, und zugleich hat sie vor nichts größere Angst als davor, Celal unter die Augen zu treten. Vielleicht, wenn sie ganz ehrlich mit sich ist, hat sie sich in diesen weit entfernten Park zurückgezogen aus Angst vor ihm.
Sie bringt die Vormittage damit zu, auf einer der Picknickbänke zu sitzen im Schatten der Lorbeerbäume, und sie schaut in das Tal oder liest oder macht beides. Der Park befindet sich auf einem Hang, sie kann von ihrem Punkt aus über eine dichte Ansammlung aus Nadel- und Laubbäumen hinweg den Bosporus sehen und dahinter den Ortsteil Kuzguncuk in Asien. Ein idyllischer Blick, ein idyllischer Ort. Sie kann sich riechen, vor allem ab Mittag, wenn die Hitze unter ihre Kleider fährt und beharrlich und still alles aufwärmt und hochtreibt, Moleküle ins Tanzen bringt, dann riecht sie ihr ungewaschenes Haar und den scharfen, stechenden Geruch, der aus ihren Achseln strömt, und den Schweißgeruch aller anderen Partien. Man hatte sie auf der Polizeiwache sehr freundlich behandelt, bis auf die Sache mit den beschlagnahmten

Geräten natürlich, aber man hatte sie freundlichst aufgefordert, Platz in einem bequemen Sessel zu nehmen, man hatte ihr mehrere Gläser Tee serviert und in gutem Englisch versucht, ihr Wissen anzuzapfen, das ging bis in den späten Abend, mitsamt einigen Unterschriften, die sie zu geben hatte und die sie gab, nach einem flüchtigen Drüberfliegen und Kontrollieren ihrer Aussagen. Dass sie nichts weiß und dass sie bereit ist, Kontakt zum Tatverdächtigen herzustellen, sobald sie Kenntnis darüber hat, wo er ist. Durch eine Kaution übrigens, hieß es, sei er dann leicht freizukaufen.

Es war zweiundzwanzig Uhr, und die Beamten, sie war ja nicht verhaftet, schickten sie vor die Tür, dabei wäre ihr eine Zelle jetzt angenehm gewesen, Einzelzelle natürlich. Sie trottete die dunklen Wohnstraßen hinab und versuchte sich zu orientieren, ohne ihr Smartphone war das schwierig, sie war irgendwo in Beşiktaş, hatten die Beamten ihr mit auf den Weg gegeben, und nachdem sie eine Stunde gewandert war, ein Gehen zunächst, um sich zu beruhigen, um die Anspannung und die Angst wegzulaufen, kehrte sie in eine kleine Pension ein, verhandelte einen Preis von dreißig Euro, gab ihre Daten an, Adresse, Reisepassnummer, sie war nun erfassbar, man konnte sehr leicht herausfinden, wo sie war, und sie ging dann zwar auf das Zimmer hoch, schmal, Linoleumboden, harte Matratze, dünne Wände und Blick in einen Hinterhof, aber beschloss noch vor dem Einschlafen, keine weitere Nacht dort zu bleiben. Sie musste rausfallen, sie musste, vielleicht wie eine Selbstbestrafung auch, ganz untertauchen, und das ging nur in einer Anonymität der Bäume und des

Himmels und der Erde, und nun am sechsten Tag also riecht sie nach einer Obdachlosen, was sie ja auch ist, nur ist sie diesen Gedanken über sich nicht gewohnt. Sie hat kein Zuhause mehr, nicht einmal in Berlin, und wenn sie an Wankas Wohnung denkt und wie nah sie sich einen Augenblick lang dieser Wohnung gefühlt hat, muss sie lachen, ja, ein wildes Lachen platzt dann aus ihr heraus, weil weiter entfernt von dieser Wanka'schen Wohnung könnte sie nun kaum sein.

Sie kann die millimeterkleinen Parzellen ihrer Hautstruktur im Sonnenlicht erkennen, auf den Händen ein eingraviertes Muster aus Rillen. Sie cremt sich die Hände ein und schneidet sich die Fingernägel. Sie rollt vergeblich ein Deo unter ihre Achseln. Sie putzt sich die Zähne morgens und abends und gurgelt mit Mineralwasser, und doch hat sie ein bisschen entzündetes Zahnfleisch, etwas, das sie bislang gar nicht kennt. Sie betreibt die Körperpflege in dem Maß, wie sie es den Umständen entsprechend kann. An den ersten Tagen ging sie noch nachmittags in den Ort und spazierte zum Ortaköy-Hafen, wo ein Gloria Jean's Coffees ist, dort trank sie Latte macchiato, wusch sich im WC hastig mit angefeuchteten Papiertüchern den Oberkörper ab, es war seltsamerweise dieser globale Ort, der Sicherheit verströmte, eher als ein türkisches Lokal mit Kellnern, die persönliche Fragen gestellt, ein Gespräch begonnen hätten. In dieser Kaffeehaus-Kette verschwand sie wie ein beliebig austauschbares Glied einer unendlichen Kette von weltweiten Menschen.

Sie nimmt an der Theke den Kaffee im braunen, mit Extra-Banderole gegen Hitze verstärkten Pappbecher entgegen und verzieht sich nach draußen an einen schattigen Platz unter den Sonnenschirmen. Die beiden im Park befindlichen Pavillons, in denen Tee serviert wird, meidet sie; regelmäßig dort gesehen zu werden, da könnte sie zu sehr auffallen.

Das war an den ersten Tagen, nun nicht mehr, sie hatte gemerkt, dass sie gegen den Körpergeruch nicht ankam allein durch diese Tücher aus dem Papierspender und dass sie bereits eine Fahne aus Mief hinter sich herzog, nach Hyazinthen, scharf, nach seifigem Schweiß, und das war ihr unangenehm. Sie kam einfach nicht nach.

In ihr passiert sehr viel, aber äußerlich merkt man es ihr nicht an, nicht einmal sie selbst kann das festpinnen, es ist vielmehr das Ausbleiben von Reaktionen, wie ein resignierendes Zerfließen, eine Wehrlosigkeit, die so alldurchdringend ist, dass sie allenfalls bemerkt, aber nicht bekämpft werden kann, und Angst hat sie keine. Vielleicht ist das das Wichtigste, was sie über sich feststellt, sie hat keine Angst, obschon sie, riskiert sie einen kurzen Blick auf sich selbst, durchaus Angst haben könnte, weniger aufgrund der konkreten Situation als Angst aufgrund des Verlusts dessen, was sie bislang war, die, für die sie sich hielt und wofür kein Ersatz in Sicht ist.

Sie sitzt dort und ist bereit, das auszuhalten. Sie sitzt an diesem abgeschiedenen Picknicktisch unter den Lorbeerbäumen, eine Lorbeerbaum-Insel auf einer Wiese. Sie hat ein paar Vorräte unter dem Busch versteckt, Wasser, Toastbrot, Eckchenkäse (haltbar auch ohne Kühlung), ein paar Äpfel und Karotten, und an denen knabbert sie, aber spürt nun starke Abgeschlagenheit, einen sich verdoppelnden Umriss ihres Kopfes, ein Erkältungskopf, etwas braut sich zusammen. Sie vertreibt sich die Zeit mit Lesen, schwierige philosophische Essays angesagter Gegenwartsphilosophen, da kann sie einen halben Tag mit einer halben Seite zubringen, bis diese sich in ihr auflöst und mit ihrer Textur verschmilzt wie ein Brühwürfel in Wasser. Die Langsamkeit der philosophischen Sätze, ihre Dichte, bildet sich umso deutlicher ab in dieser Leere um sie herum, einer Leere aus Wald (der Yildiz Park war in byzantinischer Zeit ein Wald und ist es irgendwie immer noch), aus immer weniger Besuchern, es werden von Tag zu Tag weniger, und sie hat beim letzten Mal, als sie im Gloria Jean's Coffees saß, in den Zeitungen dort Bilder einer weißvernebelten Istanbuler Innenstadt gesehen, weglaufende Menschen mit Gasmasken, Barrikaden, Wasserwerfer, Polizeiketten. Der weiße Rauch kroch wie eine Raupe mit Knicken durch das Gewühl, wo Protest und Gewalt einander schürten. Während sie hier also in diesem Park hockt, wird ein anderer umkämpft, und ihre Tatenlosigkeit beschämt sie, aber sie kann sich unmöglich nun aufraffen und die Protestler unterstützen, zumal sie ohnehin schon bei der Polizei registriert ist und sich die Dinge ungünstig vermischen könnten. Sie hofft, dass das Chaos in der Stadt wenigstens für Celals Situation günstig ist, dass die Polizei derzeit andere Sorgen hat, als einen kleinen Antiquitätendieb zu suchen, ihn vielleicht vergisst. Aber wie lange? Und was dann?

Der Nachmittag sinkt vor ihr ein, sie hat ihre Lesebrille in der gemeinsamen Wohnung vergessen, und vielleicht ist es das angestrengte Lesen ohne Brille, das diese Erschöpfung herbeiführt, in der die wankenden Zweige der Sträucher, die Pinien und Zedern ein fiebriges Zittern werden, vor dem sie die Augen schließt und auf der Bank langgestreckt einschläft, bis eine Hand über ihr auftaucht, nachdem, sie fühlt es, die Hand an ihrem Arm gerüttelt hat, das hat sie geweckt. Ein Mann in graublauer Dienstkleidung, ein Parkwächter oder Parkpfleger, alt und hager. Er macht rücksichtsvoll wieder einen Schritt von ihr weg, so dass sie sich aufrichten und orientieren kann. Tageslicht noch. Sie schaut auf die Uhr, es ist siebzehn Uhr, die Zeit, zu der der Park schließt. Sie hat Schmerzen, jetzt fühlt sie das deutlich, Schmerzen in den Gliedern und im Kopf, und ihr Hals tut auch weh. Sie mustert den alten Mann, und er mustert sie, blitzschnell weiß sie, was sie tun muss, sie bedankt sich, sie schaut entsetzt abermals auf die Uhr und entfernt sich von der Parkbank, betritt den asphaltierten Parkweg, der abwärtsführt zum Ausgang, kein Besucher ist mehr zu sehen. Sie ist nicht sicher, ob der Mann sie beobachtet von dort oben, sich umdrehen würde verdächtig sein, er hat sie natürlich gerochen, und vielleicht hat er schon mehr gesehen an ihr, als sie selbst sehen kann, sie war ohne Spiegel die letzten Tage, vielleicht hat sie bereits Insekten im Haar und Stöckchen. Es scheint ihr keine gute Idee, ihre Dinge dort im Park zurückzulassen, zumal, jetzt bekommt sie einen Schreck, auch ihr Geld dort liegt, unter dem Strauch, in ihrer Tasche, Geld und Ausweis. Sie kann nicht einfach auf der Straße campieren, das ist zu gefährlich, was also soll sie nun tun? Ihre Beine sind schwer wie im Traum, wenn das Weglaufen wie von der eigenen Dringlichkeit gelähmt wird, wie in einem genüsslichen Selbsthass, der sich in vollem Umfang offenbart, wenn er besonders effektiv sein kann. Es sind noch einhundert Meter bis zum Ausgang, und vielleicht hat der Diensthabende sie bereits im Auge und wartet darauf, dass er hinter ihr das Tor schließen kann. Tatsächlich tritt nun eine Gestalt aus dem kleinen Häuschen und macht diskret deutlich, dass sie einen Zahn zulegen darf, er schaut auf die Uhr. Ihr bleibt nichts anderes übrig, als sich an ihm vorbeizuschieben, aus dem Park heraus, und den Abend und die Nacht irgendwie zu überstehen, in irgendeinem Winkel der Stadt, ohne Geld, Ausweis, Essen, dafür mit einem, wie sie nun merkt an der warmen Nebelschleppe über ihren Augen, Fieber. Sie könnte sich in ein Krankenhaus begeben, vielleicht gibt man ihr für eine Nacht auch ohne Ausweispapiere und Geld ein Bett. Sie weiß aber nicht, wo ein Krankenhaus ist. Sie geht die Straße mit den Wohnhäusern hinab, sie sucht nach Nischen und Winkeln, aber so etwas findet sich hier nicht, und sie hat auch nicht den Mut, eine der nett wirkenden Frauen anzusprechen, Frauen, die aussehen wie Angestellte in irgendwelchen Firmen, in halblangen Röcken und Blusen, oder überhaupt irgendetwas zu sagen. Sie hat seit Tagen ihre eigene Stimme nicht mehr gehört. Sie war völlig eingesponnen in etwas, das über sie einbrach und das sie nun ausspuckt, nun in einem denkbar ungünstigen Augenblick. Çırağan Caddesi. Die Straße, die am Bosporusufer entlang bis ins Zentrum Istanbuls zurückführt, vielleicht drei, vier Kilometer, vorbei am Dolmabahçe-Palast. Das nimmt sie sich nun vor, vielleicht taucht ja unterwegs eine Lösung auf, ein weiterer Park oder jemand, der ihre Lage

erkennt und ihr hilft. Oder ins Stipendiatenhaus? Immerhin sind dort Menschen wie sie, junge deutsche Künstler, und vielleicht kennt sie ja doch zufällig irgendwen, und vielleicht kann sie den türkischen Vermieter auffinden, aber der schien sie nicht zu mögen, denn Celal mit seiner Dönerbude war dem Vermieter nicht recht, diese primitiven Dönerbuden, die da überall fürs schnelle Geld alles verschandeln, das hatte er einmal zu ihr gesagt.
Also geht sie weiter. Sie hat Angst vor Celals Schwester, die Schwester, ahnt sie, macht Holle verantwortlich und wird wenig verstehen können. Nach einer knappen Stunde erreicht sie das Zentrum, sie steigt eine steile Gasse hoch, die zum Galataturm führt. Sie hört Geschepper, Klopfen, Schlagen von Blech. Oder ist das schon in ihrem Kopf, ihr Blut, das anfängt zu pochen? Es riecht nach Fisch, nach Makrelen, eine dunkle Schwade Fischgrillgeruch verhängt die Sicht, ihr Herz tut weh. Ihr Kreislauf macht einfach nicht mehr mit. Sie schleppt sich eine Seitengasse hoch zur Istiklal Caddesi und verschwindet in den Menschen, die anders sind als sonst, die nicht flanieren und shoppen. Die meisten Ladenrollos sind heruntergelassen, Transparente bewegen sich durch die Straße, die türkische Nationalflagge, eine Sirene heult, und Stimmen verbinden sich zu Sprechchören. Am Taksim-Platz fliegen Plastikgeschosse durch Tränengasnebel. Menschen mit Gasmasken. Menschen, die herumgeschubst werden. Handydisplays verdoppeln in Miniaturform die Szene. Überall schweben verdoppelte kleine Ausschnitte dessen, was geschieht, über den Köpfen. Sie sucht nach der Bushaltestelle, aber überall stehen Polizeiwagen und gepanzerte Fahr-

zeuge. Wasserwerfer schießen Fontänen über den Platz. Sie schafft es, sich vor den giftigen Schwaden in eine Seitenstraße zu flüchten, sie hustet und taumelt eine Weile durch die fliehende Menge hindurch. Ein Hotel taucht auf, mit Menschen, die wie sie geflohen sind und dort in der Lobby Atem schöpfen. Die Leute hocken überall, sie beugen sich übereinander, schauen nacheinander, sie wirken genauso erschöpft wie Holle, manche Gesichter sind feuerrot und feucht, als hätten sie, wie Holle, Fieber, aber es ist das Reizgas, das auf sie abgeschossen wurde. Holle lässt sich an einer Wand nieder. Ein Junge erbricht sich zwischen Sofa und Glastisch, zwei Sanitäter stützen eine schluchzende Frau. Ihre Kleidung ist triefend nass, vor die Wasserwerfer geraten, man legt ihr eine Decke um.
Leute telefonieren, gehen vor den Scheiben auf und ab, hinter denen nun das weiße Gas wabert. Ein Kameramann und ein Reporter mit langem plüschumwölktem Mikro balancieren durch die Lagernden hindurch und filmen Gesichter. Draußen wird es dunkel, und die Luft in der Lobby ist schwül und verbraucht, Holle sieht Blut, dunkel und nass. Eine Frau geht vor ihr in die Hocke und fragt, ob mit ihr alles in Ordnung ist. »Ich habe Fieber, und ich habe mein Geld verloren.« Die Frau steckt ihr, ohne zu zögern, dreißig Lira zu. »Hier«, sagt sie und wendet sich ab. Dreißig Lira, das sind etwa zehn Euro. Damit kann sie nun etwas machen, nun ist sie nicht mehr ganz so hilflos.
Ihr Hals schmerzt. Wahrscheinlich längst eitrig. Sie muss nach der Toilette hier suchen, als Allernächstes. Sie muss sich das Gesicht waschen und den Oberkörper. Es ist hier besser als im Park. Hier, jetzt, kümmern sich alle um-

einander. Sie hat inzwischen selber schon die Illusion, eine auf dem Taksim-Platz von der Polizeigewalt drangsalierte und hier sich erholende Demonstrantin zu sein, sie schämt sich, aber nun steht sie auf und sucht nach den Toiletten. Sie läuft durch eine Menschentraube, sie stehen vor einem Internetraum. Sie war über eine Woche nicht mehr online. Sie hat Angst, aber sie muss sich gewissen Nachrichten aus Mumbai stellen. Holle kommt nach zwanzig Minuten an einen Computer.

Von Wanka keine Nachricht.

Sie starrt eine Weile auf den Bildschirm, zwischen Erleichterung und einem Anflug von Wut.

Dafür zwei Nachrichten von ihrer Untermieterin Theresa.

Liebe Holle,

ich kann dich leider nicht erreichen. Nun also per Mail. Es ist etwas passiert, das womöglich nicht in deinem Sinn ist.

Die Witte Bau AG hat vor einigen Tagen Bilder für eine Ausstellung abholen lassen. Aus Neugier bin ich mitgefahren. Aus Neugier – ich weiß, hier wird es unverständlich – habe ich die Bilder ausgepackt. Mir kam der Verdacht, dass sie womöglich nicht für die Öffentlichkeit bestimmt sind, dass das ein Missverständnis war. Tut mir sehr leid.

Außerdem hat derjenige, um den es geht – auf den Bildern –, sie bereits gesehen.

Die zweite Nachricht:

Liebe Holle, die Meldungen aus Istanbul überschlagen sich. Ich hoffe, dir ist nichts passiert? Ich habe einen Vorschlag für dich. Na-

türlich nur, falls du mir mein unüberlegtes, vorschnelles Handeln überhaupt verzeihen kannst.

Holle schreibt zurück:

Wie hat Wanka reagiert, als er die Bilder sah?

Mehr schafft sie nicht. Es dauert nur eine Minute, und sie erhält eine Antwort von Theresa. Ob sie Skype habe.

Während sich das Programm öffnet, dröhnen aus den Hotelräumen Stimmen. Es klingt nach Bekanntgaben, nach Streitigkeiten, nach Befehlen, und immer wenn jemand die Tür zum Internetraum öffnet, wird alles unerträglich laut.

Holle sieht ein rundes Gesicht auftauchen. Das Gesicht ist ein bisschen höher als die Kamera, wodurch der Hals übergroß wirkt. Die kleinen braunen Locken gefallen ihr nicht. In einem kleinen Fenster sieht Holle ihr eigenes Bild. Bleich.

»Kannst du mich hören?«, fragt Holle.

»Ja. Geht es dir gut?«

Holle schaut stumm zurück, sie versteht eine solche Frage nicht, sie hat keine Lust, auf eine solche Frage zu antworten.

»Ich meine, bist du dort in Sicherheit?«

Holle zuckt die Schultern. Der Lärm draußen nimmt irgendwie zu.

»Was ist mit deinem Auge?«, fragt Holle. Sie erhält keine Antwort; vielleicht eine Übertragungsstörung. »Dein Auge«, wiederholt Holle.

»Nichts.«
Sie sehen einander an. Sie warten. Die Leute im Internetraum reden laut miteinander, während das Gespräch zwischen Mumbai und Istanbul sich nicht richtig aufbaut, zwischen diesen Gesichtern, dem großen Gesicht Theresas und dem kleinen, untergeordneten Gesicht Holles, das sich wie an einen Berg nestelt, ihr kleines Gesicht eine Hütte, eine Wanderhütte.
»Was hat Wanka gesagt?« Das Sprechen tut weh. Sie spürt auch Übelkeit und ein Stechen im Herzen, als hätte sie zwei Packungen Zigaretten am Stück geraucht. Das muss vom Reizgas kommen. Sie möchte am liebsten schnell weg hier.
»Er hat dich gesucht. Er hat offensichtlich nicht gewusst, dass du in Istanbul bist.«
»Das weiß ich. Aber wie hat er reagiert? War er ...« Sie zögert. Ihr wird klar, dass Theresa nichts weiß. Und zugleich scheint sie etwas im Sinn zu haben, wirkt getrieben; Holles Geschichtlein mit Wanka interessiert die Frau nicht, nicht vergleichbar mit dem Weltgeschehen, um das die Journalistin sich zu kümmern hat.
»Morgen ist die Ausstellungseröffnung. Wenn du willst, geh ich für dich hin. In deinem Namen. Man könnte es als Kunst-Performance ausgeben. Dass ich die Bilder aufgehängt habe, gehört bereits dazu.«
Sirenen heben an. Bohren sich hoch in ihren Kopf. Es geht ihr schlecht, aber sie kann es nicht sagen. Wenn es einem wirklich schlecht geht, fehlt auch die Kraft, um Hilfe zu bitten. Man hält still, man sinkt unter die Oberfläche und verschwindet einfach vom Radar.

»Mach, was du willst. Aber häng die Bilder ab.«
»Das geht nicht.«
Die Tür geht auf. Tumult schwappt herein, dann geht die Tür wieder zu. Holle dreht am Lautstärkeregler des Headsets und betrachtet durch den Schleier des Fiebers die Gestalten, die miteinander diskutieren. Holle fühlt sich immer mehr ausgeschlossen von allem. Als könnte sie nun als Nächstes ihren Körper verlassen, als wäre das konsequent. Hat Theresa was gesagt?
»Was?«, fragt Holle.
»Ich habe was anderes vor.«
»Ja, und was?«, sagt sie nun gereizt, während sie im Gesicht der Frau eine verbissene Willenskraft ausmacht.
»Was?«, schreit Holle.
»Ich kann etwas, das Kunst nicht kann, und natürlich trifft auch das Gegenteil zu.«
»Ich will nicht«, sagt Holle nun laut, »dass du da irgendwas machst.«
»Ich erkläre es dir doch gerade.«
»Ich verstehe kein Wort! Es ist hier zu laut!«
In der Tür stehen plötzlich weißbehelmte Menschen mit Schlagstöcken. Die Stimme in ihrem Ohr sagt etwas von explizit werden, und von Kunst, Kunst als einseitige Kommunikation, sie scheint die Schreie nicht zu hören, die Holle ins Mark fahren, erboste Schreie und ängstliche Schreie. Theresa redet weiter, während die Leute aufspringen, nur Holle sitzt noch und betrachtet die Frau auf dem Bildschirm. Theresas Kopf bewegt sich ruckelnd, dann friert ihr Gesicht ein. Der Ausdruck ist alarmiert, und sie scheint nicht mehr über Kunst zu reden. In dem kleinen

Fenster zerren die Sicherheitsbeamten die Leute weg. Dann verschwindet auch Holle aus dem Bild.
Die Polizisten drängen die aufgeregten Leute durch die inzwischen leere Lobby. Vor dem Hotel steht ein Polizeiwagen. Der Pulk ist zu groß. Einige Leute entwischen, oder man lässt sie gehen. Holle kann entkommen. Sie geht wie unbeteiligt weiter. Ihre Augen brennen. Sie tritt in eine Gasse, in der vor einem Lebensmittelladen Leute mit Wassereimern stehen und den Vorbeilaufenden anbieten, sie vom Reizgas zu befreien. Sie soll die Kleidung ausziehen, das Gas sitzt in der Kleidung, auch im Haar; hier, man zeigt ihr Decken, man verkauft ihr eine dünne Wolldecke für zehn Lira. Holle streift die Kleidung ab und lässt sich mit Wasser übergießen.
Sie zittert, sie ist nicht ganz sicher, ob das eine gute Idee war. Ihre Kleidung liegt am Boden, zusammengetreten und nass, jemand reicht ihr die Decke, die sie fest um sich wickelt.
Sie geht weiter, weg vom Ort, an dem sich die Proteste zentrieren. Sie taucht in eine schmale Gasse ein, die hohen Altbauten wölben sich um sie wie ein dunkler Blütenkelch. Alles ist geschlossen, alles ist dunkel. Sie entdeckt einen kleinen Hof mit Mülltonnen, wo sie mit letzter Kraft eine Tonne hervorzieht und zwischen Tonne und Mauer ein Versteck für sich schafft. Sie findet einen Karton, mehrere Kartons, die sie auseinanderfaltet und unter sich ausbreitet. Sie hustet minutenlang und fällt dann in einen Schlaf, in dem sie keine Träume hat, während die Stadt aufheult und um sich schlägt.

25
MUMBAI

TALK TO ME, PLEASE

Wolken trieben stadteinwärts, feuchte Böen schoben sich vom Meer her auf sie zu. Theresa stand auf der Terrasse, lehnte sich gegen die Brüstung und telefonierte mit Cool Cabs. Sie rechnete zwei Stunden Fahrt zum Südzipfel der Stadt aus, eine Fahrt, die nachts zwanzig Minuten dauerte. Man musste den Regen mitdenken, die Unfälle, die kriechenden Fahrzeuge, die steckengebliebenen Fahrzeuge, altersschwach, mit dem neuen Wetter noch mehr. Lorenz war noch im Büro. Er würde nicht zur Ausstellungseröffnung kommen. Ihn interessierten weder Kunst noch die Leute, die man dort traf. Theresa hatte nicht versucht, ihn umzustimmen.

Sie wischte sich das Wasser vom Hals, drehte sich um und trat wieder in Lorenz' Wohnung. Trat in einen warmen Luftstau, der sonnig und staubig an ihr hochschlug. Die Spannung zwischen den sich verschiebenden Schichten, der gestauten Hitze und der kälteren Luft, schien auf die Menschen überzugehen. Verlagerungen kündigten sich an, neue Muster, Gedanken.

Die Zeit lief jetzt am Regen entlang. Er wurde die neue Bezugsgröße. Der Regen riss auseinander, er nähte zusammen. Er schob sich ins Haar und in die Gedanken, er floss an nackten Waden herab. In den kurzen Regenpausen stieg Dampf vom Boden auf. Nebelhafte leise Gebilde standen im Vorgarten und schlossen die Zeit in sich ein, zwischen den Sträuchern und Farnen, den schockbunten unbekannten Blumen, den parkenden Autos. Aus den verbrannten Rasensteppen leuchtete wild das erste grüne Gras.

Lorenz' Wohnung war neutral wie ein Mietapartment, international normierte Empfindlichkeiten veranschlagend. Einhebel-Waschtischarmaturen, die Dusche mit Massagedüsen, Schubladen mit Schließautomatik, *soft close*. Ein Designerglastisch auf Tropenholzbeinen. Dort ließen sie morgens die Tagesschau vom Vorabend streamen, und unter ihnen kroch die Maid, im farbenprächtigen Sari und mit Putzlappen, wie ein Zierfisch im Aquarium.

»Wer zuerst die Füße hochzieht, hat verloren«, hatte Lorenz gesagt. Theresa blickte auf die Kammern ihrer Grapefruithälfte. Das portionierte glänzende Fruchtfleisch, gepolstert von weißer Pflanzenfasermasse. Das hatte sie betrachtet, bis die Maid unter dem Tisch hervorkroch. Das Universum zerlegen in Räume, in Kammern, Wände, in Farben.

Der Fahrer trug ein gebügeltes weißes Hemd, eine blaue Kappe, blaue Hosen passend zum metallblauen Auto von Cool Cabs. Der Regen setzte kurz aus, sie stieg ein mit einer Feststellung darüber. »Yes, madam, you are lucky.« Dann nichts mehr. Er hatte ein Training, auf die Bedürfnisse der Fahrgäste einzugehen, kein Gespräch anzuzetteln.

Die Lichter der Stadt schwollen unter den zitternden Regentropfen an wie unter einer Lupe. Sie schloss die Augen. Als sie die Augen öffnete, war der Scheibenwischer auf die hektischste Stufe gestellt. Sie sah nackte Kinder. Sie saßen unter der Trasse der neugebauten Metro, warfen Steine in eine große Pfütze, dann fuhren die Autos an und spritzten die Kinder nass, und darum ging es, um diesen Spaß.

Sie kamen pünktlich an. Der Pfad zum Gebäude war mit einer auf Bambusstelzen aufgesteckten Plane geschützt, unter der sich das übliche internationale Publikum aus Kultur, Industrie und Politik bewegte. Einige Gattinnen trugen *ethnic chic*, indische Designermode, die westliche Schnitte und prächtige indische Stoffe kombinierte, Theresa fand sich wieder zwischen Pfauen, Paisleymustern, Blüten, Kringeln, die man zurückrief in solide, bewährte Formen aus Hemdblusen oder Stiftröcken. Ein Mann vor ihr hatte das Etikett aus dem Pulloverkragen hängen. Theresa unterdrückte den Impuls, es zurückzustopfen.
In der Nähe des Eingangs erkannte sie Holle. Sah ihr Gesicht groß aufgespannt auf einem Transparent, in einer Reihe indischer Künstler. Das Bild war überbelichtet, ein sehr blasses Gesicht, kein Lächeln, das Haar straff nach hinten.
Am Treppenaufgang zeigte sie ihre Einladungskarte vor. Jemand strich den Namen Holle Schulz von einer Liste, reichte Theresa eine Broschüre und ein Namensschild. Zwischen dem Namen, dem Gesicht auf dem Transparent und Theresas Gesicht wurde keine Verbindung hergestellt. Wenn Theresa nun bei Holle anrief, sprang nicht einmal mehr die Mailbox an.

Der große Ausstellungssaal war hell erleuchtet. Theresa stellte sich abseits und blätterte in der Broschüre. Um sie herum Menschen, die sich einander zuwandten, sich wiedererkannten. Ellbogen, Gesichter, Augen, Lächeln. Dunkle Haut, weiße Haut. Sie nahm den hellen kosmetischen Universalgeruch gepflegter Menschen wahr. Tagescreme- und Duschgelaromen, Seifen, Parfums, sie setzten den abstrakten, vereinzelt hängenden Werken einen kollektiven Elan entgegen, Einstimmigkeit über Häuslichkeit und Zivilisation.
Niemand betrat den Raum alleine. Sie kamen zu zweit, mindestens. Sie waren durch die nasse, stinkende Stadt gefahren, und die Stadt fiel aus ihren Gesichtern, wenn sie den Raum betraten. Er war Niemandsland. Er war erhaben und fürsorglich wie das Innere eines Airbus, man war ähnlich ausgeliefert. Fügsamkeit und Feierlichkeit die anzuratenden Reaktionen. Die Besucher standen dennoch meist allein vor den Exponaten, in einer Einsamkeit wie an einem Geldautomaten. Man konnte sich darauf verlassen, zwar beobachtet, aber nicht angesprochen zu werden. Die Körperhaltung demonstrierte Offenheit und Kritikbereitschaft, da war ein Vorbehalt, wenn die Gesichter sich einem Bild näherten, als suche man etwas, etwas ganz Bestimmtes.
Vor Holles Wand blieb selten jemand stehen. Theresa fragte sich, ob das Zufall war oder ob sich irgendetwas bereits herumgesprochen hatte.
Irgendwer hier war Jana Gregor. Irgendwo war Christoph Wanka.
Eine Gruppe junger Menschen eroberte den Raum, ihr An-

führer, etwas älter, zurückgebundenes graues Haar und ganz in Schwarz, wurde von einer jungen Frau in elegantem Kostüm enthusiastisch begrüßt und aufgehalten. Sie stellte sich Jana Gregor so vor. Die jungen Leute erreichten nun Holles Wand und machten Fotos mit ihren Handykameras. Sie trugen modische übergroße Brillen und tiefsitzende Jeans.

»Kunststudenten.« August stand kauend vor ihr und verfolgte ihren Blick. Keiner machte Anstalten zu einer Umarmung. In der rechten Hand hielt August einen angebissenen Samosa, in der linken eine Serviette. Er blickte auf Theresas Namensschild. Sagte nichts, kaute zu Ende, ließ die Serviette auf ein Tablett fallen. Die Kunststudenten zogen Richtung Buffet. Holles Wand war wieder ohne Besucher.

»Darf ich?« Er nahm Theresa die Broschüre aus der Hand. Sie sprach mit leiernder Stimme:

»Intensive Seherfahrung. Alltägliche Erfahrung aufheben. Dekontextualisierung. Auflösung und Neuordnung. Irritation.«

»Man könnte meinen, die Leute wollten unbedingt mit Wahrnehmungsstörungen wieder nach Hause«, antwortete August.

»Sie halten sich noch gut.«

Um sie herum wurden immer noch Wangenküsschen verteilt. Leute, die einander sachte berührten mit Worten und Gesten, eine stabile Atmosphäre schufen. Ein Kellner schob mit höflicher Verneigung ein Tablett zwischen Theresa und August. Theresa lehnte dankend ab.

»Willst du wirklich keinen?«, fragte August und griff nach einem weiteren Samosa.

»Die Leute hier müssten nur einmal nach oben aufs Dach,

die Slumsiedlung sehen. Das würde sehr intensive Seherfahrungen und Irritationen auslösen.«
»Vertrauen«, sagte August kauend.
»Was?«
»Dieser Geschmack löst Vertrauen aus. Fast wie ein Gottesbeweis. Es muss einen Gott geben, wenn ein derart stimmiger Geschmack möglich ist, ein Erleben von Richtigkeit in allem Schlamassel, verstehst du?«
»Ja«, sagte sie und sah zu Holles Wand. Ein Mann war dort aufgetaucht. Er drehte sich einmal zum Raum, so, als wolle er gesehen werden, dann widmete er sich den Bildern. Es war Christoph Wanka.
»Soll ich Mitleid mit ihm haben?«
August zuckte die Schultern. Aber er wusste, von wem Theresa sprach. »Deine Freundin«, sagte er und wies mit dem Kinn Richtung Wand. »Also die Bilder, die hat er erst abhängen lassen. Aber nun hängen sie wieder.«
»Die Bilder hängen wieder«, sagte sie. Das fand sie bemerkenswert, das wollte sie noch einmal hören.
»Ja.«
»Aber zwischendurch waren sie fort?«
»Wie ich schon sagte.«
Sie schaute zu Wanka. Noch immer allein. Er verschränkte die Arme vor der Brust. Er lehnte sich ein bisschen zurück, die Kennerpose. Sie konnte viel über ihn denken, jeder Gedanke fühlte sich an wie eine kleine Hilfe.

Sie ging zu ihm hin. Er schaute sie nicht an. Er konnte Theresa nur wahrnehmen als Umriss. Sie meinte zu spüren, dass er gehen wollte. Sie konnte die Spannung spüren. Sie wartete noch zwei Atemzüge, dann drehte sie sich um und wollte selber gehen.

»Talk to me, please.«

Sie lachte leise. Wie er das gesagt hatte. Ein bisschen bettelnd, amüsiert über sich selbst. Sie sahen sich an, flüchtig, sein Satz stand immer noch im Raum und atmete.

»Was sehen Sie in diesen Bildern?«, fragte er.

»Ich sehe Sie.«

»Das bin ich.«

Sie zögerte. Lächelte. Sie standen nebeneinander und wussten nicht, wie lange sie so miteinander stehen konnten. Er hatte keine Frage gestellt, er hatte nur gesagt, das bin ich. Sie rechnete damit, dass dieser Satz, *talk to me, please*, demnächst durch andere Sätze zurückgenommen würde, wenn sie nicht ähnlich hohe Einsätze brachte.

»Macht es Ihnen nichts aus?«, fragte sie.

»Es ist Kunst, oder?«

Sie suchte sein Gesicht ab, und er suchte ihres ab. Erkannte er sie? Wusste er, dass sie die Person war, die die Bilder gebracht hatte? Sie wollte ihn ganz andere Dinge fragen; zur Bauindustrie in Schwellenländern, sie konnte nicht über das hier reden, die Einsamkeit des Blicks, die Einsamkeit der Erfahrung.

Sie holte Luft und sagte: »Ich glaube, die Bilder sind nicht gut. Die Bilder sind künstlerisch nicht gut, sie sind zu verständlich. Reine Sozialkritik.«

»Aber Sie haben sie aufgehängt.«

Einige Sekunden lang nahm sie Musik wahr, als wären sie im Freien und hätte sich der Wind gedreht. Das Tschaktschak der Trommeln, der Gesang einer Frau, die wie ein

Kind klang. Es konnte auch ein vergessenes Radio sein, von draußen oder von oben.

»Ja, das stimmt.«

»Ich habe Sie schon vorhin bemerkt. Als Sie den Raum betraten.«

Sie schwieg.

»Arbeiten Sie mit Holle Schulz zusammen?«

»Ich kenne Holle Schulz kaum.«

»Aber Sie haben Holles Bilder aufgehängt und tragen ihr Namensschild?«

»Puh.« Jetzt lachte sie verzweifelt und schaute ihm in die Augen, damit er sich zufriedengab mit einfach nur ihrem Gesicht.

»Wollen Sie mir das nicht erklären?«

Er klang freundlich, aber sie fühlte sich dennoch in die Enge getrieben. »Ich habe in Holles Wohnung gewohnt. Sie hat mir die Wohnung untervermietet. Das hat sich dann so ergeben, mit den Bildern.«

Er nickte. Gleich würde er einen Vorwand finden, sie stehen zu lassen. Ihr schien, sie arbeiteten sich auf diese kleine Bitterkeit zu.

»Was machen Sie in Mumbai?«

»Ich bin Journalistin.«

»Kunst und Kultur?«

»Auch.«

»Dann schreiben Sie über die Ausstellung?«

»Ja«, log sie.

»Wir haben schon zwei Journalisten hier. Für welches Blatt schreiben Sie?«

»Ein Onlinemagazin. Kennen Sie vermutlich nicht.«

Das klang schön unwichtig und so, als verlange sie jetzt geradezu die Strafe, dass er sie stehen ließ. Aber er sah sie wieder an. Schien hier festzuwachsen mit ihr.

»Sie hat mich im Schlaf fotografiert. Und dann mein Gesicht abgemalt.«

»Danach sieht es aus.«

Er schwieg. Schien auf eine Nachfrage zu warten. Aber sie wollte sich nicht für so etwas interessieren.

»War das denn abgesprochen?«

»Holle spricht nichts ab. Grundsätzlich nicht.«

»Aber Sie klingen bewundernd.«

»Holle ist eine begabte Künstlerin.«

Sie hatte wieder vor Augen, wie Holle auf dem Bildschirm aufgetaucht war und dann weggezogen wurde.

»Es geht nicht um das, was die Bilder darstellen, sondern um die Art, wie sie funktionieren«, erklärte er.

»Ein Kunstwerk, das nur für eine einzige Person funktioniert?«

»Eben nicht. Und weil Sie das wissen, stehen Sie hier neben mir.«

»Tatsächlich?«, lachte sie, aber fühlte sich unwohl.

»Holle hält den Bildinhalt schlicht: ich als Stellvertreter aller Bösewichte. Damit ist nichts gewonnen, und das weiß Holle. Es geht um etwas anderes. Die Bilder funktionieren weder persönlich noch allgemein. Nicht persönlich, weil sie Kunst sind und einen Allgemeinheitsanspruch haben. Nicht allgemein, weil sie etwas Privates aufgreifen, zu dem niemand außer mir Zugang hat. Sie funktionieren nur unter der Voraussetzung, dass ich hier bin. Hier, wo ich jetzt stehe. Deshalb stehe ich hier.«

Theresa überlegte, ob er sie zum Narren hielt. Aber er sprach, als würden die Sätze seine Gedanken formen, als würde er im Reden entdecken, was er dachte, und sein Blick war erwartungsvoll.

»Holle hat gewusst, dass ich hier bin. Ich gehöre also zum Werk. Man könnte davon profitieren. Aber die meisten gehen respektvoll weiter.«

Sie sah ihn übertrieben ungläubig an, damit sie als Nächstes gemeinsam lachen konnten. Aber sein Ernst war stur und gewichtig, und Theresas Gesichtsausdruck verschwand, rutschte in ihre Hände, die Fingernägel gruben sich in die Handballen, sie drückte zu.

»Aber dann sollte auch Holle hier stehen, oder nicht? Um es vollständig zu machen.«

»Sie tragen Holles Namen. Sie sind heute Holle.«

Er berührte sie am Unterarm und drehte sie lächelnd für einen Moment dem Raum zu. »Wenn die wüssten, dass wir Kunst sind, Sie und ich.«

Sie nickte. Sie standen eine Weile nebeneinander, umschlossen von einem undurchdringlichen Raum, und blickten auf das Bild des schlafenden Mannes.

26
ISTANBUL

GLEICHMÄSSIGES BLAU

Der Flug nach Berlin hat zwei Stunden Verspätung. Im Wartebereich des Flugsteigs sind überall Menschen. Sie stehen, sie sitzen, sie liegen. Es ist fünf Uhr morgens. Einige haben sich unter den Sitzreihen ausgestreckt, geschützt vor den ständig nachströmenden Passagieren. Der im künstlichen Licht festgezurrte Innenraum spiegelt sich in der großen Fensterscheibe. Manchmal gerät draußen auf dem Rollfeld etwas in Bewegung, das mechanische Surren und Poltern von Gepäckladern dringt durch, Lichter von Passagierbussen, unruhige mechanische Manöver in der Dunkelheit.

Holle findet einen freien Platz neben zwei Kindern. Am Himmel zeichnet sich langsam ein erster Schimmer ab, der die gedrängte Enge im Warteraum aufsticht, die Sicht mit jedem Augenblick durchlässiger macht.

Holle ist ruhig. Jeder Gedanke steht eine Weile bei ihr und atmet sein leises, unaufdringliches Wissen, dann Leere, dann Frieden, dann der nächste Gedanke, und darunter die Ahnung einer tiefen, rettenden Kraft.

Nach langem Schlaf war sie aus dem Hinterhof hervorgekrochen. Sie nannte einem Taxifahrer das Alman Başkonsolosluğu Istanbul. Deutsches Generalkonsulat. Sie trug nur die Decke um sich geschlungen, und der Fahrer,

er hatte Mitleid, machte einen kleinen Umweg zu einer Teestube, wo irgendwer, ähnlich wie sie das mit Celal kennt, von irgendwo plötzlich etwas organisierte. Eine Jeans, ein T-Shirt. Passten tadellos. Während sie warteten, hatte man ihr ein Frühstück gebracht, Tee, einen Sesamkringel, eine Orange. Der Taxifahrer saß an einem anderen Tisch und schaute nach draußen.
Die Schlange am Konsulat war lang. Erst gegen Mittag wurde sie aufgerufen. Sie trug dem Beamten die Situation vor, sie gab sich als Demonstrantin aus, die im Tumult alles verloren habe. Während sie es sagte, glaubte sie es. Der Beamte ließ sie kurz an seinen Computer, damit sie die digitalisierte Kopie ihres Reisepasses abrufen und ihm schicken konnte. Da war eine E-Mail von Celal.
»Haben Sie Ihren Pass gefunden?«
Sie schloss das E-Mail-Fenster, suchte nach dem Scan und leitete ihn weiter. Sie unterschrieb etwas. Rückzahlung innerhalb der nächsten vier Wochen. Sie bekam tausendfünfhundert Lira sofort und am Nachmittag einen Ersatzpass.

Der Flug wird aufgerufen. Holle reiht sich in den verhalten drängenden Haufen ein. Sie betritt das Flugzeug und kann spüren, wie sich hinter ihr etwas schließt, vielmehr, wie sie etwas betritt, das nirgends hingehört und eine eigene Strömung hat.
Sie nimmt ihren Sitzplatz zwischen zwei Geschäftsleuten ein, beide mit Tageszeitungen beschäftigt. Man faltet Papier über sie hinweg, bis die Sicherheitsdurchsagen beginnen. Das Flugzeug fährt langsam auf das Rollfeld zu.

Eine Weile passiert nichts. Sie stehen und warten. Das Gras, die Hecken, das Flughafengebäude werden überströmt von taufrischem Sonnenlicht.
Es gibt so etwas wie die Finsternis eines leuchtenden Lebens. Und das Gegenteil.
Das Dröhnen der Turbinen wird lauter. Die Maschine rollt los und nimmt Geschwindigkeit auf. Als sie den Boden verlassen, schließt Holle die Augen, spürt ein stilles Zurückfallen in etwas, das von ihrer Haut begrenzt wird, ein weiches Gebiet, das tief und nahtlos mit sich selbst in Beziehung steht und alles nur als Nachhall empfindet. Sie verschränkt die Arme und lässt ihre beiden Nachbarn den Kampf um die Armlehnen gewinnen.
He buys shop. Your rich guy. We make business. He help me get out of trouble. He is good guy. Hey. I still love you baby. You always sleep deep in my heart.
Die Anschnallzeichen erlöschen.
Hinter dem Fenster leuchtet ein gleichmäßiges Blau. Hier oben ist das Blau immer gleich, einerlei, welcher Kontinent sich darunter befindet. Eine merkwürdige Stabilität ausgerechnet da, wo nichts ist.

Für die Einladung nach Mumbai und die Unterstützung meiner Arbeit danke ich der Kunststiftung NRW und dem Goethe-Institut Mumbai. Dem Kulturamt Köln danke ich für den Aufenthalt im Atelier Galata in Istanbul.
U. L.

KUNST STIFTUNG NRW

GOETHE INSTITUT MAX MUELLER BHAVAN